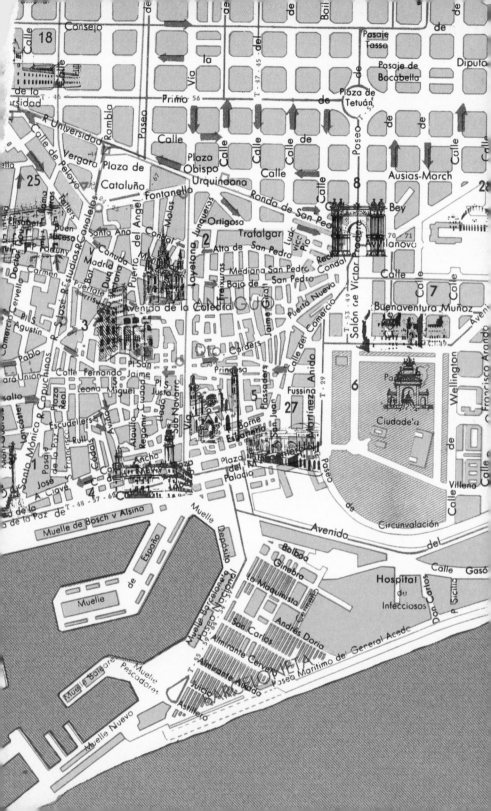

NUMERI PRIMI

IL CIMITERO
DEI LIBRI DIMENTICATI

Questo libro fa parte di un ciclo di romanzi che si intrecciano nell'universo letterario del Cimitero dei Libri Dimenticati. I romanzi che compongono questo ciclo sono legati attraverso personaggi e fili argomentativi che gettano tra loro ponti narrativi e tematici, sebbene ciascuno di essi offra una storia indipendente e chiusa in se stessa.

Le varie puntate della serie del Cimitero dei Libri Dimenticati possono essere lette in qualunque ordine o separatamente, consentendo al lettore di esplorare il labirinto di storie accedendovi da diverse porte e differenti sentieri, i quali, una volta riannodati, lo condurranno nel cuore della narrazione.

CARLOS RUIZ ZAFÓN

IL PRIGIONIERO
DEL CIELO

Traduzione di Bruno Arpaia

MONDADORI

Fotografie in occhiello: Prima parte: Fondo F. Català-Roca/Archivo Fotográfico AHCOAC. Seconda parte: © J. Laurent - BNE. Terza parte: © Fondo F. Català-Roca/ Archivo Fotográfico AHCOAC. Quarta parte: Fondo F. Català-Roca/Archivo Fotográfico AHCOAC. Quinta parte: © Josep Massó/MNAC. Fotografia p. 341: Fondo F. Català-Roca/Archivo Fotográfico AHCOAC.

www.librimondadori.it - www.numeriprimi.com

Il Prigioniero del Cielo
di Carlos Ruiz Zafón
Titolo originale dell'opera: *El Prisionero del Cielo*
Copyright © Shadow Factory S.L. 2011
© 2012 Arnoldo Mondadori Editore S.p.A., Milano
© 2015 Mondadori Libri S.p.A., Milano

ISBN 978-88-662-1051-1

I edizione Scrittori italiani e stranieri febbraio 2012
I edizione NumeriPrimi° marzo 2013

Anno 2016 - Ristampa   7

IL PRIGIONIERO DEL CIELO

Ho sempre saputo che un giorno sarei tornato in queste strade per raccontare la storia dell'uomo che perse l'anima e il nome tra le ombre di quella Barcellona immersa nel torbido sonno di un tempo di cenere e silenzio. Sono pagine scritte con il fuoco al riparo della città dei maledetti, parole incise nella memoria di colui che tornò dal mondo dei morti con una promessa scolpita nel cuore e il prezzo di una maledizione. Il sipario si alza, il pubblico tace e, prima che l'ombra che grava sul suo destino discenda dal macchinario teatrale, una compagnia di bianchi spettri entra in scena con una commedia sulle labbra e la benedetta innocenza di chi, credendo che il terzo atto sia l'ultimo, ci viene a raccontare una favola natalizia senza sapere che, mentre gira l'ultima pagina, l'inchiostro del suo fiato lo trascinerà in maniera lenta e inesorabile nel cuore delle tenebre.

JULIÁN CARAX, *Il Prigioniero del Cielo*
(Éditions de la Lumière, Parigi, 1992)

Prima parte

UNA FAVOLA NATALIZIA

1

Barcellona, dicembre 1957

Quell'anno, prima di Natale, ci toccarono soltanto giorni plumbei e ammantati di brina. Una penombra azzurrata avvolgeva la città e la gente camminava in fretta coperta fino alle orecchie, disegnando con il fiato veli di vapore nell'aria gelida. Erano pochi coloro che in quei giorni si fermavano a guardare la vetrina di Sempere e Figli, e ancora meno quelli che si avventuravano a entrare per chiedere di quel libro sperduto che li aveva aspettati per tutta la vita, e la cui vendita, poesie a parte, avrebbe contribuito a rappezzare le precarie finanze della libreria.

«Sento che oggi sarà il giorno giusto. Oggi cambierà la nostra sorte» proclamai sulle ali del primo caffè della giornata, puro ottimismo allo stato liquido.

Mio padre, che battagliava dalle otto di quella mattina con il registro della contabilità destreggiandosi abilmente con gomma e matita, alzò gli occhi dal bancone e osservò la sfilata di clienti mancati che si perdevano dietro l'angolo.

«Il cielo ti ascolti, Daniel, perché di questo passo, se va male la campagna di Natale, a gennaio non avremo nemmeno i soldi per la bolletta della luce. Qualcosa dovremo pur fare.»

«Ieri Fermín ha avuto un'idea» dissi. «Secondo lui, è un piano magistrale per salvare la libreria dalla bancarotta imminente.»

«Che Dio ci colga confessati e comunicati.»

Citai testualmente:

«Magari, se mi mettessi a decorare la vetrina in mutande, qualche femmina avida di letteratura e di emozioni forti entrerebbe a spendere soldi, perché, dicono gli esperti, il futuro della letteratura dipende dalle donne e Dio sa che non è ancora nata una signorina in grado di resistere all'attrazione agreste di questo corpo da montanaro» recitai.

Sentii alle mie spalle la matita di mio padre cadere a terra e mi voltai.

«Fermín *dixit*» aggiunsi.

Avevo pensato che mio padre avrebbe sorriso della trovata di Fermín, ma quando mi accorsi che non sembrava risvegliarsi dal suo silenzio lo guardai di sottecchi. Sempere senior non solo non sembrava divertito da quello sproposito, ma aveva assunto un'espressione meditabonda, come se volesse prenderlo sul serio.

«Ma tu guarda, magari Fermín ci ha azzeccato» mormorò.

Lo osservai incredulo. Forse le difficoltà economiche che ci avevano colpito nelle ultime settimane avevano finito per compromettere il senno del mio progenitore.

«Non mi dire che gli permetterai di andare a spasso in mutande per la libreria.»

«No, non è questo. È la vetrina. Mentre parlavi, mi è venuta un'idea... Forse siamo ancora in tempo a salvare il Natale...»

Lo vidi scomparire nel retrobottega e riemergerne equipaggiato con la sua uniforme ufficiale per l'inverno: lo stesso cappotto, la stessa sciarpa e lo stesso cappello che ricordavo fin da bambino. Bea diceva di sospettare che mio padre non comprasse vestiti dal 1942, e tutti gli indizi portavano a ritenere che mia moglie avesse ragione. Mentre si infilava i guanti, sorrideva vagamente e nei suoi occhi si percepiva quello scintillio quasi infantile che riuscivano a strappargli solo le grandi imprese.

«Ti lascio da solo per un po'» annunciò. «Esco a fare una commissione.»

«Posso chiederti dove stai andando?»

Mio padre mi fece l'occhiolino.

«È una sorpresa. Poi vedrai.»

Lo seguii fino alla porta e lo vidi partire a passo fermo in direzione della Puerta del Ángel, una sagoma fra le tante nella marea grigia di passanti che navigava per un altro lungo inverno di cenere e d'ombra.

2

Approfittando del fatto di essere rimasto solo, decisi di accendere la radio per assaporare un po' di musica mentre riordinavo con calma i libri sugli scaffali. Mio padre era dell'opinione che tenere la radio accesa in libreria quando c'erano clienti fosse di cattivo gusto; se invece la accendevo in presenza di Fermín, lui si lanciava a canticchiare strofette sulla musica di qualunque melodia – o, peggio ancora, a ballare ciò che definiva "sensuali ritmi caraibici" – e dopo pochi minuti mi faceva venire i nervi a fior di pelle. Tenuto conto di quelle difficoltà pratiche, ero arrivato alla conclusione che avrei dovuto limitare il piacere procuratomi dalle onde hertziane ai rari momenti in cui in negozio, a parte me e svariate decine di migliaia di libri, non c'era più nessuno.

Quella mattina Radio Barcelona trasmetteva la registrazione pirata, fatta da un collezionista, del magnifico concerto che il trombettista Louis Armstrong e il suo gruppo avevano tenuto tre Natali prima all'Hotel Windsor Palace della Diagonal. Negli intervalli pubblicitari, il conduttore si affannava a etichettare quei suoni come *gez* e avvertiva che alcune delle loro sincopi procaci potevano non essere adatte alle orecchie dell'ascoltatore nazionale, forgiato nella *tonadilla*, nel bolero e nell'incipiente movimento *ye-yé* che dominavano le trasmissioni di quegli anni.

Fermín era solito dire che, se don Isaac Albéniz fosse nato negro, il jazz sarebbe stato inventato a Camprodón, come i biscotti in scatola, e che, al pari dei reggiseni a punta che sfoggiava la sua adorata Kim Novak in qualcuno dei film che vedevamo ai *matiné* del cinema Fémina, quei suoni costituivano una delle rare conquiste dell'umanità a partire dall'inizio del XX secolo. Non l'avrei contraddetto. Lasciai trascorrere il resto della mattinata tra la magia di quella musica e il profumo dei libri, assaporando la serenità e la soddisfazione procurata da un lavoro fatto bene.

A quanto aveva affermato, Fermín si era preso la mattina libera per ultimare i preparativi del matrimonio con Bernarda, previsto per l'inizio di febbraio. Quando ne aveva parlato, due settimane prima, gli avevamo detto tutti che stava precipitando le cose e che la fretta è una brutta bestia. Mio padre aveva cercato di convincerlo a rimandare quell'unione di almeno un paio di mesi, argomentando che di solito le nozze si svolgevano d'estate, con il bel tempo, ma Fermín aveva insistito su quella data sostenendo che lui, esemplare abituato all'inclemente clima secco delle colline dell'Estremadura, sudava a profusione durante l'estate, a suo giudizio semitropicale, della costa mediterranea e non riteneva conforme alle buone regole celebrare il matrimonio con chiazze di sudore grandi come tegami sotto le ascelle.

Io iniziavo a pensare che c'era qualcosa di strano se Fermín

Romero de Torres, bandiera vivente della resistenza civile contro la Santa Madre Chiesa, le banche e le buone abitudini in quella Spagna degli anni Cinquanta tutta messa e cinegiornali, manifestava una simile urgenza di sposarsi. Nel suo zelo prematrimoniale, era arrivato al punto di stringere amicizia con il nuovo parroco della chiesa di Santa Ana, don Jacobo, un sacerdote di Burgos con idee aperte e modi da ex pugile, al quale aveva contagiato la sua smisurata passione per il domino. Le domeniche dopo la messa si battevano in storiche partite al Bar Admirall, e il sacerdote rideva di gusto quando Fermín gli domandava, tra un bicchiere e l'altro di liquore alle erbe di Montserrat, se sapeva con certezza se le monache avessero le cosce e se, in caso le avessero, fossero tenere e mordicchiabili come lui sospettava fin dall'adolescenza.

"Lei riuscirà a farsi scomunicare" lo rimproverava mio padre. "Le suore non si guardano e non si toccano."

"Ma se il parroco è più vizioso di me..." protestava Fermín. "Se non fosse per l'uniforme..."

Stavo ricordando quella discussione e canticchiando al suono della tromba del maestro Armstrong quando sentii il campanello sulla porta della libreria emettere il suo dolce tintinnio. Alzai lo sguardo aspettandomi di vedere mio padre ormai di ritorno dalla sua missione segreta o Fermín pronto a montare per il turno pomeridiano.

«Buon giorno» disse dalla soglia una voce grave ed esangue.

3

Stagliato in controluce sulla porta, il suo profilo assomigliava a un tronco sferzato dal vento. Il visitatore indossava un vestito scuro dal taglio antiquato e disegnava una
sagoma torva appoggiata a un bastone. Fece un passo in
avanti, zoppicando visibilmente. Il chiarore della lampada sul bancone rivelò un volto segnato dal tempo. Il visitatore mi osservò per qualche istante, soppesandomi senza
fretta. Il suo sguardo aveva qualcosa dell'uccello rapace,
paziente e calcolatore.

«È lei il signor Sempere?»

«Io sono Daniel. Il signor Sempere è mio padre, ma in
questo momento non c'è. Posso fare qualcosa per lei?»

Il visitatore ignorò la mia domanda e cominciò a vagare
per la libreria esaminando tutto palmo a palmo con un interesse al limite dell'avidità. Il suo modo di zoppicare faceva immaginare che le lesioni nascoste sotto quei vestiti
fossero davvero gravi.

«Ricordi di guerra» disse lo sconosciuto, come se mi avesse letto nel pensiero.

Seguii con lo sguardo la sua traiettoria di perlustrazione

della libreria, sospettando dove sarebbe andato a parare. Come avevo immaginato, lo sconosciuto si fermò davanti alla teca di vetro ed ebano, reliquia fondativa della libreria nella sua prima incarnazione, verso il 1888, quando il trisnonno Sempere, allora un giovanotto appena tornato dalle sue avventure in terre caraibiche, aveva preso in prestito del denaro per acquistare un vecchio negozio di guanti e trasformarlo in libreria. Era lì, in quella teca, al posto d'onore del locale, che tradizionalmente custodivamo gli esemplari più preziosi.

Il visitatore vi si avvicinò abbastanza da far disegnare il suo fiato sul vetro. Tirò fuori un paio di occhiali, li inforcò e si mise a studiare il contenuto della teca. Il suo atteggiamento mi ricordò quello di una donnola che esamina minuziosamente le uova appena deposte in un pollaio.

«Bella» mormorò. «Deve valere un sacco.»

«È un pezzo d'antiquariato familiare. Più che altro, un valore sentimentale» risposi, a disagio per gli apprezzamenti e le valutazioni di quello strano cliente che sembrava stimare con lo sguardo anche l'aria che respiravamo.

Dopo un po' ripose gli occhiali e parlò con tono tranquillo.

«Mi risulta che da voi lavori un uomo di riconosciuto ingegno.»

Dato che non risposi immediatamente, si voltò e mi rivolse uno di quegli sguardi che fanno invecchiare chi ne è oggetto.

«Come vede, sono solo. Se il signore mi dice quale titolo desidera, glielo cercherò con grandissimo piacere.»

L'intruso sfoderò un sorriso che sembrava tutto tranne che amichevole e annuì.

«Vedo che in quella teca avete un esemplare de *Il conte di Montecristo*.»

Non era il primo cliente a notare quel libro. Gli snocciolai il discorso ufficiale per quelle occasioni.

«Il signore ha buon occhio. Si tratta di un'edizione magnifica, numerata e con illustrazioni incise da Arthur Rackham, proveniente dalla biblioteca personale di un grande collezionista di Madrid. È un pezzo unico e catalogato.»

Il visitatore ascoltò con disinteresse, concentrando l'attenzione sulla consistenza dei pannelli di ebano delle mensole e mostrando chiaramente che le mie parole lo annoiavano.

«A me tutti i libri sembrano uguali, però mi piace il blu della copertina» replicò in tono sprezzante. «Lo prendo.»

In altre circostanze, avrei fatto i salti di gioia per la possibilità di piazzare quello che probabilmente era l'esemplare più caro che avevamo in negozio, ma c'era qualcosa che mi faceva rivoltare lo stomaco all'idea che una simile edizione andasse a finire nelle mani di quel personaggio. Avevo la sensazione che, se quel tomo abbandonava la libreria, mai nessuno ne avrebbe letto nemmeno il primo paragrafo.

«È un'edizione molto costosa. Se il signore desidera, posso mostrarle altre edizioni della stessa opera in perfetto stato e a prezzi più accessibili.»

Le persone dall'animo piccino cercano sempre di rimpicciolire anche gli altri e lo sconosciuto, il quale, intuii, avrebbe potuto occultare il suo nella capocchia di uno spillo, mi rivolse il suo più acceso sguardo di disprezzo.

«E sempre con la copertina blu» aggiunsi.

Ignorò l'impertinenza della mia ironia.

«No, grazie. Voglio quello. Il prezzo non importa.»

Annuii a denti stretti e mi diressi verso la teca. Presi la chiave e aprii lo sportellino a vetri. Potevo sentire gli occhi dell'intruso inchiodati alla mia schiena.

«Tutte le cose buone sono sempre sotto chiave» mormorò.

Presi il libro e sospirai.

«Il signore è un collezionista?»

«Si potrebbe dire di sì. Anche se non di libri.»

Mi voltai con il libro tra le mani.

«E cosa colleziona?»

Di nuovo, lo sconosciuto ignorò la mia domanda e tese la mano per farsi consegnare il libro. Dovetti resistere all'impulso di rimetterlo nella teca e gettare via la chiave. Con i tempi che correvano, mio padre non mi avrebbe perdonato la rinuncia a una vendita simile.

«Il prezzo è di trentacinque pesetas» annunciai prima di dargli il libro, nella speranza che la cifra gli facesse cambiare idea.

Annuì senza battere ciglio e tirò fuori una banconota da cento pesetas dalla tasca di quel vestito che non doveva valerne nemmeno cinque. Mi chiesi se non si trattasse di una banconota falsa.

«Temo di non avere il resto, signore.»

L'avrei invitato ad aspettare un momento mentre correvo nella banca più vicina a cambiare la banconota e ad assicurarmi che fosse autentica, ma non volevo lasciarlo solo in libreria.

«Non si preoccupi. È genuino. Sa come si fa a esserne sicuri?»

L'intruso sollevò la banconota in controluce.

«Osservi la filigrana. E queste linee. La struttura...»

«Il signore è un esperto di falsificazioni?»

«Tutto è falso in questo mondo, giovanotto. Tutto tranne il denaro.»

Mi mise la banconota in mano e mi chiuse il pugno su di essa, battendomi sulle nocche.

«Il resto glielo lascio per la mia prossima visita» disse.

«Sono tanti soldi, signore. Sessantacinque pesetas...»

«Spiccioli.»

«In ogni caso, le farò una ricevuta.»

«Mi fido di lei.»

Lo sconosciuto esaminò il libro con aria indifferente.

«Si tratta di un regalo. Le chiederò di provvedere voi stessi alla consegna.»

Esitai un istante.

«In linea di principio, non facciamo spedizioni, ma in questo caso lo consegneremo personalmente con grande piacere e senza spese extra. Posso chiederle se è a Barcellona o...?»

«È proprio qui» disse.

Il gelo del suo sguardo sembrava tradire anni di rabbia e di rancore.

«Il signore desidera fare una dedica o scrivere qualche nota personale prima che incarti il libro?»

Il visitatore lo aprì con difficoltà alla pagina del titolo. Notai allora che la sua mano sinistra era posticcia, un pezzo di porcellana dipinta. Tirò fuori una stilografica e scrisse qualche parola. Mi restituì il libro e si girò. Lo guardai zoppicare verso la porta.

«Sarebbe così gentile da indicarmi il nome e l'indirizzo dove desidera farlo consegnare?» domandai.

«È tutto lì» disse senza voltarsi. Aprii il libro e cercai la pagina con la scritta dello sconosciuto:

A Fermín Romero de Torres, che è tornato
dal mondo dei morti e possiede la chiave del futuro.

13

Sentii allora il campanello dell'ingresso e quando alzai gli occhi il visitatore se n'era andato.

Mi affrettai verso la porta e mi affacciai in strada. Lo sconosciuto si allontanava zoppicando, confondendosi tra le figure che attraversavano il velo di bruma azzurrata che ricopriva calle Santa Ana. Stavo per chiamarlo, ma mi morsi la lingua. La cosa più facile sarebbe stata lasciarlo semplicemente andare via, ma l'istinto e la mia tradizionale mancanza di prudenza e di senso pratico ebbero la meglio.

4

Appesi il cartello "chiuso" e girai la chiave nella serratura, pronto a seguire lo sconosciuto tra la folla. Sapevo che se mio padre fosse tornato e – per una volta che mi lasciava solo in mezzo a quella penuria di vendite – avesse scoperto che avevo abbandonato la libreria mi avrebbe fatto una ramanzina, ma lungo la strada mi sarebbe venuta in mente qualche scusa. Preferii affrontare il docile temperamento del mio progenitore piuttosto che rassegnarmi all'inquietudine lasciatami in corpo da quel sinistro personaggio e non sapere con certezza quale fosse la natura dei suoi rapporti con Fermín.

Un libraio ha poche occasioni di imparare sul campo la sottile arte di seguire un sospetto senza essere scoperto. A meno che buona parte dei suoi clienti non appartenga alla categoria dei morosi, la maggioranza di quelle occasioni gli è offerta dal catalogo dei polizieschi e dei romanzi popolari in vendita sui suoi scaffali. L'abito non fa il monaco, ma il delitto, o la sua presunzione, fa il detective, in particolare quello dilettante.

Mentre seguivo lo sconosciuto verso le Ramblas, rinfrescai le nozioni di base, a partire dal lasciare una buona cinquantina di metri tra di noi, camuffarmi dietro qualcuno più corpulento e prevedere sempre un nascondiglio rapido in un portone o in un negozio nel caso in cui l'oggetto del mio inseguimento si fermasse o si voltasse senza preavviso. Arrivato sulle Ramblas, l'uomo attraversò fino al viale centrale e si diresse al porto. La strada era sovrastata dai tradizionali addobbi natalizi e più di un commerciante aveva agghindato le vetrine con luci, stelle e angeli annunciatori di un benessere che, se lo diceva la radio, doveva essere reale.

In quegli anni il Natale conservava ancora una certa aria di magia e di mistero. La luce polverizzata dell'inverno, lo sguardo e il desiderio di persone che vivevano tra ombre e silenzi conferivano a quelle decorazioni un lieve profumo di verità in cui, almeno i bambini e coloro che avevano imparato a dimenticare, potevano ancora credere.

Forse per questo mi sembrò ancora più evidente che, in tutta quella chimera, non ci fosse personaggio meno natalizio e fuori registro dello sconosciuto che era oggetto del mio inseguimento. Zoppicava con lentezza e si fermava spesso in qualcuna delle bancarelle dei fiorai o dei venditori di uccelli ad ammirare pappagallini e rose come se non ne avesse mai visti prima. In un paio di occasioni si avvicinò alle edicole che punteggiavano le Ramblas e si soffermò a guardare le prime pagine dei giornali e delle riviste e a far girare i portacartoline. Si sarebbe detto che non fosse mai stato lì e che si comportasse come un bambino o un turista a spasso per le Ramblas per la prima volta, anche se bambini e turisti di solito hanno quell'aria di innocenza passeggera di chi non sa nemmeno dove si trova, mentre quell'individuo non avrebbe suggerito innocenza nemmeno con la benedizione del Bambin Gesù, davanti alla cui effigie attraversò la strada all'altezza della chiesa di Belén.

Allora si fermò, apparentemente affascinato da un cacatua dal piumaggio rosa pallido che lo guardava di sottecchi da una gabbia in una delle bancarelle di animali appostate davanti all'imbocco di Puertaferrisa. Lo sconosciuto si avvicinò alla gabbia come aveva fatto con la teca della libreria e iniziò a mormorare qualche parola al cacatua. L'uccello, un esemplare dalla testa grossa e apertura alare da gallo cappone con piumaggio di lusso, sopravvisse al suo alito sulfureo e si applicò con impegno e concentrazione, chiaramente interessato a quello che il visitatore gli stava recitando. In caso di dubbi, il cacatua annuiva ripetutamente e arruffava una cresta di piume rosa, visibilmente eccitato.

Dopo un paio di minuti, l'uomo, soddisfatto del suo scambio avicolo, proseguì il cammino. Non erano trascorsi nemmeno trenta secondi quando, mentre passavo di fronte alla bancarella, notai che si era verificata una piccola agitazione e che il commesso, allarmato, si stava affrettando a coprire la gabbia del cacatua con un cappuccio di tela, perché l'uccello si era messo a ripetere, con perfetta dizione, la strofetta che faceva "Franco, pagliaccio, ti si alza solo il braccio". Non ebbi alcun dubbio da chi l'avesse appena imparata. Almeno, il tipo dimostrava un certo senso dell'ironia e convinzioni ad alto rischio, cose che a quei tempi erano rare quanto le gonne sopra al ginocchio.

Distratto dall'incidente, pensai di averlo perso di vista, ma ben presto scorsi la sua fosca sagoma di fronte alla vetrina della gioielleria Bagués. Lo superai facendo finta di nulla fino a raggiungere uno dei baracchini di scrivani che fiancheggiavano l'ingresso al Palacio de la Virreina e lo osservai con attenzione. Gli occhi gli brillavano come rubini e lo spettacolo di oro e pietre preziose dietro il vetro antiproiettile sembrava avere risvegliato in lui una lussuria che non avrebbe potuto soddisfare nemmeno un'intera fila di ballerine de La Criolla nei loro anni di gloria.

«Una lettera d'amore, un'istanza, una petizione all'eccellenza di sua scelta, una spontanea noi-tutti-bene-con-la-presente per i parenti del paese, giovanotto?»

L'amanuense residente nel baracchino che avevo adottato come nascondiglio si era affacciato dalla garitta come se si trattasse di un sacerdote confessore e mi guardava desideroso di offrirmi i propri servigi. L'annuncio sullo sportello recitava:

Oswaldo Darío de Mortenssen

Letterato e pensatore.
Si scrivono lettere d'amore, petizioni,
testamenti, poesie, biglietti di auguri,
suppliche, necrologi,
inni, tesi di laurea, istanze
e composizioni varie
in tutti gli stili e metriche.
Dieci centesimi la frase (rime extra).
Prezzi speciali
per vedove, mutilati e minorenni.

«Che mi dice, giovanotto? Una lettera d'amore di quelle che fanno sì che le ragazze in età meritevole bagnino le sottovesti con gli effluvi della passione? Le faccio un prezzo speciale solo perché è lei.»

Gli mostrai la fede. Lo scrivano Oswaldo si strinse nelle spalle, impavido.

«Sono tempi moderni» argomentò. «Se lei sapesse quanti uomini e donne sposati passano di qua...»

Rilessi l'annuncio: aveva un'eco familiare che non riuscivo a localizzare.

«Il suo nome mi suona...»

«Ho avuto tempi migliori. Forse le è rimasto in mente da allora.»

«È il suo vero nome?»

«*Nom de plume*. Un artista ha bisogno di un appellativo all'altezza della sua missione. Il mio certificato di nascita recita Jenaro Rebollo, ma con un nome simile chi mi affiderebbe la composizione delle sue lettere d'amore? Allora, che mi dice dell'offerta del giorno? Pronti per una lettera di passione e di desiderio?»

«In un'altra occasione.»

L'amanuense annuì rassegnato. Seguì il mio sguardo e corrugò le sopracciglia, incuriosito.

«Guarda lo zoppo, vero?» lasciò cadere là.

«Lei lo conosce?» domandai.

«Sarà una settimana che lo vedo passare di qui tutti i giorni e fermarsi là, di fronte alla vetrina della gioielleria, a guardare incantato come se invece di anelli e collane esponessero il sedere della Bella Dorita» spiegò.

«Ci ha parlato qualche volta?»

«L'altro giorno uno dei miei colleghi gli ha passato in bella una lettera; dato che gli manca qualche dito...»

«Quale dei suoi colleghi?» chiesi.

L'amanuense mi guardò esitante, temendo la perdita di un possibile cliente se mi avesse risposto.

«Luisito, quello dall'altro lato, accanto a Casa Beethoven, quello con la faccia da seminarista.»

Gli offrii qualche moneta in segno di ringraziamento, ma si rifiutò di accettarle.

«Io mi guadagno da vivere con la penna, non con il becco. Di questa specie, ce n'è già troppi in giro. Se un giorno ha qualche necessità di tipo grammaticale, sono qui.»

Mi diede un biglietto da visita che riproduceva il suo annuncio.

«Dal lunedì al sabato, dalle otto alle otto» precisò. «Oswaldo, soldato della parola al servizio suo e della sua causa epistolare.»

Conservai il biglietto e ringraziai lo scrivano per l'aiuto.

«Le vola via il piccione» avvertì.

Mi voltai e riuscii a scorgere l'uomo che intanto aveva ripreso il cammino. Mi affrettai alle sue calcagna e lo seguii giù per la Rambla fino all'ingresso del mercato della Boquería, dove si fermò a osservare lo spettacolo dei banchi e delle persone che entravano e uscivano caricando o scaricando prelibate vivande. Lo vidi zoppicare fino al bancone del Bar Pinocho e arrampicarsi con difficoltà, ma con entusiasmo, su uno degli sgabelli. Per una mezz'ora, lo sconosciuto cercò di fare onore alle delizie che gli serviva il cameriere, Juanito, ma ebbi l'impressione che la sua salute non gli consentisse grandi exploit e che, più che altro, mangiasse con gli occhi, come se ordinando piatti e stuzzichini che a stento riusciva ad assaggiare ricordasse i vecchi tempi in cui era una buona forchetta. Il palato non assapora, semplicemente ricorda. Alla fine, rassegnato alla sua astinenza gastronomica e al piacere vicario di guardare gli altri degustare e leccarsi i baffi, pagò il conto e proseguì il suo periplo fino all'imbocco di calle Hospital, dove, per i casi dell'irripetibile geometria di Barcellona, convergevano uno dei grandi teatri d'opera della vecchia Europa e uno dei putiferi più logori e stantii dell'emisfero settentrionale.

5

A quell'ora, gli equipaggi di svariate navi mercantili e militari ormeggiate in porto si avventuravano su per le Ramblas per saziare appetiti di diversa indole. Vista la domanda, l'offerta era già agli angoli di strada sotto forma di una compagnia di signore a nolo con l'aria di avere sulle spalle un abbondante chilometraggio e di offrire un giro a bordo a prezzi più che accessibili. Notai con apprensione le gonne tagliate a pennello su varici e pallori purpurei che facevano male agli occhi, i volti avvizziti e l'aria generale da ultima fermata prima della pensione che ispirava di tutto tranne che lascivia. Un marinaio doveva aver trascorso molti mesi in alto mare per abboccare a quell'amo, pensai, ma con mia sorpresa lo sconosciuto si fermò a tubare con un paio di quelle signore triturate senza riguardi da molte sfiorite primavere, come se si trattasse di bellezze da cabaret d'alto bordo.

«Ciao, tesoro, con una botta ti tolgo vent'anni di dosso» sentii dire a una di loro, che sarebbe potuta passare per la nonna dell'amanuense Oswaldo.

Con una botta lo ammazzi, pensai. L'uomo, in un gesto di prudenza, declinò l'invito.

«Un'altra volta, bella» rispose addentrandosi nel Raval.

Lo seguii ancora per un centinaio di metri finché non si fermò davanti a un portone angusto e buio che si trovava quasi di fronte alla locanda Europa. Lo vidi scomparire al suo interno e aspettai mezzo minuto prima di seguirlo.

Oltrepassata la soglia, mi ritrovai davanti a una scalinata oscura che si perdeva nelle viscere di quel palazzo. L'edificio sembrava inclinato a babordo e, a causa del fetore di umidità e delle sue difficoltà con le fogne, sul punto di affondare nelle catacombe del Raval. Su un lato dell'atrio c'era una specie di garitta da dove un individuo dai lineamenti untuosi, agghindato con canottiera, bretelle, stuzzicadenti tra le labbra e radiolina sintonizzata su una stazione di ambito taurino, mi rivolse uno sguardo tra l'inquisitorio e l'ostile.

«È solo?» domandò, vagamente intrigato.

Non c'era bisogno di essere una lince per dedurre che mi trovavo alle porte di un palazzo in cui si affittavano stanze a ore, e che l'unica nota stonata della mia visita era che non arrivavo per mano a una delle Veneri da mercatino che pattugliavano il marciapiede.

«Se vuole, le mando una ragazza» mi offrì, preparandomi già il pacchetto di asciugamano, saponetta e ciò che intuii essere un preservativo o qualche altro articolo da profilassi *in extremis*.

«Per la verità, volevo solo farle una domanda» iniziai.

Il portiere sgranò gli occhi.

«Sono venti pesetas ogni mezz'ora e la pollastrella la mette lei.»

«Mi tenta. Magari un altro giorno. Quello che volevo

chiederle è se un paio di minuti fa è salito un signore. Anziano. Non in ottima forma. Da solo. Senza pollastrella.»

Il portiere corrugò le sopracciglia. Sentii che il suo sguardo mi degradava all'istante da cliente a rompicoglioni.

«Non ho visto nessuno. Su, sparisca prima che avvisi Tonet.»

Immaginai che Tonet non dovesse essere un personaggio affettuoso. Misi sul bancone le monete che mi rimanevano e sorrisi al portiere con aria conciliante. Il denaro sparì come se si trattasse di un insetto e le mani del portiere, sulle cui dita c'erano dei ditali di plastica, fossero la lingua di un camaleonte. Visto e non visto più.

«Cosa vuole sapere?»

«Abita qui il signore che le dicevo?»

«Ha affittato una stanza una settimana fa.»

«Sa come si chiama?»

«Ha pagato un mese in anticipo, perciò non gliel'ho chiesto.»

«Sa da dove viene, cosa fa…?»

«Questo non è un ufficio di consulenza sentimentale. Qui, alla gente che viene a fornicare, non chiediamo niente. E questo non fornica nemmeno. Perciò faccia un po' il conto.»

Riconsiderai la questione.

«Tutto quello che so» aggiunse il portiere «è che di tanto in tanto esce per un po' e poi torna. A volte mi chiede di mandargli su una bottiglia di vino, pane e del miele. Paga bene e non dice né a né ba.»

«Ed è sicuro di non ricordare nessun nome?»

Scosse la testa.

«D'accordo. Grazie e scusi il disturbo.»

Stavo per uscire quando il portiere mi chiamò.

«Romero» disse.

«Scusi?»

«Mi sembra che ha detto di chiamarsi Romero o qualcosa del genere...»

«Romero de Torres?»

«Sì.»

«Fermín Romero de Torres?» ripetei incredulo.

«In persona. Non c'era un torero che si chiamava così prima della guerra?» chiese il portiere. «Lo dicevo io, che mi suonava...»

6

Tornai verso la libreria ancora più confuso di quanto non fossi prima di uscire. Mentre passavo davanti al Palacio de la Virreina lo scrivano Oswaldo mi salutò con la mano.

«Avuto fortuna?» domandò.

Scossi appena la testa.

«Provi con Luisito, magari si ricorda qualcosa.»

Annuii e mi avvicinai al baracchino di Luisito, che in quel momento stava pulendo la sua collezione di pennini. Quando mi vide, mi sorrise e mi invitò a sedermi.

«Di che si tratta? Amore o lavoro?»

«Mi manda il suo collega Oswaldo.»

«Il maestro di tutti noi» sentenziò Luisito, che non doveva avere nemmeno venticinque anni. «Un grande uomo di lettere di cui il mondo non ha riconosciuto il valore ed eccolo qua, sul marciapiede a lavorare il verbo al servizio dell'analfabeta.»

«Mi diceva Oswaldo che l'altro giorno lei ha servito un signore anziano, zoppo e abbastanza acciaccato, a cui mancavano una mano e qualche dito dell'altra...»

«Me lo ricordo. I monchi li ricordo sempre. Per Cervantes, no?»

«È chiaro. E mi potrebbe dire per quale questione si è rivolto a lei?»

Luisito si agitò sulla sedia, a disagio per la piega che aveva preso la conversazione.

«Guardi, questo è quasi come un confessionale. La riservatezza professionale prima di tutto.»

«Mi rendo conto. Il fatto è che si tratta di una questione grave.»

«Grave quanto?»

«Abbastanza da minacciare il benessere di persone che mi sono molto care.»

«Sì, ma…»

Luisito allungò il collo e cercò lo sguardo del maestro Oswaldo dall'altra parte del cortile. Vidi Oswaldo annuire e Luisito rilassarsi.

«Il signore aveva una lettera già scritta che voleva passare in bella, perché con la sua mano…»

«E la lettera parlava di…?»

«Me lo ricordo a stento, pensi che qui scriviamo molte lettere al giorno…»

«Faccia uno sforzo, Luisito. Per Cervantes.»

«Io credo, a rischio di confondermi con la lettera di un altro cliente, che fosse qualcosa che aveva a che fare con una somma importante che il signore monco doveva ricevere o recuperare o qualcosa di simile. E non so che altro su una chiave.»

«Una chiave.»

«Già. E non ha specificato se era inglese, dell'acqua o di una porta.»

Luisito mi sorrise, visibilmente compiaciuto per il suo piccolo apporto di acume e di ironia alla conversazione.

«Ricorda qualcos'altro?»

Luisito si passò la lingua sulle labbra, pensieroso.

«Ha detto che vedeva la città molto cambiata.»

«Cambiata in che senso?»

«Non so. Cambiata. Senza morti per le strade.»

«Morti per le strade? Così ha detto?»

«Se la memoria non m'inganna...»

7

Ringraziai Luisito per le informazioni e affrettai il passo confidando nella fortuna di arrivare alla libreria prima che mio padre fosse tornato dalla sua commissione e la mia assenza venisse scoperta. Il cartello CHIUSO era ancora appeso alla porta. Aprii, tolsi il cartello e mi misi dietro al bancone, convinto che non fosse passato nemmeno un cliente nei quasi quarantacinque minuti in cui ero stato fuori.

In mancanza di lavoro, cominciai a rimuginare su cosa avrei fatto con l'esemplare de *Il conte di Montecristo* e su come avrei affrontato l'argomento con Fermín quando fosse arrivato in libreria. Non volevo allarmarlo più del necessario, ma la visita dello sconosciuto e il mio misero tentativo di chiarire cosa c'era sotto mi avevano lasciato inquieto. In qualunque altra occasione gli avrei riferito l'accaduto e basta, però mi dissi che stavolta dovevo agire con tatto. Era da un po' che Fermín era molto abbattuto e di pessimo umore. E da qualche tempo io cercavo di sollevarlo con le mie povere battute, ma nulla riusciva a strappargli un sorriso.

«Fermín, non tiri via troppa polvere dai libri, perché dicono che presto andrà di moda il *noir*, e non il romanzo rosa» gli dicevo, alludendo al colore con cui in quel periodo si cominciava a fare riferimento ai polizieschi che ci arrivavano con il contagocce e in traduzioni bigotte.

Fermín, lungi dal rispondere con un sorriso pietoso a una battuta così fiacca, si aggrappava a qualunque cosa per iniziare una delle sue apologie dello sconforto e della nausea.

«In futuro tutti i romanzi saranno *noir*, perché se nella seconda metà di questo secolo da macellai ci sarà un aroma dominante sarà quello della falsità e del delitto, per dirla con un eufemismo» sentenziava.

Ci risiamo, pensai. L'Apocalisse secondo san Fermín Romero de Torres.

«Non sarà così grave, Fermín. Dovrebbe prendere più sole. L'altro ieri il giornale diceva che la vitamina D incrementa la fiducia nel prossimo.»

«Diceva anche che non so quale libraccio di poesie di un figlioccio di Franco è il grande successo del panorama letterario internazionale, eppure non lo vendono in nessuna libreria al di là di Móstoles» replicò.

Quando Fermín si consegnava al pessimismo cosmico, la cosa migliore era non dargli spago.

«Sa, Daniel? A volte penso che Darwin si sia sbagliato e che in realtà l'uomo discenda dal maiale, perché in otto ominidi su dieci c'è un porco in attesa di essere scoperto» argomentava.

«Fermín, la preferisco quando esprime una visione più umanista e positiva delle cose, come l'altro giorno, quando ha detto che in fondo nessuno è cattivo, è soltanto paura.»

«Dev'essere stato un calo di zuccheri. Bella sciocchezza.»

In quei giorni, il Fermín ironico che mi piaceva ricordare

batteva in ritirata e al suo posto sembrava esserci un uomo tormentato da preoccupazioni e inquietudini che non voleva condividere. A volte, quando credeva che nessuno lo vedesse, mi pareva che si rannicchiasse negli angoli e che l'angoscia lo rodesse dal di dentro. Aveva perso peso e, tenuto conto che era quasi tutta cartilagine, il suo aspetto iniziava a essere preoccupante. Glielo avevo fatto presente un paio di volte, ma lui negava che ci fosse qualunque problema e svicolava con scuse peregrine.

«Non è nulla, Daniel. È che, da quando mi sono messo a seguire il campionato, ogni volta che il Barça perde mi cala la pressione. Un pezzetto di formaggio manchego e ridivento un toro.»

«È sicuro? Se non è mai andato allo stadio in vita sua…»

«Questo è quello che crede lei. Kubala e io praticamente siamo cresciuti insieme.»

«Ma io la vedo ridotto a un rottame. O è malato o non si riguarda per niente.»

Per tutta risposta, mi mostrava un paio di bicipiti grandi come confetti e sorrideva come se vendesse dentifricio porta a porta.

«Tocchi, tocchi. Acciaio temperato, come la spada del Cid.»

Mio padre attribuiva la sua scarsa forma al nervosismo per le nozze e tutto ciò che comportavano, inclusa la fraternizzazione con il clero e la ricerca di un ristorante o di un chiosco in cui organizzare il banchetto, ma qualcosa mi diceva che quella malinconia avesse radici più profonde. Stavo riflettendo se fosse il caso di raccontargli quanto era successo quel mattino e mostrargli il libro oppure attendere un momento più propizio, quando lo vidi comparire sulla porta con un'espressione che non sarebbe stata fuori luogo in una veglia funebre. Appena mi vide, abbozzò un debole sorriso e inalberò un saluto militare.

«Beati gli occhi che la vedono, Fermín. Pensavo che non sarebbe più venuto.»

«Stavo passando davanti al negozio di orologi e don Federico mi ha intrattenuto con non so quale pettegolezzo sul signor Sempere che stamattina era stato visto a calle Puertaferrisa con fare furtivo e diretto chissà dove. Don Federico e quella stupida della Merceditas volevano sapere se si era fatto un'amante, perché si vede che adesso questo dà un certo tono tra i commercianti del quartiere. E se la piccioncina è cabarettista, ancora meglio.»

«E lei cosa ha risposto?»

«Che il suo signor padre, nella sua vedovanza esemplare, è tornato a uno stato primigenio di verginità che ha meravigliato tutta la comunità scientifica e che gli ha procurato un'istanza di precanonizzazione rapida all'arcivescovato. Io, della vita privata del signor Sempere non parlo né con i familiari né con gli estranei perché riguarda solo lui. E a chi cerca di insinuare oscenità, gli mollo uno sganassone e amen.»

«Lei è un gentiluomo d'altri tempi, Fermín.»

«D'altri tempi è suo padre, Daniel. Perché, che resti tra noi e non esca da queste quattro pareti, la verità è che non gli farebbe male andare a divertirsi un po' di tanto in tanto. Da quando non vendiamo uno spillo, passa le giornate chiuso nel retrobottega con quel libro egizio dei morti.»

«È il registro della contabilità» corressi.

«Quello che è. E per la verità, sono giorni che penso che dovremmo portarlo al Molino e poi a far baldoria perché, anche se il grand'uomo in queste cose è goffo come una verza, io credo che un bell'incontro con una ragazza soda e di buona circolazione gli darebbe una smossa.»

«Senti chi parla. L'allegria dei cimiteri. Se vuole che le dica la verità, chi mi preoccupa è lei» protestai. «Sono giorni che sembra uno scarafaggio infilato in un preservativo.»

«Guardi, Daniel, il paragone che mi propone è azzeccato, perché, anche se lo scarafaggio non ha il fisico da dolce vita richiesto dai canoni frivoli di questa stupida società che ci è toccata in sorte, tanto l'infausto artropode quanto il sottoscritto si caratterizzano per un ineguagliabile istinto di sopravvivenza, una smisurata voracità e una libido leonina che non diminuisce nemmeno quando è sottoposta ad altissimi livelli di radiazione.»

«Discutere con lei è impossibile, Fermín.»

«Il fatto è che ho una tempra dialettica e predisposta a scattare al minimo accenno di imbroglio o di corbelleria, amico mio, però suo padre è un fiore tenero e delicato e credo sia giunta l'ora di prendere provvedimenti prima che si fossilizzi del tutto.»

«E che tipo di provvedimenti, Fermín?» lo interruppe la voce di mio padre alle nostre spalle. «Non mi dica che mi sta organizzando un picnic con la Rociíto.»

Ci voltammo come due studentelli sorpresi con le mani nel sacco. Mio padre, con un'espressione molto poco simile a un tenero fiorellino, ci guardava con severità dalla porta.

8

«E lei come fa a sapere della Rociíto?» mormorò Fermín, attonito.

Non appena mio padre ebbe assaporato lo spavento che ci aveva fatto prendere, sorrise affabilmente e ci strizzò l'occhio.

«Mi starò anche fossilizzando, ma ho ancora l'orecchio fino. L'orecchio e la testa. Perciò ho deciso che, per rivitalizzare gli affari, qualcosa bisognava pur fare» annunciò. «La storia del Molino può attendere.»

Soltanto allora ci accorgemmo che portava due borse di considerevole volume e una grande scatola avvolta in carta da imballaggio, legata con un grosso spago.

«Non dirmi che hai appena derubato la banca all'angolo» esclamai.

«Le banche cerco di evitarle ogni volta che posso perché, come dice giustamente Fermín, normalmente sono loro che derubano te. Vengo invece dal mercato di Santa Lucía.»

Fermín e io ci scambiammo uno sguardo sconcertato.

«Non mi aiutate? Pesano come un morto.»

Scaricammo il contenuto delle borse sul bancone mentre mio padre scartava la scatola. Erano piene di piccoli oggetti protetti in carta da imballaggio. Fermín ne liberò uno dall'involucro e restò lì a guardarlo senza capire.

«E questo cos'è?» domandai.

«Io direi che si tratta di un somaro adulto in scala uno a cento» propose Fermín.

«Cosa?»

«Un asino, un ciuccio, meraviglioso quadrupede solipede che con fascino e disinvoltura popola i paesaggi di questa nostra Spagna, però in miniatura, come quei trenini giocattolo che vendono da Casa Palau» spiegò Fermín.

«È un asino di terracotta, una statuina per il presepe» chiarì mio padre.

«Quale presepe?»

Per tutta risposta, mio padre si limitò ad aprire la scatola di cartone e a tirarne fuori un monumentale presepe con le lucine che aveva appena acquistato e che, intuii, voleva sistemare in vetrina a mo' di réclame natalizia. Fermín, nel frattempo, aveva già disimballato svariati buoi, cammelli, maiali, oche, monarchi d'Oriente, qualche palma, un san Giuseppe e una Vergine Maria.

«Soccombere al giogo del nazionalcattolicesimo e alle sue surrettizie tecniche di indottrinamento mediante il dispiegamento di bambolotti e leggende da torronari non mi sembra la soluzione» sentenziò Fermín.

«Non dica stupidaggini, ché questa è una bella tradizione e alla gente piace vedere presepi a Natale» tagliò corto mio padre. «Alla libreria mancava quella scintilla di colore e di allegria che ci vuole in questi giorni. Dia un'occhiata a tutti i negozi del quartiere e vedrà che noi, a paragone, sembriamo le pompe funebri. Su, mi dia una mano a montarlo in vetrina. E tolga dal tavolo tutti quei tomi sull'esproprio dei beni ecclesiastici di Mendizábal, che spaventano anche i più coraggiosi.»

«È finita» mormorò Fermín.

Fra tutti e tre riuscimmo a issare il presepe e a sistemare le statuine in posizione. Fermín collaborava di malavoglia, aggrottando la fronte e approfittando di ogni scusa per manifestare la sua opposizione al progetto.

«Signor Sempere, non è per mancare di rispetto, ma questo Bambin Gesù è grande tre volte suo padre putativo e quasi non entra nella culla.»

«Non fa niente. I più piccoli erano finiti.»

«E invece a me pare che, accanto alla Madonna, sembri uno di quei lottatori giapponesi con problemi di sovrappeso che portano i capelli imbrillantinati e le mutande aderenti all'attrezzo.»

«Si chiamano lottatori di sumo» spiegai.

«Proprio quelli» convenne Fermín.

Mio padre sospirò, scuotendo la testa.

«E poi, guardi che occhi che ha. Sembra posseduto.»

«Su, Fermín, stia zitto e infili la spina» ordinò mio padre tendendogli il cavo.

Fermín, in uno dei suoi sfoggi di acrobazia, riuscì a scivolare sotto il tavolo che sosteneva il presepe e a raggiungere la presa all'estremità della vetrina.

«E la luce fu» proclamò mio padre, contemplando entusiasta il nuovo e splendente presepe di Sempere e Figli.

«Rinnovarsi o perire» aggiunse compiaciuto.

«Perire» mormorò Fermín quasi tra sé.

Non era trascorso neanche un minuto dall'illuminazione ufficiale quando una madre con tre bambini per mano si fermò davanti alla vetrina ad ammirare il presepe. Dopo un attimo di esitazione, si avventurò nella libreria.

«Buona sera» disse. «Avete racconti sulla vita dei santi?»

«Naturalmente» rispose mio padre. «Mi permetta di mostrarle la collana *Bambin Gesù della mia vita*, che sicuramente incanterà i suoi ragazzi. Profusamente illustrati e con prologo di don José María Pemán.»

«Ah, che bello. In verità, oggi come oggi si fa molta fatica a trovare libri con messaggi positivi, di quelli che ti fanno sentire a tuo agio, e senza tanti delitti e tante morti e quel tipo di cose incomprensibili... Non le pare?»

Fermín sbarrò gli occhi. Stava per aprire bocca quando lo trattenni e lo trascinai lontano dalla cliente.

«Parole sante» convenne mio padre, guardandomi con la coda dell'occhio e insinuando con lo sguardo che tenessi Fermín legato e imbavagliato perché quella vendita non l'avremmo dovuta perdere per nulla al mondo.

Spinsi Fermín nel retrobottega e mi assicurai che la tenda fosse chiusa per lasciare mio padre tranquillo ad affrontare l'operazione.

«Fermín, so che la storia dei presepi non la convince, e la rispetto, però non so quale mosca l'ha pizzicato... Insomma, visto che un Bambin Gesù formato rullo compressore e quattro figurine di terracotta risollevano lo spirito di mio padre e per di più portano clienti in libreria, le chiedo di sospendere le prediche esistenzialiste e di fare una faccia contenta, almeno in orario di apertura.»

Fermín sospirò e annuì, mortificato.

«Non è questo, amico Daniel» disse. «Mi scusi. Io, per rendere felice suo padre e salvare la libreria, se ce n'è bisogno faccio il cammino di Santiago vestito da torero.»

«Basta che gli dica che la storia del presepe le sembra una buona idea e gli dia corda.»

Fermín annuì.

«Ci mancherebbe altro. Poi chiederò scusa al signor Sempere per la mia caduta di tono e come atto di contrizione contribuirò con una statuina per dimostrare che, quanto a spirito natalizio, non mi battono nemmeno i grandi magazzini. Ho un amico in clandestinità che fa dei *caganers*, quelle statuette che defecano, di donna Carmen Polo in Franco con delle rifiniture così realistiche che fanno venire la pelle d'oca.»

«Un agnellino o un Baldassarre andranno a meraviglia.»

«Ai suoi ordini, Daniel. Ora, se è d'accordo, vado a fare qualcosa di utile e mi metto ad aprire le casse della vedova Recasens, che sono lì da una settimana a prendere polvere.»

«Le do una mano?»

«Non si preoccupi. Faccia quello che deve fare.»

Lo guardai dirigersi verso il magazzino in fondo al retrobottega e indossare il camice blu da lavoro.

«Fermín» iniziai.

Si voltò sollecito a guardarmi. Esitai un istante.

«Oggi è successa una cosa che volevo raccontarle.»

«Mi dica.»

«In verità, non so bene come spiegarlo. È venuta una persona a chiedere di lei.»

«Era bella?» chiese Fermín, cercando di simulare un tono scherzoso che non riusciva a nascondere l'ombra di inquietudine nei suoi occhi.

«Era un uomo. Abbastanza acciaccato e un tantino strano, a dire il vero.»

«Ha lasciato il nome?» chiese Fermín.

«No. Però ha lasciato questo per lei.»

Fermín aggrottò le sopracciglia. Gli diedi il libro che il visitatore aveva acquistato un paio di ore prima. Fermín lo prese ed esaminò la copertina senza capire.

«Ma questo non è il Dumas che avevamo nella teca a trentacinque pesetas?»

Annuii.

«Lo apra alla prima pagina.»

Fermín fece ciò che gli chiedevo. Quando lesse la dedica, lo colse un improvviso pallore e deglutì. Chiuse gli occhi un istante e poi mi guardò in silenzio. Mi sembrò che fosse invecchiato di cinque anni in cinque secondi.

«Quando se n'è andato da qui l'ho seguito» dissi. «Abita da una settimana in uno squallido *meublé* in calle Hospital, di fronte alla locanda Europa. A quanto ho potuto appurare, usa un nome falso; il suo nome, in realtà: Fermín Romero de Torres. Ho saputo da uno degli scrivani della Virreina che ha fatto copiare una lettera in cui alludeva a una grande somma di denaro. Le dice qualcosa tutto questo?»

Fermín si andava rattrappendo come se ogni parola di quella storia fosse una bastonata sulla testa.

«Daniel, è molto importante che lei non segua più quell'individuo e che non parli con lui. Non faccia nulla. Se ne tenga lontano. È molto pericoloso.»

«Chi è quell'uomo, Fermín?»

Fermín chiuse il libro e lo nascose dietro delle scatole su uno degli scaffali. Sbirciando verso la tenda e assicurandosi che mio padre fosse sempre occupato con la cliente e non ci potesse sentire, si avvicinò e mi parlò a voce bassissima.

«Non racconti nulla né a suo padre né a nessun altro.»

«Fermín…»

«Mi faccia questo favore, in nome della nostra amicizia.»

«Ma, Fermín…»

«Per piacere, Daniel. Non qui. Si fidi di me.»

Annuii a denti stretti e gli mostrai la banconota da cento pesetas con cui l'uomo mi aveva pagato. Non ci fu bisogno di spiegargli da dove provenisse.

«Quel denaro è maledetto, Daniel. Lo dia alle suore della carità o a un povero per strada. O, ancora meglio, lo bruci.»

Senza aggiungere altro, si tolse il camice, indossò il suo impermeabile sfilacciato e un basco che su quella testolina da fiammifero sembrava una padella fusa abbozzata da Dalí.

«Va già via?»

«Dica a suo padre che ho avuto un imprevisto. Mi farà quel favore?»

«Certo, però…»

«Ora non posso spiegarle, Daniel.»

Si afferrò lo stomaco con una mano come se gli si fossero annodati gli intestini e iniziò a gesticolare con l'altra come se volesse afferrare al volo le parole che non riusciva a far affiorare alle labbra.

«Fermín, forse se mi racconta posso aiutarla…»

Fermín esitò un attimo, ma poi scosse la testa in silenzio e uscì nell'atrio. Lo seguii fino al portone e lo vidi andar via sotto la pioggerella sottile, un piccolo uomo con il peso del mondo sulle spalle mentre la notte, più nera che mai, piombava su Barcellona.

9

È un fatto scientificamente accertato che qualunque bebè di pochi mesi sa scegliere con istinto infallibile il momento esatto della notte in cui i suoi genitori sono riusciti a prendere sonno per scoppiare a piangere ed evitare così che possano riposare più di trenta minuti di seguito.

Quella notte, come quasi tutte le notti, il piccolo Julián si svegliò verso le tre e non esitò ad annunciare il suo stato di veglia a pieni polmoni. Aprii gli occhi e mi girai. Accanto a me, Bea, rilucente di penombra, si agitò in quel risveglio lento che consentiva di contemplare il profilo del suo corpo sotto le lenzuola e mormorò qualcosa di incomprensibile. Resistetti all'impulso di baciarle il collo e di liberarla da quell'interminabile camicione blindato che mio suocero, sicuramente apposta, le aveva regalato per il compleanno: nemmeno ricorrendo alla stregoneria riuscivo a fare in modo che si perdesse nei giorni di bucato.

«Mi alzo io» sussurrai baciandola sulla fronte.

Bea rispose girandosi dall'altra parte e coprendosi la testa con il cuscino. Mi soffermai ad assaporare la curva di quella schiena e il suo dolce pendio che nemmeno tutti i camicioni del mondo sarebbero riusciti a domare. Ero sposato da quasi due anni con quella prodigiosa creatura e ancora mi sorprendeva svegliarmi accanto a lei avvertendo il suo calore. Stavo iniziando a scostare il lenzuolo e ad accarezzare la parte posteriore di quella coscia vellutata quando la mano di Bea mi conficcò le unghie nel polso.

«Adesso no, Daniel. Il bambino sta piangendo.»

«Lo sapevo che eri sveglia.»

«È difficile dormire in questa casa, tra uomini che non sanno smettere di piangere o di brancicare il sedere a una povera infelice che non riesce a mettere insieme più di due ore di sonno per notte.»

«Sei tu a perderci.»

Mi alzai e percorsi il corridoio fino alla stanza di Julián, nella parte posteriore della casa. Poco dopo il matrimonio, ci eravamo installati nell'appartamento all'ultimo piano dello stesso palazzo della libreria. Don Anacleto, il professore di liceo che l'aveva occupato per venticinque anni, aveva deciso di andare in pensione e di tornare nella sua natia Segovia a scrivere poesie piccanti all'ombra dell'acquedotto e a studiare la scienza del maialino arrosto.

Il piccolo Julián mi accolse con un pianto sonoro e ad alta frequenza che minacciava di perforarmi i timpani. Lo presi in braccio e, dopo avere annusato il pannolino e aver verificato che, per una volta, non c'erano mori in vista, feci ciò che avrebbe fatto ogni padre novellino sano di mente: mormorargli stupidaggini e ballare per la stanza facendo ridicoli saltelli. Ero in queste faccende affaccendato quando vidi Bea che mi osservava con disapprovazione dalla porta.

«Da' a me, ché lo svegli ancora di più.»

«Ma lui non si lamenta» protestai cedendole il bambino.

Bea lo prese in braccio e gli sussurrò una melodia cullandolo dolcemente. Cinque secondi dopo Julián smise di piangere e abbozzò quel sorriso imbambolato che sua madre riusciva sempre a strappargli.

«Vai» disse Bea a bassa voce. «Vengo subito.»

Espulso dalla stanza, essendo stata dimostrata chiaramente la mia inettitudine nella gestione di creature in età da gattonare, tornai in camera e mi stesi a letto sapendo che non avrei chiuso occhio per il resto della notte. Un po' più tardi Bea comparve sulla soglia e si stese sospirando accanto a me.

«Non mi reggo più in piedi.»

L'abbracciai e restammo in silenzio per qualche minuto.

«Ho pensato una cosa» disse.

Trema, Daniel, pensai. Bea si tirò su e si accoccolò sul letto di fronte a me.

«Quando Julián sarà un po' più grande e mia madre potrà badargli per qualche ora durante il giorno, credo che mi metterò a lavorare.»

Annuii.

«Dove?»

«In libreria.»

La prudenza mi consigliò di tacere.

«Credo che vi servirebbe» aggiunse. «Tuo padre non può più dedicarle troppe ore e io, non ti offendere, credo di essere più brava con i clienti di te e di Fermín, che ultimamente mi sembra che spaventi le persone.»

«Su questo non ti contraddico.»

«Che gli succede, al poverino? L'altro giorno ho incontrato Bernarda per strada ed è scoppiata a piangere. L'ho portata in una pasticceria di calle Petritxol e dopo averla intontita di bomboloni mi ha raccontato che Fermín ultimamente si comporta in maniera stranissima. A quanto pare, è da giorni che si rifiuta di compilare i moduli della parrocchia per il matrimonio. Mi sa che quel tipo non si sposa. A te ha detto niente?»

«Qualcosa l'ho notata» mentii. «Magari Bernarda gli sta facendo troppe pressioni…»

Bea mi guardò in silenzio.

«Che c'è?» domandai alla fine.

«Bernarda mi ha chiesto di non dirlo a nessuno.»

«Di non dire cosa?»

Bea mi fissò ancora.

«Che questo mese è in ritardo.»

«Ritardo? Ha lavoro arretrato?»

Bea mi guardò come se fossi idiota e mi si accese la scintilla.

«*Bernarda è incinta?*»

«Abbassa la voce, che svegli Julián.»

«È incinta o no?» ripetei con un filo di voce.

«Probabilmente.»

«E Fermín lo sa?»

«Non gliELO ha voluto ancora dire. Ha paura che si dia alla fuga.»

«Fermín non lo farebbe mai.»

«Tutti voi uomini lo fareste, se poteste.»

Mi sorprese l'asprezza della sua voce, che rapidamente addolcì con un sorriso docile a cui nessuno avrebbe creduto.

«Quanto poco ci conosci.»

Si tirò su nella penombra e, senza aprire bocca, si sollevò il camicione e lo lasciò cadere accanto al letto. Si lasciò contemplare per qualche secondo e poi, lentamente, si chinò su di me e mi leccò le labbra senza fretta.

«Quanto poco vi conosco» sussurrò.

10

Il giorno successivo, l'effetto réclame del presepe illumina-
to confermò la sua efficacia e vidi mio padre sorridere per
la prima volta da settimane mentre annotava le vendite sul
registro della contabilità. Dalle prime ore del mattino arrivavano in continuazione vecchi clienti che da tempo non
si facevano vedere in libreria e nuovi lettori che entravano
per la prima volta. Lasciai che mio padre si occupasse di
tutti loro con mano esperta e mi concessi il piacere di vederlo contento mentre raccomandava titoli, risvegliava la
loro curiosità e intuiva i loro gusti e interessi. Prometteva
di essere una buona giornata, la prima da molte settimane.

«Daniel, bisognerebbe prendere le collane di classici illustrati per bambini. Quelle delle edizioni Vértice, con la
costa azzurra.»

«Mi sembra che siano in cantina. Hai tu le chiavi?»

«Me le ha chieste l'altro giorno Bea per portare giù non
so cosa del bambino. Non mi pare che me le abbia resti-
tuite. Guarda nel cassetto.»

«Qui non ci sono. Salgo un attimo a casa a cercarle.»

Lasciai mio padre con un signore appena entrato, interessato ad acquistare una storia dei caffè di Barcellona, e uscii nell'atrio del palazzo dal retrobottega. L'appartamento che Bea e io occupavamo era in alto e, oltre ad avere molta luce, richiedeva salite e discese di scale che tonificavano l'animo e le gambe. Lungo il cammino incrociai Edelmira, una vedova del terzo piano che era stata ballerina e adesso dipingeva madonne e santi, in casa sua, per guadagnarsi da vivere. Troppi anni sulle tavole del teatro Arnau le avevano ridotto in polvere le ginocchia e ora aveva bisogno di aggrapparsi con entrambe le mani alla ringhiera per superare una semplice rampa di scale, e tuttavia aveva sempre il sorriso sulle labbra e qualcosa di gentile da dire.

«Come sta la tua bellissima moglie, Daniel?»

«Non bella quanto lei, donna Edelmira. La aiuto a scendere?»

Edelmira, come ogni volta, declinò la mia offerta e mi disse di salutare Fermín, che le faceva sempre complimenti e proposte indecenti quando la vedeva passare.

Quando aprii la porta di casa, l'interno profumava ancora di Bea e di quella mescolanza di aromi sprigionata dai bambini e dal loro armamentario. Di solito Bea si alzava presto e portava Julián a passeggio nella fiammante carrozzina Jané che ci aveva regalato Fermín e alla quale tutti noi ci riferivamo come *la Mercedes*.

«Bea?» chiamai.

L'appartamento era piccolo e l'eco della mia voce tornò indietro prima che potessi chiudermi la porta alle spalle. Bea era già uscita. Mi fermai in salotto cercando di ricostruire i processi mentali di mia moglie e di dedurre dove potesse aver messo le chiavi della cantina. Bea era molto più ordinata e metodica di me. Cominciai a controllare i cassetti del mobile in sala da pranzo dove conservava ricevute, corrispondenza da evadere e spiccioli. Da lì passai ai tavolini, alle fruttiere e agli scaffali.

La fermata successiva fu in cucina, dove c'era una vetrinetta in cui Bea metteva note e promemoria. Non ebbi fortuna e mi ritrovai in camera, in piedi di fronte al letto, a guardarmi attorno con spirito analitico. Bea occupava un settantacinque per cento dell'armadio, dei cassetti e dei restanti mobili della stanza. Lei si giustificava dicendo che io mi vestivo sempre allo stesso modo e quindi mi bastava e avanzava un angolo del guardaroba. Il metodo di sistemazione dei suoi cassetti era di una sofisticazione che mi soverchiava. Un certo senso di colpa mi assalì mentre frugavo negli spazi riservati di mia moglie, ma dopo infauste perquisizioni di tutti i mobili in vista non ero ancora riuscito a trovare le chiavi.

"Ricostruiamo i fatti" mi dissi. Ricordavo vagamente che Bea aveva detto qualcosa a proposito di portare giù uno scatolone di vestiti estivi. Era successo un paio di giorni prima. Se la memoria non mi ingannava, Bea indossava il cappotto grigio che le avevo regalato il giorno del nostro primo anniversario. Sorrisi per le mie doti deduttive e aprii l'armadio per cercare il cappotto tra i vestiti di mia moglie. Eccolo lì. Se tutto ciò che avevo imparato leggendo Conan Doyle e i suoi discepoli era giusto, le chiavi di mio padre dovevano trovarsi in una delle tasche di quel cappotto. Affondai la mano nella tasca destra e ci trovai due monete e un paio di caramelle al mentolo come quelle che regalavano nelle farmacie. Ispezionai l'altra tasca e mi compiacqui nel confermare la mia tesi. Le mie dita sfiorarono il mazzo di chiavi.

E qualcos'altro.

C'era un pezzo di carta. Tirai fuori le chiavi e, dopo aver esitato, decisi di prendere anche il resto. Probabilmente era una lista di commissioni che Bea era solita prepararsi per non dimenticare nulla.

Esaminandolo con maggiore attenzione, vidi che si trattava di una busta. Una lettera. Era indirizzata a Beatriz Aguilar e il timbro postale era di una settimana prima. Era stata spedita all'indirizzo dei genitori di Bea, non al nostro appartamento di calle Santa Ana. La girai e, quando lessi il nome del mittente, le chiavi della cantina mi caddero di mano.

Pablo Cascos Buendía

Mi sedetti sul letto e rimasi a guardare la busta, sconcertato. Pablo Cascos Buendía era stato il promesso sposo di Bea ai tempi in cui avevamo iniziato a frequentarci. Figlio di una ricca famiglia che possedeva cantieri navali e industrie a El Ferrol, quel personaggio, che non mi era mai stato simpatico e che ricambiava l'antipatia, a quei tempi stava facendo il servizio militare come sottotenente. Da quando Bea gli aveva scritto per rompere il loro fidanzamento, non avevo più avuto sue notizie. Fino a quel momento.

Che ci faceva una lettera con data recente dell'ex fidanzato di Bea nella tasca del suo cappotto? La busta era aperta, ma per un minuto gli scrupoli mi impedirono di tirare fuori la lettera. Mi resi conto che era la prima volta che spiavo Bea di nascosto e fui sul punto di rimettere a posto la busta e svignarmela. Il mio momento di virtù durò una decina di secondi. Ogni accenno di colpa e di vergogna svanì prima di arrivare alla fine del primo paragrafo.

Cara Beatriz,

spero che tu stia bene e che sia felice nella tua nuova vita a Barcellona. In questi mesi non ho ricevuto risposta alle lettere che ti ho mandato e a volte mi chiedo se non ho fatto qualcosa che ti abbia convinto a non voler sapere più nulla di me. Capisco che sei una donna sposata e con un figlio e che forse è sconveniente che ti scriva, ma devo confessarti che, per quanto passi il tempo, non riesco a dimenticarti, sebbene ci abbia provato, e non ho pudore nell'ammettere che sono sempre innamorato di te.

Anche la mia vita è cambiata. Da un anno ho iniziato a lavorare come direttore commerciale di un'importante azienda editoriale. So quanto significavano i libri per te e poter lavorare in questo settore mi dà la sensazione di averti più vicina. Il mio ufficio è a Madrid, anche se viaggio spesso in tutta la Spagna per motivi di lavoro.

Penso costantemente a te, alla vita che avremmo potuto condividere, ai figli che avremmo potuto avere insieme... Mi domando ogni giorno se tuo marito sa renderti felice e se non l'hai sposato forzata dalle circostanze. Non posso credere che la vita modesta che può offrirti sia ciò che desideri. Ti conosco bene. Siamo stati compagni e amici e tra di noi non ci sono stati segreti. Ti ricordi di quei pomeriggi che passammo insieme sulla spiaggia di San Pol? Ti ricordi i progetti, i sogni che condividevamo, le promesse che ci facevamo? Con nessuna mi sono mai sentito come con te. Da quando abbiamo rotto il nostro fidanzamento sono uscito con qualche ragazza, ma ora so che nessuna è paragonabile a te. Ogni volta che bacio altre labbra penso alle tue e ogni volta che accarezzo un'altra pelle sento la tua.

Tra un mese verrò a Barcellona per visitare gli uffici della casa editrice e avere dei colloqui con il personale su una futura ristrutturazione dell'azienda. Per la verità, avrei potuto risolvere questi problemi per lettera o per telefono. Il motivo reale del mio viaggio è solo la speranza di poterti vedere. So che penserai che sono pazzo, ma preferisco che pensi questo a lasciarti credere che ti ho dimenticato. Arrivo il 20 gennaio e sarò all'Hotel Ritz sulla Gran Vía. Per favore, ti chiedo di vederci, anche se brevemente, per farti dire di persona quello che ho nel cuore. Ho prenotato al ristorante dell'albergo per il 21 alle due. Sarò lì ad attenderti. Se verrai, farai di me l'uomo più felice del mondo e saprò che i miei sogni di recuperare il tuo amore hanno ancora speranza.

Ti ama da sempre,

Pablo

Per qualche secondo rimasi lì, seduto sul letto che avevo diviso con Bea solo qualche ora prima. Rimisi la lettera nella busta e, quando mi alzai, sentii come se mi avessero appena dato un pugno nello stomaco. Corsi in bagno e vomitai il caffè di quella mattina nel lavandino. Lasciai scorrere l'acqua fredda e mi bagnai la faccia. Il volto di quel Daniel di sedici anni a cui tremavano le mani la prima volta che aveva accarezzato Bea mi osservava dallo specchio.

11

Quando ridiscesi in libreria, mio padre mi lanciò un'occhiata inquisitoria e consultò l'orologio. Immaginai che si stesse chiedendo dov'ero stato nell'ultima mezz'ora, ma non
disse nulla. Gli diedi le chiavi della cantina, evitando di in-
crociare il suo sguardo.

«Ma non dovevi scendere tu a cercare i libri?» domandò.

«Certo. Scusami. Vado subito.»

Mio padre mi osservò di sottecchi.

«Stai bene, Daniel?»

Annuii, fingendo sorpresa per la sua domanda. Prima di
dargli occasione di ripeterla, mi avviai a prendere gli scatoloni che mi aveva chiesto. L'accesso alla cantina si trovava in
fondo all'atrio del palazzo. Una porta metallica chiusa con un
catenaccio, situata sotto la prima rampa di scale, dava su una
spirale di gradini che si perdevano nell'oscurità e puzzavano
di umidità e di qualcosa di indeterminato che faceva pensare
alla terra battuta e ai fiori morti. Una piccola fila di lampa-
dine dallo sfarfallio anemico pendeva dal soffitto e conferi-
va a quel luogo un'aria da rifugio antiaereo. Scesi le scale e,
una volta in cantina, tastai il muro in cerca dell'interruttore.

Una lampadina giallastra si accese sopra la mia testa, rivelando i contorni di quello che era poco più di un ripostiglio con manie di grandezza. Mummie di vecchie biciclette senza padrone, quadri velati di ragnatele e scatole di cartone impilate su scaffali di legno imbarcati dall'umidità formavano un quadretto che non invitava a passare là sotto più tempo di quello strettamente necessario. Fu solo osservando quel panorama che capii quanto fosse strano che Bea avesse deciso di scendere in cantina di sua spontanea volontà, invece di chiedere a me di farlo. Scrutai quel labirinto di avanzi e di cianfrusaglie e mi domandai quali altri segreti avesse nascosto lì sotto.

Rendendomi conto di ciò che stavo facendo, sospirai. Le parole di quella lettera mi stavano perforando il cervello come gocce di acido. Promisi a me stesso di non cominciare a frugare tra gli scatoloni alla ricerca di pacchi di lettere profumate di quell'individuo. Avrei infranto la mia promessa dopo pochi secondi, se non fosse stato perché sentii dei passi lungo le scale. Alzai lo sguardo e mi ritrovai davanti Fermín che contemplava la scena con aria nauseata.

«Senta, qui c'è puzza di cadavere. Non mi dirà che avete la madre di Merceditas imbalsamata in qualche cassa tra i modelli per l'uncinetto?!»

«Già che è qui, mi aiuti a portar su gli scatoloni che vuole mio padre.»

Fermín si tirò su le maniche, pronto a mettersi al lavoro. Gli indicai un paio di scatoloni con il marchio delle edizioni Vértice e ne prendemmo uno ciascuno.

«Daniel, ha una faccia peggio della mia. Le è successo qualcosa?»

«Saranno i vapori della cantina.»

Fermín non si fece depistare dal mio tentativo di fare una battuta. Appoggiai lo scatolone a terra e mi ci sedetti sopra.

«Posso farle una domanda, Fermín?»

Si sbarazzò del suo scatolone e lo adottò anche lui come sgabello. Lo fissai, pronto a parlare, ma incapace di far arrivare le parole alle labbra.

«Problemi di alcova?» mi chiese.

Arrossii notando quanto il mio amico mi conoscesse bene.

«Qualcosa del genere.»

«La signora Bea, sia benedetta fra le donne, ha poca voglia di guerra oppure, al contrario, ne ha troppa e lei fa fatica ad assicurarle i servizi minimi? Pensi che alle donne, quando hanno un bambino, è come se fosse stata iniettata nel sangue una bomba atomica di ormoni. Uno dei grandi misteri della natura è come sia possibile che non impazziscano nei venti secondi successivi al parto. Tutto questo lo so perché l'ostetricia, dopo il verso libero, è una delle mie passioni.»

«No, non è questo. Che io sappia.»

Fermín mi osservò stupito.

«Devo chiederle di non raccontare a nessuno quello che sto per dirle.»

Fermín si fece il segno della croce con solennità.

«Poco fa, per caso, ho trovato una lettera nella tasca del cappotto di Bea.»

La mia pausa non sembrò impressionarlo.

«E allora?»

«La lettera era del suo ex fidanzato.»

«Il cazzone? Ma non se n'era andato al Ferrol del Caudillo a fare una spettacolare carriera da figlio di papà?»

«Così credevo. Invece nel tempo libero scrive lettere d'amore a mia moglie.»

Fermín si alzò di scatto.

«Figlio di quella grandissima puttana» borbottò, più furioso di me.

Tirai fuori la lettera dalla tasca e gliela diedi. Fermín la annusò prima di aprirla.

«Mi sbaglio o questo stronzetto spedisce lettere su carta profumata?» chiese.

«Non ci avevo fatto caso, ma non mi sorprenderebbe. È fatto così. Il bello viene dopo. Legga, legga...»

Fermín lesse mormorando e scuotendo la testa.

«Oltre che miserabile e subdolo, questo tizio è la pacchianeria in persona. Quel "baciare altre labbra" dovrebbe bastare per fargli passare la notte in guardina.»

Rimisi la lettera in tasca e fissai il pavimento.

«Non mi dirà che sospetta della signora Bea?» chiese Fermín incredulo.

«No, certo che no.»

«Bugiardo.»

Mi alzai e cominciai a camminare su e giù per la cantina.

«E lei cosa farebbe se trovasse una lettera così nella tasca di Bernarda?»

Fermín meditò con attenzione.

«Mi fiderei della madre di mio figlio.»

«Fidarsi di lei?»

Fermín annuì.

«Non si offenda, Daniel, ma lei ha il problema classico degli uomini che sposano una donna straordinaria. La signora Bea, che per me è e sarà una santa, per dirla con il vernacolo popolare, è da inzupparci il pane e poi pulire il piatto con le dita. Di conseguenza, è prevedibile che libertini, mentecatti, tipi da spiaggia e ogni specie di galletti in circolazione le vadano dietro. Con o senza marito e figlio, perché di questo la scimmia infilata in un vestito che benevolmente chiamiamo homo sapiens se ne infischia. Lei non se ne renderà conto, ma mi ci giocherei i pantaloni che sua moglie attrae più mosche di un vasetto di miele alla fiera di aprile. Questo cretino è semplicemente un uccello necrofago che tira pietre a caso sperando di colpire qualcosa. Mi dia retta, una donna con la testa a posto e le sottane idem quelli di questa razza li vede da lontano.»

«Ne è sicuro?»

«Il dubbio offende. Lei crede che, se donna Beatriz volesse fare il salto della quaglia, dovrebbe aspettare che un bavoso di mezza tacca le mandasse boleri riscritti alla bell'e meglio per intortarsela? Ma se ogni volta che porta a passeggio il bambino e se ne va in giro con quella sua faccina ne avrà dieci, di pretendenti... Mi dia retta, so di cosa parlo.»

«Be', ora che lo dice, non so se è granché consolante.»

«Guardi, quello che deve fare è rimettere quella lettera nella tasca del cappotto in cui l'ha trovata e dimenticare questa storia. E non le venga in mente di dire nulla a sua moglie.»

«È questo che farebbe lei?»

«Quello che farei io sarebbe andare in cerca di quel cornuto e dargli un tal calcione nelle vergogne che sarebbero costretti a estirpargliele dalla strozza, così gli resterebbe solo la voglia di diventare anacoreta. Ma io sono io. E lei è lei.»

Sentii l'angoscia espandersi dentro di me come una goccia d'olio nell'acqua chiara.

«Non sono sicuro che mi abbia aiutato, Fermín.»

Si strinse nelle spalle e, sollevato lo scatolone, scomparve su per le scale.

Passammo il resto della mattinata impegnati nelle occupazioni della libreria. Dopo un paio d'ore di rimuginii sulla lettera, giunsi alla conclusione che Fermín aveva ragione. Quello che non riuscivo a chiarire era se avesse ragione quando consigliava di fidarmi e tacere o quando diceva di andare da quel disgraziato e scolpirgli una faccia nuova. Il calendario sul bancone indicava che eravamo al 20 dicembre. Avevo un mese per decidermi.

La giornata fu animata e con vendite modeste, ma costanti. Fermín non perdeva occasione di cantare a mio padre le lodi del presepe e il successo di quel Bambin Gesù con l'aspetto da sollevatore di pesi basco.

«Visto che lei è un asso delle vendite, mi ritiro nel retrobottega a pulire e a preparare il fondo che ci ha lasciato la vedova l'altro giorno.»

Ne approfittai per seguire Fermín e chiudermi la tenda alle spalle. Lui mi guardò con un certo allarme e gli offrii un sorriso conciliante.

«Se vuole, l'aiuto.»

«Come preferisce, Daniel.»

Per diversi minuti disimballammo gli scatoloni di libri e li ordinammo in pile per genere, stato di conservazione e grandezza. Fermín non apriva bocca ed evitava il mio sguardo.

«Fermín...»

«Le ho già detto che non deve preoccuparsi per la storia della lettera. La sua signora non è una donnicciola e il giorno che volesse piantarla, voglia Dio che non succeda mai, glielo dirà in faccia e senza intrighi da sceneggiato televisivo.»

«Messaggio ricevuto, Fermín. Ma non è questo.»

Fermín alzò gli occhi, angosciato.

«Ho pensato che stasera, dopo la chiusura, potremmo andare a cena insieme» iniziai. «Per parlare delle nostre cose. Della visita dell'altro giorno. E di quello che la preoccupa, che mi sa che ha a che farci.»

Fermín lasciò sul tavolo il libro che stava spolverando. Mi guardò scoraggiato e sospirò.

«Sono nei guai, Daniel» mormorò alla fine. «E non so come uscirne.»

Gli appoggiai la mano sulla spalla. Sotto il camice, ciò che si avvertiva erano pelle e ossa.

«Allora mi permetta di aiutarla. In due, queste cose si ridimensionano.»

Mi guardò sperduto.

«Sicuramente lei e io ce la siamo cavata in guai peggiori» insistetti.

Sorrise con tristezza, poco convinto della mia diagnosi.

«Lei è un buon amico, Daniel.»

Nemmeno la metà di quanto lui meritasse, pensai.

12

A quell'epoca Fermín viveva ancora nella vecchia pensione di calle Joaquín Costa, dove sapevo da fonte certa che il resto degli inquilini, in stretta e segreta collaborazione con la Rociíto e le sue sorelle d'armi, gli stava preparando un addio al celibato che sarebbe rimasto negli annali. Fermín mi stava già aspettando sul portone quando passai a prenderlo dopo le nove.

«Per la verità, non è che ho molta fame» annunciò appena mi vide.

«Peccato, perché avevo pensato che potevamo andare da Can Lluís» proposi. «Stasera ci sono ceci e *cap i pota*...»

«Be', non bisogna nemmeno essere precipitosi» convenne Fermín. «Il buon cibo è come una ragazza in fiore: non saperlo apprezzare è da stupidi.»

Prendendo come motto questa perla della collezione di aforismi dell'esimio don Fermín Romero de Torres, facemmo una passeggiata fino a quello che era uno dei ristoranti preferiti del mio amico in tutta Barcellona e in buona parte del mondo conosciuto. Can Lluís rimaneva al 49 di calle de la Cera, alle porte del Raval. Sotto un'apparenza modesta e una certa atmosfera artistoide impregnata dei misteri della vecchia Barcellona, offriva una cucina squisita, un servizio da libro di testo e una lista di prezzi che perfino Fermín o io potevamo permetterci. Nelle serate dei giorni feriali vi si riuniva una clientela bohémienne, gente di teatro, scrittori e altre creature della bella o brutta vita che brindavano uno accanto all'altro.

Quando entrammo, seduto al bancone a cenare e a sfogliare il giornale, trovammo un habitué della libreria, il professor Alburquerque, erudito locale, docente della facoltà di Lettere e fine critico e articolista che aveva lì la sua seconda casa.

«Difficile vederla in giro, professore» gli dissi passandogli accanto. «Qualche volta dovrebbe venirci a trovare e a fare rifornimento, perché l'uomo non vive di sole letture di necrologi su *La Vanguardia*.»

«Piacerebbe anche a me. È colpa di quelle tesi del cavolo. A furia di leggere le minchionate che mi scrivono questi bamboccioni di adesso, credo che mi stia venendo un principio di dislessia.»

In quel momento, uno dei camerieri gli servì il dolce, un rotondo budino che profumava di vaniglia e dondolava trasudando zucchero caramellato.

«Un paio di cucchiaiate di quel portento e le passa tutto, anche la dislessia» disse Fermín. «Sembra il seno di donna Margarita Xirgu, con tutto quell'andirivieni caramellato...»

Il dotto professore osservò il suo dessert alla luce di queste considerazioni e annuì estasiato. Lasciammo il saggio ad assaporare le bellezze zuccherine della diva del palcoscenico e ci rifugiammo a un tavolo d'angolo nella sala in fondo, dove, dopo un po', ci servirono una luculliana cena che Fermín provvide a risucchiare con la voracità e l'impeto di un'idrovora.

«Credevo che non avesse appetito» lasciai cadere là.

«È il muscolo, che chiede calorie» spiegò Fermín mentre lucidava il piatto con l'ultimo pezzo di pane rimasto nel cestino, anche se a me parve che fosse l'angoscia a consumarlo.

Pere, il cameriere che ci serviva, si avvicinò per vedere come andava e, alla vista dello sfracello che Fermín aveva fatto, gli passò il menu dei dessert.

«Un dolcetto per concludere in bellezza, maestro?»

«Guarda, non direi di no a un paio di budini di quelli che ho visto prima, con sopra una ciliegina bella colorata, se possibile» disse Fermín.

Pere annuì e ci raccontò che, quando il proprietario aveva sentito come Fermín aveva chiosato la consistenza e l'attrattiva metaforica di quella ricetta, aveva deciso di ribattezzare i budini *margaritas*.

«A me basta un caffè macchiato» dissi.

«Dice il capo che dolci e caffè li offre la casa» annunciò Pere.

Sollevammo i bicchieri di vino in direzione del proprietario, che stava dietro il bancone a chiacchierare con il professor Alburquerque.

«Brava persona» mormorò Fermín. «A volte ci si dimentica che in questo mondo non tutti sono dei miserabili.»

Mi sorprese la severità e l'amarezza del suo tono.

«Perché lo dice, Fermín?»

Il mio amico si strinse nelle spalle. Dopo un po' arrivarono i due budini, dondolando tentatori con in cima due ciliegine rilucenti.

«Le ricordo che tra poche settimane si sposa, e allora niente più *margaritas*» scherzai.

«Povero me» disse Fermín. «Ma sono solo chiacchiere. Non sono più quello di prima.»

«Nessuno di noi è più quello di prima.»

Fermín degustò con diletto il suo paio di budini.

«Adesso non ricordo dove ho letto che in fondo non siamo mai stati quelli di prima, che ricordiamo soltanto quello che non è mai accaduto…» disse.

«È l'inizio di un romanzo di Julián Carax» replicai.

«È vero. Che fine avrà fatto l'amico Carax? Lei non se lo chiede mai?»

«Ogni giorno.»

Fermín sorrise ricordando le nostre avventure d'altri tempi. Allora indicò il mio petto con un dito, adottando un atteggiamento inquisitorio.

«Le fa ancora male?»

Mi aprii un paio di bottoni della camicia e gli mostrai la cicatrice che la pallottola dell'ispettore Fumero mi aveva lasciato attraversandomi il petto quel giorno lontano tra le rovine dell'Ángel de Bruma.

«A volte.»

«La cicatrici non se ne vanno mai, non è vero?»

«Vanno e vengono, credo. Fermín, mi guardi negli occhi.»

Lo sguardo sfuggente di Fermín si posò sul mio.

«Mi racconta cosa le sta succedendo?»

Fermín esitò qualche secondo.

«Lo sapeva che Bernarda è in attesa?» domandò.

«No» mentii. «È questo che la preoccupa?»

Fermín negò, finendo il secondo budino con il cucchiaino e sorbendo lo zucchero caramellato che era rimasto.

«Lei non ha voluto ancora dirmelo, poverina, perché è preoccupata. Ma mi renderà l'uomo più felice del mondo.»

Lo guardai attentamente.

«Be', se vuole che le dica la verità, adesso e a tu per tu, lei non ha affatto la faccia di uno felice. È per le nozze? La preoccupa il fatto di sposarsi in chiesa e tutto il resto?»

«No, Daniel. Per la verità mi fa piacere, anche se ci sono i preti di mezzo. Io, con Bernarda, mi sposerei tutti i giorni.»

«E allora?»

«Sa qual è la prima cosa che ti chiedono quando vuoi sposarti?»

«Il nome» dissi senza pensarci.

Fermín annuì lentamente. Non mi era passato per la testa fino a quel momento. Di colpo capii il dilemma che stava affrontando il mio buon amico.

«Si ricorda di quello che le ho raccontato anni fa, Daniel?»

Lo ricordavo perfettamente. Durante la guerra civile e grazie ai sinistri uffici dell'ispettore Fumero, che a quei tempi, prima di passare dalla parte dei fascisti, faceva da macellaio al soldo dei comunisti, il mio amico era finito in galera, dove stava per perdere la ragione e la vita. Quando era riuscito a tornare in libertà, vivo per puro miracolo, aveva deciso di adottare un'altra identità e di cancellare il proprio passato. Moribondo, aveva preso in prestito un nome visto su un vecchio manifesto che annunciava una corrida nell'Arena Monumental. Così era nato Fermín Romero de Torres, un uomo che inventava la propria storia giorno dopo giorno.

«Per questo non voleva riempire i moduli della parrocchia» dissi. «Perché non può usare il nome di Fermín Romero de Torres.»

Fermín annuì.

«Guardi, sono sicuro che possiamo trovare il modo di procurarle dei documenti nuovi. Si ricorda del tenente Palacios, che aveva lasciato la polizia? Adesso dà lezioni di educazione fisica in una scuola della Bonanova, però qualche volta è passato per la libreria e così, parlando del più e del meno, un giorno mi ha raccontato che c'era tutto un mercato sotterraneo di nuove identità per gente che stava tornando in Spagna dopo anni passati all'estero e che lui conosceva un tipo con contatti nella polizia e un laboratorio vicino alle Atarazanas: per cento pesetas ti procurava una nuova carta d'identità e la registrava al ministero.»

«Lo so. Si chiamava Heredia. Un artista.»

«Si chiamava?»

«L'hanno trovato che galleggiava nel porto un paio di mesi fa. Hanno detto che era caduto da una barca mentre faceva un giro fino al frangiflutti. Con le mani legate sulla schiena. L'ironia dei fascisti.»

«Lei lo conosceva?»

«Avevamo avuto dei contatti.»

«Allora lei ce li ha, i documenti che la accreditano come Fermín Romero de Torres.»

«Heredia me li procurò nel '39, verso la fine della guerra. Allora era più facile, eravamo in una gabbia di matti e quando la gente si rese conto che la nave affondava per quattro soldi ti vendeva anche lo scudo araldico.»

«Allora perché non può usare il suo nome?»

«Perché Fermín Romero de Torres è morto nel 1940. Erano brutti tempi, Daniel, molto peggio di adesso. Il poveretto non durò nemmeno un anno.»

«È morto? Dove? Come?»

«Nella prigione del castello di Montjuic. Nella cella numero 13.»

Ricordai la scritta che il visitatore aveva lasciato per Fermín sull'esemplare de *Il conte di Montecristo*:

*A Fermín Romero de Torres, che è tornato
dal mondo dei morti e possiede la chiave del futuro.*

13

«Quella notte le ho raccontato soltanto una piccola parte della storia, Daniel.»

«Credevo che si fidasse di me.»

«Io, a lei, affiderei la mia vita a occhi chiusi. Non è questo. Se le ho raccontato solo una parte della storia, è stato per proteggerla.»

«Proteggermi? Da cosa?»

«Dalla verità, Daniel... Dalla verità.»

Seconda parte

DAL MONDO DEI MORTI

1

Barcellona, 1939

I prigionieri nuovi li portavano di notte, in automobili o furgoni neri che attraversavano la città in silenzio, partendo dal commissariato di Vía Layetana senza che nessuno li notasse, o volesse notarli. I veicoli della Brigada Social salivano per la vecchia strada che portava sulla collina del Montjuic e più d'uno raccontava che, quando aveva intravisto sulla cima il profilo del castello stagliato contro le nubi nere che strisciavano su dal mare, aveva capito che non ne sarebbe mai uscito vivo.

La fortezza era ancorata alla parte più alta della roccia, sospesa tra il mare a est, il tappeto di ombre steso da Barcellona a nord e l'infinita città dei morti a sud, il vecchio cimitero di Montjuic, il cui fetore risaliva la montagna e s'infiltrava fra le crepe delle pietre e le sbarre delle celle. In altri tempi, il castello era stato utilizzato per bombardare la città a cannonate, ma appena pochi mesi dopo la caduta di Barcellona e la sconfitta finale in aprile, la morte vi si era annidata in silenzio e i barcellonesi, imprigionati nella più lunga notte della loro storia, preferivano non alzare gli occhi al cielo e riconoscere il profilo della prigione in cima alla collina.

Ai prigionieri della polizia politica, quando entravano, veniva assegnato un numero, normalmente quello della cella che avrebbero occupato e in cui, con molta probabilità, sarebbero morti. Per la maggior parte degli inquilini, come a qualcuno dei carcerieri piaceva chiamarli, il viaggio al castello era di sola andata. La notte in cui l'inquilino numero 13 arrivò a Montjuic pioveva a dirotto. Piccoli rivoli di acqua torbida sanguinavano dai muri e l'aria puzzava di terra smossa. Due ufficiali lo scortarono fino a una stanza in cui non c'era altro che un tavolo di metallo e una sedia. Una lampadina nuda pendeva dal soffitto e sfarfallava quando l'impulso del generatore si indeboliva. Rimase lì per quasi mezz'ora, aspettando in piedi con i vestiti fradici, sotto la sorveglianza di una sentinella armata di fucile.

Alla fine si sentirono dei passi e la porta si aprì per far entrare un uomo giovane che non doveva avere più di trent'anni. Indossava un vestito di lana appena stirato e profumava di acqua di colonia. Non aveva l'aspetto marziale del militare di carriera o di un ufficiale di polizia. I suoi lineamenti erano delicati e l'atteggiamento cortese. Il prigioniero pensò che si dava arie da signorino e che rivelava l'atteggiamento condiscendente di chi si sente superiore al posto che occupa e al palcoscenico che deve condividere. La caratteristica del suo aspetto che più richiamava l'attenzione erano gli occhi. Azzurri, penetranti e affilati di avidità e diffidenza. Solo in quegli occhi, dietro la facciata di studiata eleganza e gesti cordiali, si intuiva la sua vera natura.

Gli occhiali rotondi gli ingrandivano lo sguardo e i capelli imbrillantinati e pettinati all'indietro gli conferivano un'aria vagamente affettata e incongrua con il sinistro scenario. L'individuo si sedette sulla sedia dietro il tavolo e aprì una cartellina che aveva in mano. Dopo una rapida analisi del suo contenuto, unì le mani appoggiando i polpastrelli sotto il mento e guardò a lungo il prigioniero.

«Mi scusi, ma credo ci sia stato un equivoco...» disse il prigioniero.

Il colpo con il calcio del fucile nello stomaco gli mozzò il respiro e cadde a terra raggomitolato su se stesso.

«Parla solo quando il signor direttore ti interroga» gli intimò la sentinella.

«In piedi» ordinò il signor direttore, con voce tremula, ancora poco abituata a comandare.

Il prigioniero riuscì a rialzarsi e affrontò lo sguardo scomodo del signor direttore.

«Nome?»

«Fermín Romero de Torres.»

Il prigioniero guardò quegli occhi azzurri e vi lesse disprezzo e disinteresse.

«Che razza di nome è? Mi prendi per scemo? Forza: nome, quello vero.»

Il prigioniero, un ometto gracile, tese i documenti al signor direttore. La sentinella glieli strappò di mano e li mise sul tavolo. Il signor direttore diede loro un'occhiata rapida e schioccò la lingua, sorridendo.

«Un altro di quelli di Heredia...» mormorò prima di gettare i documenti nel cestino. «Queste carte non valgono niente. Mi dici come ti chiami o dobbiamo fare sul serio?»

L'inquilino numero 13 cercò di articolare qualche parola, ma gli tremavano le labbra e a stento fu in grado di balbettare qualcosa di incomprensibile.

«Non avere paura, ché non mangiamo nessuno. Che ti hanno raccontato? Ci sono un sacco di rossi di merda che spargono calunnie in giro, ma qui le persone, se collaborano, vengono trattate bene, da spagnoli. Forza, spogliati.»

L'inquilino sembrò esitare un istante. Il signor direttore abbassò gli occhi, come se tutta la situazione lo mettesse a disagio e solo l'ostinazione del prigioniero lo trattenesse lì. Un attimo dopo, la sentinella gli diede un altro colpo con il calcio del fucile, stavolta nei reni, che lo fece stramazzare al suolo.

«L'hai sentito, il signor direttore. Nudo. Non abbiamo tutta la notte.»

L'inquilino numero 13 riuscì a mettersi in ginocchio e a liberarsi a poco a poco dei vestiti sporchi e insanguinati che lo ricoprivano. Quando fu completamente nudo, la sentinella gli infilò la canna del fucile sotto un'ascella e lo costrinse ad alzarsi. Il signor direttore sollevò lo sguardo dal tavolo e sfoggiò un gesto di disgusto notando le bruciature che gli ricoprivano il dorso, le natiche e buona parte delle cosce.

«Sembra che il nostro campione sia un vecchio conoscente di Fumero» commentò la sentinella.

«Lei stia zitto» ordinò il signor direttore con scarsa convinzione.

Guardò impaziente il prigioniero e vide che stava piangendo.

«Su, non piangere e dimmi come ti chiami.»

Il prigioniero sussurrò di nuovo il suo nome.

«Fermín Romero de Torres...»

Il signor direttore sospirò, seccato.

«Guarda, mi stai facendo perdere la pazienza. Voglio aiutarti e non mi va di dover chiamare Fumero e dirgli che sei qui...»

Il prigioniero iniziò a gemere come un cane ferito e a tremare in modo così violento che il signor direttore, a cui chiaramente la scena dava fastidio e che desiderava sbrigare quell'incombenza prima possibile, scambiò un'occhiata con la sentinella e, senza aprire bocca, si limitò ad annotare sul registro il nome che gli aveva fornito il prigioniero e a sussurrare qualche maledizione.

«Guerra di merda» mormorò tra sé quando portarono il prigioniero nella sua cella, trascinandolo nudo lungo i tunnel pieni di pozzanghere.

2

La cella era un rettangolo buio e umido con un piccolo foro scavato nella roccia da cui s'intrufolava l'aria fredda. Le pareti erano coperte di tacche e di segni incisi dai vecchi inquilini. Alcuni scrivevano i loro nomi, delle date o lasciavano qualche indizio della loro esistenza. Uno si era messo a graffiare crocifissi nell'oscurità, ma il cielo non sembrava essersene accorto. Le sbarre che sigillavano la cella erano di ferro rugginoso e lasciavano un velo di ossido sulle mani.

Fermín si era accoccolato su una branda, cercando di coprire la propria nudità con un pezzo di stoffa cenciosa che, immaginò, faceva le veci di coperta, materasso e cuscino. La penombra aveva una sfumatura ramata, come il fiato di una candela smorta. Dopo un po', gli occhi si abituavano a quelle tenebre perpetue e l'udito si affinava per captare lievi movimenti di corpi nella litania di echi e sgocciolii portata dalla corrente d'aria che filtrava dall'esterno.

Fu solo dopo aver trascorso lì la prima mezz'ora che Fermín si accorse che all'altra estremità della cella c'era una massa nell'ombra. Si alzò e vi si avvicinò lentamente per scoprire che si trattava di un sacco di tela sudicia. Il freddo e l'umidità avevano iniziato a inzuppargli le ossa, ma, sebbene l'odore di quel fagotto punteggiato di macchie scure non invitasse a congetture allegre, Fermín pensò che forse la sacca conteneva l'uniforme della prigione che nessuno si era preso la briga di consegnargli e, con un po' di fortuna, qualche coperta con cui proteggersi dal freddo. Si accovacciò davanti alla sacca e sciolse il nodo che chiudeva una delle estremità.

Quando abbassò la tela, il bagliore delle candele che tremolavano nel corridoio gli svelò quello che per un attimo scambiò per il viso di un bambolotto, un manichino come quello che i sarti mettevano in vetrina per esibire i loro vestiti. Il puzzo e la nausea gli fecero capire che non si trattava di niente del genere. Coprendosi il naso e la bocca con una mano, tirò via il resto della tela e arretrò fino a scontrarsi con il muro della cella.

Il cadavere sembrava quello di un adulto dall'età indefinita, tra i quaranta e i settantacinque anni, che non doveva pesare più di cinquanta chili. Una lunga chioma e una barba bianca gli ricoprivano buona parte del torso scheletrico. Le mani ossute, con unghie lunghe e ritorte, sembravano le grinfie di un uccello. Aveva gli occhi aperti e le cornee gli si erano raggrinzite come frutti maturi. La bocca era socchiusa e la lingua, gonfia e annerita, era rimasta di traverso fra i denti marci.

«Gli tolga i vestiti prima che se lo portino via» disse una voce dalla cella sull'altro lato del corridoio. «Nessuno gliene darà altri fino al mese prossimo.»

Fermín sondò le ombre e percepì quei due occhi brillanti che lo osservavano dalla branda dell'altra cella.

«Niente paura, ché il poveretto non può più far male a nessuno» assicurò la voce.

Fermín annuì e si avvicinò di nuovo al sacco, chiedendosi come avrebbe portato a termine l'operazione.

«Mi scusi» mormorò al defunto. «Riposi in pace e che Dio l'abbia in gloria.»

«Era ateo» informò la voce dalla cella di fronte.

Fermín annuì e la fece finita con le cerimonie. Il freddo che inondava la cella arrivava fino alle ossa e sembrava suggerire che lì i gesti di cortesia fossero superflui. Trattenne il respiro e si mise all'opera. Gli indumenti avevano lo stesso odore del cadavere. Il rigor mortis aveva iniziato a estendersi lungo il corpo e il compito di svestirlo risultò più faticoso di quanto avesse immaginato. Spogliato il defunto dei suoi ornamenti, Fermín lo ricoprì di nuovo con il sacco, chiudendolo con un nodo da marinaio che nemmeno il grande Houdini sarebbe riuscito a sciogliere. Poi, indossati quei vestiti sfilacciati e pestilenti, Fermín si stese di nuovo sulla branda chiedendosi quanti utenti fossero già passati per quella stessa uniforme.

«Grazie» disse alla fine.

«Non c'è di che» rispose la voce dall'altro lato del corridoio.

«Fermín Romero de Torres, per servirla.»

«David Martín.»

Fermín corrugò le sopracciglia. Il nome gli risultava familiare. Rimase a rimestare tra echi e ricordi per quasi cinque minuti, poi gli si accese la lampadina e ricordò pomeriggi rubati in un angolo della biblioteca del Carmen a divorare una serie di libri con copertine e titoli forti.

«Martín, lo scrittore? Quello de *La città dei maledetti*?»
Un sospiro nell'ombra.

«In questo paese nessuno rispetta più gli pseudonimi.»

«Scusi l'indiscrezione. È che la mia devozione per i suoi libri era da manuale, per questo so che era lei a tenere la penna dell'insigne Ignatius B. Samson...»

«Per servirla.»

«Be', guardi, signor Martín, è un piacere conoscerla, anche se in queste infauste circostanze, perché è da anni che sono un suo grande ammiratore e...»

«Vediamo di starcene zitti, piccioncini, ché qui c'è gente che cerca di dormire» rombò una voce aspra che sembrava provenire dalla cella contigua.

«È arrivato l'allegrone della casa» lo interruppe una seconda voce, un po' più lontana nel corridoio. «Non gli dia retta, Martín, ché qui uno si addormenta e le cimici se lo mangiano vivo, a partire dalle pudenda. Su, Martín, perché non ci racconta una storia? Una di quelle di Chloé...»

«Già, così te lo meni come una scimmia» replicò la voce ostile.

«Amico Fermín» informò Martín dalla sua cella, «ho il piacere di presentarle il numero 12, che vede tutto nero, di qualunque cosa si tratti, e il numero 15, insonne, colto e ideologo ufficiale del braccio. Il resto parla poco, soprattutto il numero 14.»

«Parlo quando ho qualcosa da dire» intervenne una voce grave e gelida, che Fermín immaginò dovesse appartenere al numero 14. «Se tutti qui facessimo la stessa cosa, passeremmo le notti in pace.»

Fermín valutò quella comunità così particolare.

«Buona sera a tutti. Mi chiamo Fermín Romero de Torres ed è un piacere conoscervi.»

«Il piacere è tutto suo» replicò il numero 12.

«Benvenuto, e spero che il suo soggiorno sia breve» disse il numero 14.

Fermín diede un'altra occhiata al sacco che conteneva il cadavere e deglutì.

«Quello era Lucio, il precedente numero 13» spiegò Martín. «Di lui non sappiamo nulla perché il poverino era muto. Una pallottola gli aveva fatto saltare la laringe sull'Ebro.»

«Peccato che fosse l'unico» commentò il numero 12.

«Di cosa è morto?» chiese Fermín.

«Qui si muore semplicemente stando qua» rispose il numero 12. «Non c'è bisogno di molto altro.»

3

La routine aiutava. Una volta al giorno, per un'ora, i prigionieri dei primi due bracci venivano condotti al cortile del fossato per far prendere loro un po' di sole, di pioggia o di quello che passava il convento. Il rancio consisteva in un tazzone mezzo pieno di un intruglio freddo, unto e grigiastro, di natura indefinita e gusto rancido al quale, passato qualche giorno, e con i crampi della fame allo stomaco, ci si finiva per abituare. Veniva distribuito a metà pomeriggio e con il tempo i prigionieri imparavano a desiderare il suo arrivo.

Una volta al mese i detenuti consegnavano i vestiti sporchi e ne ricevevano altri che, in linea di principio, dovevano essere stati immersi per un minuto in un calderone di acqua bollente, anche se le cimici non sembravano averne ricevuto conferma. Le domeniche veniva celebrata una messa a cui era raccomandato partecipare e che nessuno si azzardava a perdere perché il prete faceva l'appello e, se mancava qualcuno, prendeva nota. Due assenze si traducevano in una settimana a digiuno. Tre, in vacanze di un mese in una delle celle di isolamento nella torre.

I bracci, i cortili e gli spazi utilizzati dai prigionieri erano strettamente sorvegliati. Un reparto di sentinelle armate di fucili e pistole pattugliava la prigione e, quando gli internati si trovavano fuori dalle celle, era impossibile guardare in qualunque direzione e non vederne almeno una dozzina con occhio scrutatore e armi pronte. Alle sentinelle si aggiungevano, meno minacciosi, i secondini. Nessuno di loro aveva l'aspetto da militare e l'opinione comune tra i prigionieri era che si trattasse di un gruppo di poveri disgraziati che non erano riusciti a trovare un lavoro migliore in quei giorni di miseria.

A ogni braccio era assegnato un secondino che, armato di un mazzo di chiavi, faceva turni di dodici ore seduto su una sedia alla fine del corridoio. La maggior parte evitava di fraternizzare con i prigionieri o perfino di rivolgere loro la parola o lo sguardo al di là del minimo necessario. L'unico a fare eccezione era un povero diavolo, soprannominato Bebo, che aveva perso un occhio in un bombardamento aereo quando faceva la guardia notturna in una fabbrica del Pueblo Seco.

Si diceva che Bebo avesse un fratello gemello rinchiuso in qualche carcere di Valencia e che fosse proprio questa, forse, la ragione per cui trattava i prigionieri con una certa amabilità, oltre a passare loro, sottobanco e quando nessuno lo vedeva, acqua potabile, pane secco o qualsiasi altra cosa che riusciva a sgraffignare dal bottino in cui le sentinelle trasformavano i pacchi inviati dai familiari dei reclusi. A Bebo piaceva trascinarsi la sedia in prossimità della cella di David Martín e ascoltare le storie che a volte lo scrittore raccontava. In quel particolare inferno, Bebo era quanto di più simile a un angelo potesse esistere.

Abitualmente, dopo la messa domenicale, il signor direttore rivolgeva qualche parola edificante ai prigionieri. Tutto ciò che si sapeva di lui era che si chiamava Mauricio Valls e che prima della guerra era stato un modesto aspirante letterato che lavorava come segretario e factotum di un autore locale di una certa fama ed eterno rivale del povero don Pedro Vidal. Nel tempo libero traduceva (male) classici greci e latini, pubblicava con un paio di anime gemelle un foglio di alte ambizioni culturali e bassa diffusione e organizzava salotti in cui un battaglione di eminenze affini deplorava lo stato delle cose e profetizzava che se un giorno qualcuno di loro avesse preso il coltello per il manico il mondo sarebbe asceso all'Olimpo.

La sua vita sembrava incamminata verso quell'esistenza grigia e amara dei mediocri che Dio, nella sua infinita crudeltà, ha benedetto con i deliri di grandezza e la superbia dei titani. E tuttavia la guerra aveva riscritto il suo destino, come quello di tanti altri: la sua sorte era cambiata quando, in una situazione tra la casualità e la fortuna di sposare una donna ricca, Mauricio Valls, fino a quel momento innamorato solo del suo prodigioso talento e della sua squisita raffinatezza, aveva contratto matrimonio con la figlia di un potente industriale i cui tentacoli sostenevano buona parte del bilancio del generale Franco e delle sue truppe.

La fidanzata, otto anni più anziana di Mauricio, era prostrata su una sedia a rotelle da quando era tredicenne, afflitta da una malattia congenita che le divorava i muscoli e la vita. Nessun uomo l'aveva mai guardata negli occhi né presa per mano per dirle che era bella e chiederle il suo nome. Mauricio, che come tutti i letterati senza talento era in fondo un uomo tanto pratico quanto vanitoso, era stato il primo e l'ultimo a farlo, e un anno più tardi la coppia convolava a nozze a Siviglia con la partecipazione straordinaria del generale Queipo de Llano e di altri cervelloni dell'apparato nazionale.

«Lei farà carriera, Valls» gli pronosticò Serrano Súñer in persona durante un'udienza privata a Madrid, nella quale Valls era andato a mendicare l'incarico di direttore della Biblioteca Nazionale. «La Spagna vive momenti difficili e ogni spagnolo che si rispetti deve collaborare a contenere le orde marxiste che vogliono corrompere la nostra riserva spirituale» annunciò il cognato del Caudillo, fiammante nella sua uniforme di ammiraglio da operetta.

«Sua Eccellenza conti su di me» si offrì Valls. «Per qualsiasi cosa.»

"Qualsiasi cosa" risultò essere un posto da direttore, ma non della prodigiosa Biblioteca Nazionale come lui desiderava, bensì di un carcere dalla lugubre reputazione appollaiato sulla cima della collina che sovrastava la città di Barcellona. La lista di amici e pupilli da collocare in posti di prestigio era lunga e prolissa, e Valls, malgrado il suo impegno, si trovava nella parte inferiore.

«Abbia pazienza, Valls. I suoi sforzi verranno ricompensati.»

Mauricio Valls imparò così la sua prima lezione nella complessa arte nazionale di brigare e arrampicarsi dopo qualunque cambio di regime: migliaia di accoliti e convertiti partecipavano alla scalata e la concorrenza era durissima.

4

Così, almeno, diceva la leggenda. Quel cumulo non confermato di sospetti, congetture e voci di terza mano era giunto alle orecchie dei prigionieri grazie alle male arti del precedente direttore, deposto dopo appena due settimane al vertice e avvelenato dal risentimento contro quel parvenu arrivato a rubargli il posto per il quale aveva combattuto tutta la guerra. Il direttore uscente era privo di connessioni familiari e si trascinava dietro il fatidico precedente di essere stato sorpreso ubriaco mentre proferiva commenti scherzosi sul Generalissimo di tutte le Spagne e sulla sua sorprendente somiglianza con il Grillo Parlante. Prima di finire sepolto come vicedirettore in una prigione di Ceuta, si era dedicato a dire peste e corna di don Mauricio Valls a chiunque volesse ascoltarlo.

L'unica cosa certa era che a nessuno veniva consentito di riferirsi a Valls con altri appellativi se non quello di signor direttore. La versione ufficiale, promulgata da lui stesso, recitava che don Mauricio era un uomo di lettere di riconosciuto prestigio, possessore di un coltivato intelletto e di una squisita erudizione accumulata in anni di studio a

Parigi e che, al di là di quella temporanea permanenza nel settore penitenziario del regime, aveva come missione e destino educare la gente semplice di quella Spagna decimata e di insegnarle a pensare con l'aiuto di una selezionata cerchia di intellettuali affini.

I suoi discorsi includevano spesso estese citazioni dagli scritti, dalle poesie o dagli articoli pedagogici sulla letteratura, la filosofia e il necessario rinascimento del pensiero occidentale che pubblicava assiduamente sulla stampa nazionale. Se i prigionieri applaudivano con forza al termine di queste sessioni magistrali, il signor direttore faceva un gesto magnanimo e i secondini distribuivano sigarette, candele o qualche altro lusso scelto nel lotto di pacchetti e donazioni inviati ai reclusi dai familiari. Gli articoli più appetibili erano già stati confiscati in precedenza dai carcerieri, che se li portavano a casa o li vendevano agli internati, ma era comunque meglio di niente.

I morti per cause naturali o vagamente indotte, normalmente da uno a tre ogni settimana, venivano raccolti a mezzanotte, eccetto che nei fine settimana o nelle feste comandate; in quei casi, il cadavere rimaneva nella cella fino al lunedì o al successivo giorno feriale, tenendo abitualmente compagnia al nuovo inquilino. Quando i prigionieri davano la voce che uno dei loro compagni era passato a miglior vita, uno dei secondini si avvicinava, verificava il polso o la respirazione e lo metteva in uno dei sacchi di tela che si usavano a tale scopo. Una volta che il sacco era stato legato, giaceva nella cella in attesa che le pompe funebri del contiguo cimitero di Montjuic passassero a ritirarlo. Nessuno sapeva cosa ne facessero; quando l'avevano domandato a Bebo, il secondino si era rifiutato di rispondere e aveva abbassato gli occhi.

Ogni quindici giorni si celebrava un processo militare sommario e i condannati venivano fucilati all'alba. A volte il plotone d'esecuzione non riusciva a raggiungere nessun organo vitale, a causa del cattivo stato dei fucili o delle munizioni, e si sentivano per ore i lamenti di agonia dei fucilati caduti nel fossato. In qualche occasione, c'era uno scoppio e le urla cessavano di colpo. La teoria che circolava tra i prigionieri era che qualcuno degli ufficiali aveva dato loro il colpo di grazia con una granata, ma nessuno era sicuro che la spiegazione fosse proprio quella.

Un'altra delle voci che circolavano all'interno del carcere era che il signor direttore era solito ricevere nel suo ufficio le mogli, le figlie, le fidanzate e perfino le zie e le nonne dei prigionieri il venerdì mattina. Privo della sua fede nuziale, che confinava nel primo cassetto della scrivania, ascoltava le loro suppliche, soppesava le loro richieste, offriva un fazzoletto per i loro pianti, accettava i loro regali e i loro favori di altra natura, concessi dopo la promessa di migliore alimentazione e miglior trattamento o di revisione di losche sentenze che non giungevano mai ad alcuna conclusione.

In altre occasioni, Mauricio Valls offriva loro solo pasticcini da tè e un bicchiere di moscatello e, se nonostante le miserie dell'epoca e la cattiva alimentazione erano ancora di bell'aspetto e da pilucccare, leggeva loro qualcuno dei suoi scritti, confessava che il suo matrimonio con una donna malata era un calvario di santità e si riempiva la bocca di parole su quanto detestasse il suo lavoro da carceriere e su come considerasse un'umiliazione il fatto che avessero confinato un uomo di così alta cultura, eleganza e finezza in quella trappola, quando il suo destino naturale era far parte delle élite della nazione.

I veterani del luogo consigliavano di non menzionare il signor direttore, e possibilmente di non pensarci nemmeno. La maggior parte dei prigionieri preferiva parlare delle famiglie che avevano lasciato, delle loro mogli o della vita che ricordavano. Alcuni avevano foto delle fidanzate o delle spose che custodivano gelosamente e difendevano con la vita se qualcuno cercava di impadronirsene. Più di un prigioniero aveva spiegato a Fermín che il peggio erano i primi tre mesi. Poi, una volta perduta ogni speranza, il tempo cominciava a scorrere in fretta e i giorni senza senso sopivano l'anima.

5

La domenica, dopo la messa e il discorso del signor direttore, alcuni prigionieri si riunivano in un angolo al sole
del cortile a condividere qualche sigaretta e ad ascoltare
le storie che, quando era presente a se stesso, raccontava
David Martín. Fermín, che le conosceva quasi tutte perché
aveva letto l'intera serie de *La città dei maledetti*, si univa a
loro e lasciava volare l'immaginazione. Spesso, però, Martín non sembrava essere nelle condizioni di contare nemmeno fino a cinque e gli altri lo lasciavano in pace a parlare da solo in giro per il cortile. Fermín lo osservava con
attenzione e a volte lo seguiva da vicino, perché c'era qualcosa in quel povero diavolo che gli straziava il cuore. Con
le sue arti e i suoi abili intrighi, Fermín cercava di procu-
rargli sigarette e perfino zollette di zucchero, che gli piacevano da morire.

«Fermín, lei è un brav'uomo. Cerchi di nasconderlo.»

Martín portava sempre con sé una vecchia foto che amava contemplare a lungo. Vi era raffigurato un uomo vestito
di bianco che teneva per mano una bambina di una decina
d'anni. Guardavano il tramonto dalla punta di un piccolo

molo di legno che partiva da una spiaggia come una passerella tesa su acque trasparenti. Quando Fermín gli chiedeva della foto, Martín restava in silenzio e si limitava a sorridere prima di rimettere l'immagine in tasca.

«Chi è la ragazza della foto, signor Martín?»

«Non ne sono sicuro, Fermín. A volte la memoria mi tradisce. A lei non succede?»

«Certo. Succede a tutti.»

Si diceva che Martín non avesse tutte le rotelle a posto, ma, dopo averlo frequentato un po', Fermín aveva iniziato a sospettare che il poverino fosse ancora più malridotto di quanto il resto dei prigionieri pensasse. A tratti era più lucido che mai, ma spesso non sembrava capire dove si trovasse e parlava di luoghi e persone che evidentemente esistevano solo nella sua immaginazione o nei suoi ricordi.

Fermín si svegliava di frequente nel cuore della notte e sentiva Martín intrattenere una conversazione a voce bassa nella sua cella. Se si avvicinava con cautela alle sbarre e aguzzava le orecchie, riusciva ad ascoltare nitidamente Martín che discuteva con qualcuno a cui si riferiva come signor Corelli e che, stando al contenuto di quegli scambi, sembrava un personaggio parecchio sinistro.

Una di quelle notti, Fermín aveva acceso ciò che gli restava della sua ultima candela e l'aveva sollevata in direzione della cella di fronte per scoprire che Martín era solo e che entrambe le voci, la sua e quella di Corelli, provenivano dalle sue labbra. Martín camminava in circolo per la cella; quando il suo sguardo incrociò quello di Fermín, a quest'ultimo risultò evidente che il suo compagno di braccio non lo vedeva e che si comportava come se i muri di quella prigione non esistessero e la sua conversazione con quello strano signore si svolgesse molto lontano da lì.

«Non ci faccia caso» mormorò il numero 15 dall'ombra. «Ogni notte è lo stesso. È matto da legare. Beato lui.»

La mattina dopo, quando Fermín gli chiese di quel Corelli e delle sue conversazioni notturne, Martín lo guardò sorpreso e si limitò a sorridere confuso. In un'altra occasione in cui non riusciva a prendere sonno a causa del freddo, Fermín si avvicinò di nuovo alle sbarre e sentì Martín parlare con uno dei suoi amici invisibili. Quella notte Fermín si azzardò a interromperlo.

«Martín? Sono Fermín, il vicino di fronte. Si sente bene?»

Martín si avvicinò alle sbarre e Fermín riuscì a scorgere che aveva il viso bagnato di lacrime.

«Signor Martín, chi è Isabella? Stava parlando di lei un attimo fa.»

Martín lo fissò a lungo.

«Isabella è l'unica cosa buona che è rimasta in questo mondo di merda» rispose con un'asprezza insolita in lui. «Se non fosse per lei, varrebbe la pena dargli fuoco e lasciarlo bruciare fino a quando non resti solo cenere.»

«Mi scusi, Martín. Non volevo importunarla.»

Lo scrittore si ritirò nell'ombra. Il giorno successivo lo trovarono tremante su una pozzanghera di sangue. Bebo si era addormentato sulla sedia e Martín ne aveva approfittato per raschiare i polsi contro il muro fino ad aprirsi le vene. Quando lo portarono via in barella era tanto pallido che Fermín credette di non rivederlo mai più.

«Non si preoccupi per il suo amico, Fermín» disse il numero 15. «Se fosse stato un altro, sarebbe finito direttamente nel sacco, ma a Martín il signor direttore non lo lascia morire. Nessuno sa il perché.»

La cella di David Martín rimase vuota per cinque settimane. Quando Bebo ve lo riportò, sostenendolo in braccio e con un pigiama bianco come se fosse un bambino, aveva le braccia bendate fino ai gomiti. Non ricordava nessuno e passò la prima notte a parlare da solo e a ridere. Bebo sistemò la sedia davanti alle sbarre e non lo perse di vista tutta la notte, passandogli zollette di zucchero che aveva rubato dalla stanza degli ufficiali e si era nascosto nelle tasche.

«Signor Martín, per favore, non dica queste cose, ché il Signore la punirà» gli sussurrava tra uno zuccherino e l'altro.

Nel mondo reale, il numero 12 era stato il dottor Román Sanahuja, primario del reparto di medicina interna dell'Hospital Clínico, uomo integerrimo ed esente da deliri e infiammazioni ideologiche, spedito al castello per la sua coscienza e il suo rifiuto di denunciare i colleghi. Di norma, a nessun prigioniero veniva riconosciuto il minimo privilegio tra quelle mura. Tranne quando il suddetto privilegio potesse procurare qualche beneficio al signor direttore. Nel caso del dottor Sanahuja, la sua utilità venne ben presto riconosciuta.

«Purtroppo, qui non dispongo delle attrezzature mediche che vorrei» gli spiegò Valls. «La realtà è che il regime ha altre priorità e poco importa se qualcuno di voi marcisce di cancrena nella sua cella. Dopo molte battaglie, sono riuscito a farmi mandare una farmacia di primo soccorso male equipaggiata e un medicastro al quale non credo farebbero nemmeno passare la scopa nella facoltà di veterinaria. Ma è quello che c'è. Mi risulta che, prima di soccombere agli errori della neutralità, lei era un medico di un certo prestigio. Per motivi che non è il caso di esplicitare, tengo particolarmente al fatto che il prigioniero David Martín non ci lasci anzitempo. Se lei accetta di collaborare a conservarlo in un ragionevole stato di salute, tenendo conto delle circostanze le assicuro che renderò più sopportabile la sua permanenza qui e mi incaricherò personalmente di chiedere una revisione del suo caso nella prospettiva di ridurle la pena.»

Il dottor Sanahuja annuì.

«Mi è giunto all'orecchio che alcuni prigionieri sostengono che Martín sia un po' fuori di testa. È così?» domandò il signor direttore.

«Non sono psichiatra, ma, secondo la mia modesta opinione, credo che Martín sia visibilmente squilibrato.»

Il signor direttore soppesò quella considerazione.

«E, da medico, quanto direbbe che possa durare?» chiese. «Vivo, intendo.»

«Non lo so. Le condizioni del carcere sono malsane e…»

Il signor direttore lo fermò con un gesto di noia, annuendo.

«E quanto crede che possa mantenere le sue facoltà mentali?»

«Non molto, immagino.»

«Capisco.»

Il signor direttore gli offrì una sigaretta che il dottore declinò.

«Lei lo stima, vero?»

«Lo conosco a stento» replicò il dottore. «Sembra un brav'uomo.»

Il signor direttore sorrise.

«È un pessimo scrittore. Il peggiore che abbia avuto questo paese.»

«Il signor direttore è l'esperto internazionale di letteratura. Io non ne capisco.»

Il signor direttore lo fissò freddamente.

«Per impertinenze minori ho spedito qualcuno in cella di isolamento per tre mesi. Vi sopravvivono in pochi, e quelli che lo fanno tornano in condizioni peggiori del suo amico Martín. Non creda che la sua laurea le dia qualche privilegio. La sua scheda dice che fuori ha una moglie e tre figlie. La sua sorte e quella della sua famiglia dipendono da quanto mi risulterà utile. Sono stato chiaro?»

Il dottor Sanahuja deglutì.

«Sì, signor direttore.»

«Grazie, *dottore*.»

Periodicamente, il direttore chiedeva a Sanahuja di dare un'occhiata a Martín, perché le malelingue dicevano che non si fidava troppo del medico del carcere, un imbroglione che, a furia di stilare certificati di morte, sembrava aver dimenticato il concetto di prevenzione e che finì per licenziare poco tempo dopo.

«Come va il paziente, dottore?»

«Debole.»

«Già. E i suoi demoni? Continua a parlare da solo e a immaginare cose?»

«Non ci sono cambiamenti.»

«Ho letto su *Abc* un magnifico articolo del mio buon amico Sebastián Jurado in cui parla della schizofrenia, malattia dei poeti.»

«Non sono abilitato a fare questa diagnosi.»

«Ma può tenerlo in vita, non è vero?»

«Ci provo.»

«Faccia qualcosa in più che provarci. Pensi alle sue figlie. Così giovani. Così indifese e con tutti quei malvagi e tutti quei rossi nascosti ancora in giro.»

Con il passare dei mesi, il dottor Sanahuja finì per affezionarsi a Martín e un giorno, condividendo qualche mozzicone, raccontò a Fermín quanto sapeva della storia di quell'uomo che qualcuno, scherzando sui suoi vaneggiamenti e sulla sua condizione di lunatico ufficiale del carcere, aveva soprannominato "il Prigioniero del Cielo".

6

«Se vuole che le dica la verità, credo che, quando l'hanno portato qui, David Martín stesse già male da molto tempo. Ha mai sentito parlare della schizofrenia, Fermín? È una delle nuove parole preferite del signor direttore.»

«È quella cosa a cui i civili amano riferirsi dicendo "è fuori come un balcone".»

«Non c'è da scherzare, Fermín. È una malattia molto grave. Non è il mio campo, ma ho visto qualche caso e spesso i pazienti sentono voci, vedono e ricordano persone o eventi che non sono mai accaduti... A poco a poco la mente si deteriora e i pazienti non riescono a distinguere tra la realtà e la finzione.»

«Come il settanta per cento degli spagnoli... E crede che il povero Martín soffra di questa malattia, dottore?»

«Non lo so con sicurezza. Le ho già detto che non è il mio campo, ma credo che presenti alcuni dei sintomi più diffusi.»

«Magari, in questo caso, la malattia è una benedizione...»

«Non è mai una benedizione, Fermín.»

«E lui sa di essere, diciamo così, ammalato?»

«Ai pazzi sembra sempre che i pazzi siano gli altri.»

«Quello che dicevo del settanta per cento degli spagnoli…»

Una sentinella li osservava dall'alto di una garitta, come se volesse leggere loro le labbra.

«Abbassi la voce, se no ci torchiano.»

Il dottore fece segno a Fermín di tornare indietro e si incamminarono verso l'altra estremità del cortile.

«Con i tempi che corrono, anche i muri hanno orecchie» disse Sanahuja.

«Ora ci mancherebbe soltanto che avessero mezzo cervello in due e magari ce la caveremmo» replicò Fermín.

«Sa cosa mi ha detto Martín la prima volta che l'ho visitato su richiesta del signor direttore? "Dottore, credo di avere scoperto l'unico modo di uscire da questa prigione." "Come?" "Morto." "Non ha un altro metodo più pratico?" "Ha letto *Il conte di Montecristo*, dottore?" "Da ragazzino. Non me lo ricordo quasi." "E allora se lo rilegga. Lì c'è tutto." Non gli ho voluto dire che il signor direttore ha fatto ritirare dalla biblioteca del carcere tutti i libri di Alexandre Dumas, assieme a quelli di Dickens, Galdós e molti altri autori, perché riteneva che fossero schifezze per intrattenere una plebe priva di gusto, e li ha sostituiti con una raccolta di romanzi e racconti inediti scritti di suo pugno e da qualcuno dei suoi amici. Li ha fatti rilegare in pelle da Valentí, un prigioniero che veniva dalle arti grafiche, che poi, una volta consegnato il lavoro, ha lasciato morire di freddo in cortile, tenendolo sotto la pioggia per cinque notti di gennaio, perché gli era passato per la testa di scherzare sulla bontà della sua prosa. Valentí è riuscito a uscire da qui con il sistema di Martín: morto. Dopo un po', ascoltando le conversazioni tra i carcerieri, ho capito che David Martín era arrivato qui su richiesta dello stesso direttore. Era rinchiuso nel carcere Modelo, accusato di una serie di delitti ai quali credo che nessuno desse molto credito. Tra l'altro, dicevano che avesse ucciso il suo mentore e amico, un ricco signore chiamato Pedro Vidal – scrittore come lui – e sua moglie, Cristina, per motivi di gelosia. E anche che avesse assassinato a sangue freddo diversi poliziotti e non so chi altro. Ultimamente accusano tanta gente di tante cose che non si sa più che pensare. Io faccio fatica a credere che Martín sia un assassino, ma è vero anche che, negli anni di guerra, ho visto talmente tanta gente di entrambe le parti togliersi la maschera e mostrare chi era davvero, che va' a sapere... Tutti tirano la pietra e indicano il vicino.»

«Se le raccontassi...» suggerì Fermín.

«Il fatto è che il padre di questo Vidal è un potente industriale a cui i soldi escono dalle orecchie. Dicono che sia stato uno dei banchieri chiave dei franchisti. Come mai tutte le guerre le vincono i banchieri? Comunque, il potente Vidal padre chiese personalmente al ministro della Giustizia di catturare Martín e di farlo marcire in carcere per quello che aveva fatto al figlio e alla nuora. A quanto pare, Martín era fuggito all'estero e ci era rimasto per quasi tre anni quando lo trovarono vicino alla frontiera. Io dico che non poteva essere sano di mente per attraversare il confine e tornare in una Spagna dove lo aspettavano per crocifiggerlo. E per di più durante gli ultimi giorni di guerra, quando migliaia di persone attraversavano la frontiera in senso contrario.»

«A volte ci si stanca di fuggire» disse Fermín. «Il mondo è molto piccolo quando non si ha dove andare.»

«Immagino sia questo che abbia pensato Martín. Non so come fece a passare il confine, ma alcuni abitanti di Puigcerdá avvisarono la Guardia Civil dopo averlo visto vagare per giorni in paese con vestiti stracciati e parlando da solo. Dei pastori dissero di averlo visto sulla strada per Bolvir, a un paio di chilometri dal paese. Lì c'era un antico casolare chiamato La Torre del Remei che durante la guerra era diventato un ospedale per i feriti al fronte. Era gestito da un gruppo di donne che probabilmente ebbero pietà di Martín e gli offrirono cibo e riparo, scambiandolo per un miliziano. Quando andarono a cercarlo, era già fuggito, ma lo sorpresero quella stessa notte mentre si inoltrava nel lago ghiacciato cercando di aprire un foro nel ghiaccio con un sasso. All'inizio, credettero che stesse cercando di suicidarsi e lo portarono alla clinica di Villa San Antonio. Sembra che lì uno dei dottori lo riconobbe, non mi chieda come, e quando il suo nome giunse all'orecchio della capitaneria lo trasferirono a Barcellona.»

«Nella bocca del lupo.»

«Lo può ben dire. Si vede che il processo non durò nemmeno due giorni. La lista delle accuse era interminabile e non c'erano quasi indizi o prove per sostenerle; però, per qualche strano motivo, il procuratore riuscì a fare in modo che numerosi testimoni dichiarassero contro di lui. Nell'aula comparvero decine di persone che odiavano Martín con uno zelo che sorprese lo stesso giudice e che, presumibilmente, avevano ricevuto qualche elemosina dal vecchio Vidal. Ex colleghi dei suoi anni in un giornale di seconda fila chiamato *La Voz de la Industria*, letterati da caffè, mentecatti e invidiosi di ogni specie uscirono dalle fogne per giurare che Martín era colpevole di tutto quello di cui lo accusavano e di altro ancora. Lo sa come funzionano le cose qui... Per ordine del giudice, e dietro consiglio di Vidal padre, tutte le sue opere vennero sequestrate e bruciate come materiale sovversivo e contrario alla morale e alle buone abitudini. Quando Martín dichiarò al processo che l'unica buona abitudine che lui difendeva era quella di leggere e che il resto erano questioni private, il giudice lo condannò ad altri dieci anni, da aggiungere ai non so quanti che aveva già avuto. Sembra che, nel corso del processo, invece di tacere, Martín rispose senza peli sulla lingua a quello che gli domandavano e finì per scavarsi la tomba da solo.»

«In questa vita si perdona tutto, tranne dire la verità.»

«Il fatto è che lo condannarono all'ergastolo. *La Voz de la Industria,* di proprietà del vecchio Vidal, pubblicò un lungo articolo in cui si raccontavano nei dettagli tutti i suoi crimini e, per giunta, un editoriale in prima pagina. Indovini da chi era firmato.»

«L'esimio signor direttore, don Mauricio Valls.»

«In persona. Lo definiva "il peggior scrittore della storia" e si diceva felice che i suoi libri fossero stati distrutti perché erano "un affronto all'umanità e al buon gusto".»

«Hanno detto la stessa cosa del Palau de la Música» precisò Fermín. «È che qui abbiamo il fior fiore dell'intellettualità internazionale. Lo diceva già Unamuno: che inventino loro, noi esprimeremo opinioni.»

«Innocente o no, Martín, dopo aver presenziato alla sua umiliazione pubblica e al rogo di ogni pagina che aveva scritto, andò a finire in una cella del carcere Modelo in cui probabilmente sarebbe morto in poche settimane se il signor direttore, che aveva seguito il caso con estremo interesse e per qualche strano motivo era ossessionato da Martín, non avesse avuto accesso alla sua pratica e non avesse sollecitato il suo trasferimento qui. Martín mi ha raccontato che, il giorno in cui arrivò, Valls lo fece portare nel suo ufficio e gli fece uno dei suoi discorsi. "Martín, sebbene lei sia un criminale incallito e sicuramente un sovversivo convinto, qualcosa ci unisce. Siamo entrambi uomini di lettere e, anche se lei ha dedicato la sua carriera fallita a scrivere spazzatura per le masse ignoranti e prive di guida intellettuale, credo che forse potrà aiutarmi e redimersi così dai suoi errori. Ho una raccolta di romanzi e poesie a cui ho lavorato in questi ultimi anni. Sono di altissimo livello letterario e purtroppo dubito molto che in questo paese di analfabeti ci siano più di trecento lettori in grado di comprenderne e di apprezzarne il valore. Perciò ho pensato che forse lei, con la sua abilità da meretrice e la sua vicinanza al volgo che legge sui tram, può aiutarmi a fare qualche piccola modifica e ad avvicinare la mia opera al triste livello dei lettori di questo paese. Se accetta di collaborare, le assicuro che posso rendere la sua esistenza molto più gradevole. Posso perfino riuscire a far riaprire il suo caso. La sua amichetta… Come si chiama? Ah, sì, Isabella. Un gioiellino, se mi permette il commento. Insomma, è venuta a trovarmi e mi ha detto di essersi rivolta a un giovane avvocato, un certo Brians, e di avere raccolto una somma di denaro per la sua difesa. Non raccontiamoci storie: sappiamo entrambi che le accuse contro di lei non avevano alcun fondamento e che è stato condannato grazie a testimoni discutibili. Lei sembra avere un'enorme facilità a farsi dei nemici, Martín, perfino tra persone di cui, ne sono sicuro, ignora perfino l'esistenza. Non commetta l'errore di fare di me un altro suo nemico, Martín. Io non sono uno di quei mentecatti. Qui, tra queste mura, per dirla con parole chiare, io sono Dio." Non so se Martín abbia accettato o no la proposta del signor direttore, ma devo pensare di sì, perché è ancora vivo ed evidentemente il nostro Dio privato è sempre interessato a non cambiare questo stato di cose, almeno per il momento. Gli ha perfino fornito la carta e gli strumenti di scrittura che tiene nella sua cella, immagino per fargli riscrivere il suo *opus magnus* e permettergli di ascendere all'olimpo della fama e della fortuna letteraria che tanto brama. Io, in verità, non so cosa pensare. La mia impressione è che il povero Martín non sia in condizione di riscriversi nemmeno la misura delle scarpe e che passi la maggior parte del tempo intrappolato in una specie di purgatorio che si è costruito nella sua stessa testa, un purgatorio in cui i rimorsi e il dolore se lo stanno mangiando vivo. Anche se il mio campo è la medicina interna e non sono abilitato a fare diagnosi...»

7

La storia raccontata dal buon dottore aveva intrigato Fermín. Fedele alla sua perenne adesione alle cause perse, decise di fare indagini per suo conto, cercando di sapere qualcosa di più su Martín e, *en passant*, di riesaminare l'idea della fuga *via mortis* allo stile di Alexandre Dumas. Più girava attorno alla questione, più gli pareva che, almeno su quel particolare, il Prigioniero del Cielo non fosse così fuori di testa come lo dipingevano. Appena aveva un momento libero in cortile, Fermín faceva in modo di avvicinarsi a Martín e intavolare una conversazione.

«Fermín, comincio a pensare che io e lei siamo quasi fidanzati. Ogni volta che mi giro, eccola là.»

«Mi perdoni, signor Martín, ma c'è qualcosa che mi intriga.»

«E qual è il motivo di tutta questa curiosità?»

«Be', guardi, per parlar chiaro, non capisco come un uomo per bene come lei possa avere accettato di aiutare quella polpetta nauseabonda e vanitosa del signorino direttore nei suoi truffaldini tentativi di passare per letterato da salotto.»

«Accidenti, lei non fa giri di parole. Sembra che in questa casa non ci siano segreti.»

«È che io ho un dono speciale per gli affari riservati e altre questioni da detective.»

«Allora saprà anche che non sono un uomo per bene, ma un criminale.»

«Così ha detto il giudice.»

«E un esercito e mezzo di testimoni sotto giuramento.»

«Comprati da un delinquente e tutti gonfi di invidia e meschinità varie.»

«Mi dica, c'è qualcosa che lei non sappia, Fermín?»

«Un mucchio di cose. Ma quella che da un po' di giorni non mi va proprio giù è cosa ci fa lei con quel cretino che si crede Dio. La gente come lui è la cancrena di questo paese.»

«Gente come lui ce n'è dappertutto. Nessuno ha il brevetto.»

«Ma solo qui la prendiamo sul serio.»

«Non giudichi in maniera così affrettata. Il signor direttore è un personaggio più complicato di quanto sembri in tutta questa farsa. Quel cretino che si crede Dio, come lo chiama lei, è, tanto per cominciare, un uomo molto potente.»

«Dio, a suo dire.»

«In questo particolare purgatorio, non è del tutto fuori strada.»

Fermín corrugò il naso. Non gli piaceva quello che stava sentendo. Sembrava quasi che Martín stesse assaporando il vino della sua sconfitta.

«L'ha minacciata? È così? Che altro può farle?»

«A me, niente, tranne farmi ridere. Ma ad altri, fuori di qui, può causare molti danni.»

Fermín restò a lungo in silenzio.

«Mi scusi, signor Martín. Non volevo offenderla. A questo non avevo pensato.»

«Non mi offende, Fermín. Al contrario. Credo che lei abbia una visione troppo generosa di me. La sua buona fede dice molto più su di lei che su di me.»

«È quella signorina, vero? Isabella?»

«Signora.»

«Non sapevo che fosse sposato.»

«Non lo sono. Isabella non è mia moglie. E nemmeno la mia amante, se è questo che sta pensando.»

Fermín tacque. Non voleva dubitare delle parole di Martín, ma soltanto a sentirlo parlare di lei non aveva il minimo dubbio che quella signora o signorina fosse ciò che il povero Martín più amava al mondo, probabilmente l'unica cosa che lo teneva in vita in quel baratro di miserie. E la cosa più triste era che, probabilmente, non se ne rendeva nemmeno conto.

«Isabella e il marito gestiscono una libreria, un posto che per me ha sempre avuto un significato particolare fin da quando ero bambino. Il signor direttore mi ha detto che, se non facevo ciò che mi chiedeva, li avrebbe fatti accusare di vendere materiale sovversivo, in modo da espropriare il negozio e farli imprigionare entrambi, togliendo loro il figlio che non ha nemmeno tre anni.»

«Figlio di una grandissima puttana» mormorò Fermín.

«No, Fermín» disse Martín. «Questa non è la sua guerra. È la mia. È quello che mi merito per ciò che ho fatto.»

«Lei non ha fatto nulla.»

«Non mi conosce, Fermín. Ci mancherebbe pure. Quello che deve fare è concentrarsi su come fuggire da qui.»

«Questa è l'altra cosa che volevo chiederle. Mi risulta che lei abbia un metodo sperimentale in via di sviluppo per uscire da questo orinatoio. Se ha bisogno di una cavia, magra ma traboccante di entusiasmo, mi consideri al suo servizio.»

Martín lo osservò pensieroso.

«Ha letto Dumas?»

«Da cima a fondo.»

«Ne ha tutto l'aspetto. Se è così, avrà capito dove voglio andare a parare. Mi ascolti bene.»

8

Erano trascorsi sei mesi dall'inizio della prigionia di Fermín, quando una serie di eventi cambiò radicalmente quella che era stata la sua vita fino ad allora. Il primo fu che, nei giorni in cui il regime credeva ancora che Hitler, Mussolini e compagnia cantante avrebbero vinto la guerra e che ben presto l'Europa sarebbe stata dello stesso colore delle mutande del Generalissimo, una marea impune e rabbiosa di macellai, spioni e commissari politici appena convertiti era riuscita a fare in modo che il numero di cittadini imprigionati, detenuti, processati o in via di scomparsa raggiungesse il suo massimo storico.

Le carceri del paese non erano sufficienti e le autorità militari avevano ordinato alla direzione dello stabilimento penale di raddoppiare o triplicare il numero di reclusi al fine di assorbire parte del flusso di prigionieri che sommergeva quella Barcellona sconfitta e miserabile del 1940. A tale scopo, il signor direttore, nel suo fiorito discorso domenicale, informò i detenuti che, a partire da quel momento, avrebbero condiviso le celle. Il dottor Sanahuja venne spostato nella cella di Martín, presumibilmente affinché lo sorvegliasse e lo tenesse al riparo dai suoi raptus suicidi. A Fermín toccò dividere la cella 13 con il suo ex vicino, il numero 14, e così via. Tutti i prigionieri del braccio furono accoppiati in modo da lasciar posto ai nuovi arrivati, trasportati ogni notte sui furgoni dal carcere Modelo o dal Campo de la Bota.

«Non mi accolga con quella faccia, che a me fa ancora meno piacere che a lei» disse il numero 14, quando si trasferì dal suo nuovo compagno.

«L'avverto che a me l'ostilità provoca aerofagia» minacciò Fermín. «Perciò la smetta con le bravate alla Buffalo Bill e faccia uno sforzo per essere gentile e pisciare rivolto alla parete senza schizzare, oppure uno di questi giorni si sveglia coperto di lividi.»

L'ex numero 14 passò cinque giorni senza rivolgere la parola a Fermín. Alla fine, sconfitto dalle sulfuree ventosità che il compagno gli dedicava durante la notte, cambiò strategia.

«L'avevo avvertita.»

«D'accordo. Mi arrendo. Mi chiamo Sebastián Salgado. Di professione, sindacalista. Mi dia la mano e diventiamo amici, ma, per l'amor di Dio, smetta di fare quelle scorregge perché comincio ad avere le allucinazioni e vedo in sogno il *Noi del Sucre*, il mitico anarcosindacalista, che balla il charleston.»

Fermín strinse la mano di Salgado e notò che gli mancavano il mignolo e l'anulare.

«Fermín Romero de Torres, piacere di conoscerla, finalmente. Di professione, servizi segreti settore Caraibi della

Generalitat di Catalogna, ora in disarmo, ma di vocazione bibliografo e amante delle belle lettere.»

Salgado fissò il nuovo compagno di sofferenze e sgranò gli occhi.

«Poi dicono che il pazzo è Martín.»

«Pazzo è chi si ritiene savio e crede che gli stupidi non siano della sua condizione.»

Salgado annuì sconfitto.

Il secondo evento si verificò qualche giorno dopo, quando, al tramonto, un paio di sentinelle vennero a prenderlo. Bebo aprì la cella, cercando di dissimulare la preoccupazione.

«Tu, alzati» borbottò una delle sentinelle.

Per un istante, Salgado credette che le sue preghiere fossero state esaudite e che stessero portando via Fermín per fucilarlo.

«Coraggio, Fermín» lo animò sorridendo. «A morire per Dio e per la Spagna, che è la cosa più bella che c'è.»

Le due sentinelle afferrarono Fermín, gli ammanettarono mani e piedi e lo trascinarono via sotto gli occhi angosciati di tutto il braccio e tra le risate di Salgado.

«Stavolta non te la cavi nemmeno a forza di scorregge» disse ridendo il suo compagno di cella.

9

Attraverso un labirinto di gallerie, lo condussero fino a un corridoio al cui termine si vedeva un grande portone di legno. Fermín, in preda alla nausea, si disse che lì finiva il miserabile viaggio della sua vita e che dietro quella porta lo attendeva Fumero con la fiamma ossidrica e la nottata libera. Con sua sorpresa, quando arrivarono al portone una delle sentinelle gli tolse le manette, mentre l'altra bussava con delicatezza.

«Avanti» rispose una voce familiare.

Fu così che Fermín si ritrovò nell'ufficio del signor direttore, una stanza lussuosamente decorata con tappeti sottratti a qualche villa della Bonanova e mobili di categoria. Davano il tocco finale alla scenografia un bandierone spagnolo con aquila, scudo e lemma, un ritratto del Caudillo più ritoccato di una foto pubblicitaria di Marlene Dietrich e il signor direttore in persona, don Mauricio Valls, sorridente dietro la scrivania mentre assaporava una sigaretta d'importazione e un bicchiere di brandy.

«Siediti. Niente paura» lo invitò.

Fermín notò che sul suo lato della scrivania c'era un vas-

soio con un piatto di carne, piselli e purè di patate che odorava di burro caldo.

«Non è un miraggio» disse dolcemente il signor direttore. «È la tua cena. Spero che ti piaccia.»

Fermín, che non vedeva un simile prodigio dal luglio del
1936, si lanciò a divorare il cibo prima che svaporasse. Il
signor direttore lo guardava mangiare con un'espressione
di schifo e disprezzo sotto il sorriso impostato, fumando
una sigaretta dopo l'altra e controllando in continuazione
la brillantina sui capelli. Quando Fermín ebbe finito la cena,
il signor direttore fece cenno alle sentinelle di ritirarsi. A
tu per tu, il signor direttore gli sembrava molto più sinistro che quando era dotato di scorta armata.

«Fermín, vero?» buttò là.

Il prigioniero annuì lentamente.

«Ti chiederai perché ti abbia fatto venire.»

Fermín si rattrappì sulla sedia.

«Nulla per cui debba preoccuparti. Al contrario. Ti ho fatto chiamare perché voglio migliorare le tue condizioni di
vita e, chissà, magari ottenere una revisione della tua condanna, perché sappiamo entrambi che le accuse non regge-
vano. Colpa di questi tempi, in cui c'è molta acqua smossa e a volte i giusti pagano per i peccatori. È il prezzo della
rinascita nazionale. A parte queste considerazioni, voglio
che tu capisca che sono dalla tua parte. Anch'io sono un
po' prigioniero di questo posto. Credo che tutti e due vo-
gliamo uscire da qui prima possibile e ho pensato che possiamo darci una mano. Sigaretta?»

«Se non le dispiace, la conservo per dopo.»

«Certo. Tieni, prendi tutto il pacchetto.»

Fermín si infilò il pacchetto in tasca. Il signor direttore si chinò sulla scrivania, sorridente. Allo zoo avevano un serpente tale e quale a lui, pensò Fermín, ma quello mangiava solo topi.

«Come va con il tuo nuovo compagno di cella?»

«Salgado? Una cara persona.»

«Non so se sai che, prima di finire in gattabuia, quel malnato era un pistolero e un sicario dei comunisti.»

Fermín scosse la testa.

«Mi ha detto che era sindacalista.»

Valls rise sommessamente.

«Nel maggio del '38, lui da solo s'intrufolò in casa della famiglia Vilajoana, sul paseo de la Bonanova, e li fece fuori tutti, inclusi i cinque bambini, le quattro cameriere e la nonna di ottantasei anni. Sai chi erano i Vilajoana?»

«Così su due piedi...»

«Gioiellieri. Al momento del delitto, in casa c'erano venticinquemila pesetas in preziosi e denaro contante. Sai dove si trovano adesso quei soldi?»

«Non lo so.»

«Non lo sa nessuno. L'unico a saperlo è il compagno Salgado, che decise di non consegnarli al proletariato e li nascose per vivere alla grande dopo la guerra. Cosa che non farà mai, perché ce lo terremo qui finché non canta o finché il tuo amico Fumero non lo farà a pezzettini.»

Fermín annuì, collegando i pezzi del rompicapo.

«Avevo già notato che gli mancano un paio di dita della mano sinistra e che è un po' strano.»

«Un giorno digli di abbassarsi i pantaloni e vedrai che gli mancano altre cose che ha perso lungo la strada a causa della sua ostinazione a non confessare.»

Fermín deglutì.

«Voglio che tu sappia che a me queste bestialità ripugnano. Questa è una delle due ragioni per le quali ho ordinato di mettere Salgado nella tua cella. Perché credo che, parlando, la gente si capisca. Perciò voglio che tu scopra dove ha nascosto il bottino dei Vilajoana e quello di tutti i furti e i delitti che ha commesso negli ultimi anni, e che poi me lo dica.»

Fermín sentì il cuore cadergli sui piedi.

«E l'altra ragione?»

«La seconda ragione è che ho notato che ultimamente sei diventato molto amico di David Martín. Il che mi va benissimo. L'amicizia è un valore che nobilita l'essere umano e aiuta a riabilitare i prigionieri. Non so se sapevi che Martín è uno scrittore.»

«Ho sentito qualcosa...»

Il signor direttore gli rivolse uno sguardo gelido, però mantenne il sorriso conciliante.

«Il fatto è che non è una cattiva persona, ma si sbaglia rispetto a molte cose. Una di queste è l'ingenua idea che deve proteggere persone e segreti inconfessabili.»

«È che lui è molto strano e ha di queste idee.»

«Certo. Perciò ho pensato che magari sarebbe bene che tu fossi accanto a lui, con gli occhi e le orecchie bene aperti, e mi raccontassi quello che dice, quello che pensa, quello che sente... Sicuramente c'è qualcosa che ti ha detto e che ha richiamato la tua attenzione.»

«Be', adesso che il signor direttore me lo dice, ultimamente si lamenta abbastanza di un foruncolo che gli è spuntato sull'inguine per lo strofinio delle mutande.»

Il signor direttore sospirò e scosse la testa, visibilmente stanco di dover sfoggiare modi gentili con un indesiderabile.

«Guarda, buffone, possiamo andare avanti con le buone o con le cattive. Io sto cercando di essere ragionevole, ma mi basta alzare questo telefono e il tuo amico Fumero è qui in mezz'ora. Mi raccontano che ultimamente, oltre alla fiamma ossidrica, in una cella dei sotterranei ha una cassetta di attrezzi da falegname con cui fa meraviglie. Mi sono spiegato?»

Fermín si afferrò le mani per nascondere il tremito.

«A perfezione. Mi scusi, signor direttore. Era così tanto che non mangiavo carne che mi devono essere salite le proteine alla testa. Non succederà più.»

Il signor direttore sorrise di nuovo e proseguì come se non fosse accaduto nulla.

«Mi interessa in particolare sapere se qualche volta ha menzionato un cimitero dei libri dimenticati o morti o qualcosa del genere. Pensaci bene, prima di rispondere. Qualche volta Martín ti ha parlato di questo posto?»

Fermín negò.

«Glielo giuro, sua eccellenza, che non ho mai sentito il signor Martín o chiunque altro parlare di quel posto...»

Il signor direttore gli fece l'occhiolino.

«Ti credo. E perciò so che, se ne parla, me lo dirai. E se non ne parla, tu tirerai fuori l'argomento e scoprirai dove si trova.»

Fermín annuì ripetutamente.

«E un'altra cosa. Se Martín ti accenna a un certo incarico che gli ho affidato, convincilo che, per il suo bene, e soprattutto per quello di una certa signora che tiene in grandissima stima, e per il bene di suo marito e di suo figlio, è meglio che si impegni a fondo e scriva il suo capolavoro.»

«Si riferisce alla signora Isabella?»

«Ah, vedo che ti ha parlato di lei... Dovresti vederla» disse mentre si puliva gli occhiali con un fazzoletto. «Giovane, giovane, con quella carne soda da studentessa... Non sai quante volte è stata seduta lì, dove sei tu adesso, a supplicare per il povero infelice Martín. Non ti dirò cosa mi ha offerto perché sono un gentiluomo, ma, fra me e te, la devozione che quella ragazzina prova nei confronti di Martín è da bolero. Se dovessi scommettere, direi che quel bambino, Daniel, non è di suo marito, ma di Martín, che ha un gusto pessimo per la letteratura, ma sopraffino per le donne.»

Il signor direttore si fermò notando che il prigioniero lo osservava con uno sguardo impenetrabile che non gli piacque per nulla.

«Cos'hai da guardare?» sibilò.

Batté con le nocche sul tavolo e immediatamente la porta si aprì alle spalle di Fermín. Le due sentinelle lo afferrarono per le braccia e lo sollevarono dalla sedia finché i suoi piedi smisero di toccare il pavimento.

«Ricordati di quello che ti ho detto» ribadì il signor direttore. «Fra quattro settimane ti voglio vedere di nuovo seduto lì. Se mi porti qualche risultato, ti assicuro che il tuo soggiorno qui cambierà in meglio. Altrimenti, ti prenoterò la cella dei sotterranei con Fumero e i suoi giocattoli. È chiaro?»

«Come l'acqua.»

Poi, con un gesto di disgusto, ordinò ai suoi uomini di portare via il prigioniero e finì il suo brandy, nauseato dal dover avere a che fare con quella gentaglia incolta e, giorno dopo giorno, sempre più svilita.

10

Barcellona, 1957

«Daniel, è diventato bianco» mormorò Fermín, svegliandomi dalla trance.

La sala di Can Lluís e le strade che avevamo percorso per arrivare fin lì erano scomparse. Riuscivo solo a vedere quell'ufficio nel castello di Montjuic e il volto di quell'uomo che parlava di mia madre con parole e insinuazioni che bruciavano. Sentii qualcosa di freddo e tagliente farsi largo dentro di me, una rabbia come non l'avevo mai conosciuta. Per un attimo, desiderai sopra ogni altra cosa al mondo di poter avere quel bastardo davanti a me per torcergli il collo e guardarlo da vicino fino a quando non gli fossero esplose le vene degli occhi.

«Daniel...»

Chiusi gli occhi un istante e respirai a fondo. Quando li riaprii, ero tornato da Can Lluís e Fermín Romero de Torres mi guardava sconfitto.

«Mi perdoni, Daniel» disse.

Avevo la bocca secca. Mi versai un bicchiere d'acqua e lo bevvi, in attesa che mi venissero le parole alle labbra.

«Non c'è niente da perdonare, Fermín. Nulla di ciò che mi ha raccontato è colpa sua.»

«Per cominciare, la colpa è mia per il solo fatto di doverglielo raccontare» disse a voce così bassa da risultare quasi inudibile.

Lo vidi abbassare gli occhi, come se non osasse guardarmi. Capii che il dolore che lo devastava, ricordando quell'episodio e dovendomi rivelare la verità, era così grande che mi vergognai del rancore che si era impossessato di me.

«Fermín, mi guardi.»

Riuscì a sbirciarmi con la coda dell'occhio e gli sorrisi.

«Voglio che sappia che le sono grato per avermi raccontato la verità e che capisco perché non abbia voluto dirmi nulla due anni fa.»

Fermín annuì debolmente, ma qualcosa nel suo sguardo mi fece capire che le mie parole non gli erano di alcuna consolazione. Al contrario. Restammo in silenzio per qualche istante.

«C'è dell'altro, non è vero?» chiesi alla fine.

Fermín annuì.

«E quello che viene è peggio?»

Fermín annuì di nuovo.

«Molto peggio.»

Distolsi lo sguardo e sorrisi al professor Alburquerque, che andava via e ci mandava un saluto.

«Allora perché non chiediamo altra acqua e mi racconta il resto?»

«Meglio che sia vino» valutò Fermín. «Di quello da battaglia.»

11

Barcellona, 1940

Una settimana dopo il colloquio tra Fermín e il signor direttore, un paio di individui che non si erano mai visti nel braccio e che puzzavano da mille miglia di Brigada Social ammanettarono Salgado e lo portarono via senza dire una parola.

«Bebo, sai dove lo portano?» chiese il numero 12.

Il carceriere negò, ma negli occhi gli si poteva leggere che qualcosa aveva sentito e che preferiva non affrontare l'argomento. In mancanza di altre notizie, l'assenza di Salgado divenne immediato oggetto di dibattito e di speculazione da parte dei prigionieri, che formularono teorie di ogni tipo.

«Era una spia dei nazionali infiltrato qui per estorcerci informazioni con la storia che l'avevano messo al gabbio perché era sindacalista.»

«Sì, e per questo gli hanno strappato due dita e chissà che altro, per far diventare tutto più convincente.»

«Ora starà godendosela all'Amaya, strafogandosi di merluzzo alla basca con i suoi amichetti e ridendo di noi.»

«Io credo che abbia confessato quello che doveva confessare e che se lo siano portato in mare e l'abbiano buttato giù dieci chilometri al largo con una pietra al collo.»

«Ce l'aveva, la faccia da falangista. Meno male che io non ho detto un'acca, perché a voi ve la faranno vedere brutta.»

«Sì, e magari ci sbatteranno perfino in prigione.»

Le discussioni si prolungarono, in mancanza di altri passatempi, finché, due giorni dopo, gli stessi individui che l'avevano prelevato lo riportarono in cella. La prima cosa che tutti notarono fu che Salgado non si reggeva in piedi e che lo trascinavano come un fagotto. La seconda, che era pallido come un cadavere e fradicio di sudore. Il prigioniero era tornato mezzo nudo e ricoperto da una crosta marrone che sembrava un miscuglio di sangue secco e dei suoi stessi escrementi. Lo lasciarono cadere a terra come se fosse un sacco di sterco e se ne andarono senza aprire bocca.

Fermín lo prese in braccio e lo stese sulla branda. Iniziò a lavarlo lentamente con dei brandelli di stoffa ottenuti strappandosi la camicia e con un po' d'acqua che Bebo gli passò sottobanco. Salgado era cosciente e respirava con difficoltà, ma gli occhi gli brillavano come se qualcuno vi avesse acceso un fuoco all'interno. Dove due giorni prima aveva avuto la mano sinistra, adesso palpitava un moncherino di carne violacea cauterizzato con il catrame. Mentre Fermín gli puliva il volto, Salgado gli sorrise con i pochi denti che gli rimanevano.

«Perché non dice una buona volta a quei macellai quello che vogliono sapere, Salgado? Sono solo soldi. Non so quanti ne avrà nascosti, ma non valgono tutto questo.»

«Col cazzo» borbottò con il poco fiato che gli restava. «Quei soldi sono miei.»

«Saranno stati di tutte le persone che lei ha derubato e assassinato, se non le dispiace per la precisazione.»

«Io non ho derubato nessuno. Erano stati loro a rubarlo prima al popolo. E se li ho uccisi è stato per applicare la giustizia che il popolo reclamava.»

«Già. Meno male che è arrivato lei, il Robin Hood di Matadepera, a riparare ai torti. E guardi com'è ridotto, il giustiziere coraggioso...»

«Quei soldi sono il mio futuro» sbottò Salgado.

Fermín gli passò lo straccio umido sulla fronte gelida e piena di graffi.

«Il futuro non si desidera; si merita. E lei non ha futuro, Salgado. Né lei, né un paese che partorisce belve come lei e come il signor direttore, e che poi guarda dall'altra parte. Siamo stati tutti noi a giocarci il futuro e l'unica cosa che ci aspetta è la merda come quella che la ricopre e che sono già stanco di pulirle.»

Salgado si lasciò sfuggire una sorta di gemito gutturale che Fermín immaginò essere una risata.

«Si risparmi i discorsi, Fermín. Non si vorrà atteggiare a eroe, adesso.»

«No, di eroi ce n'è già a bizzeffe. Io sono solo un vigliacco. Né più, né meno» disse Fermín. «Ma almeno lo so e lo ammetto.»

Fermín continuò in silenzio a pulirlo come poteva, poi lo coprì con quell'abbozzo di coperta condivisa con le cimici e che puzzava di piscio. Gli rimase accanto fin quando Salgado non chiuse gli occhi e sprofondò in un sonno dal quale Fermín non era sicuro che si sarebbe risvegliato.

«Mi dica che è morto» disse la voce del 12.

«Si accettano scommesse» aggiunse il numero 17. «Una sigaretta che schiatta.»

«Andatevene tutti a dormire o a fare in culo» replicò Fermín.

132

Si rannicchiò all'estremità opposta della cella e cercò di prendere sonno, ma ben presto gli fu chiaro che quella notte l'avrebbe passata in bianco. Dopo un po', mise la faccia tra le sbarre e lasciò pendere le braccia dall'asta di metallo che le attraversava. Dall'altra parte del corridoio, dalla cella di fronte, due occhi accesi alla luce di una sigaretta lo osservavano dall'ombra.

«Non mi ha detto perché l'altro giorno Valls l'ha fatta chiamare» disse Martín.

«Se lo può immaginare.»

«Qualche richiesta fuori del comune?»

«Vuole che le carpisca notizie su non so quale cimitero di libri o qualcosa del genere.»

«Interessante» commentò Martín.

«Affascinante.»

«Le ha spiegato il perché del suo interesse su questo argomento?»

«Francamente, signor Martín, i nostri rapporti non sono così intimi. Il signor direttore si limita a minacciarmi con mutilazioni varie se tra quattro settimane non gli porto risultati, e io mi limito a dire di sì.»

«Non si preoccupi, Fermín. Fra quattro settimane sarà fuori di qui.»

«Sì, su una spiaggia caraibica con due mulatte ben alimentate che mi massaggiano i piedi.»

«Abbia fede.»

Fermín si lasciò sfuggire un sospiro di sconforto. Tra pazzi, assassini e moribondi venivano distribuite le carte del suo destino.

12

Quella domenica, al termine del suo discorso in cortile, il signor direttore lanciò a Fermín uno sguardo inquisitorio che completò con un sorriso che gli fece assaporare la bile sulle labbra. Non appena le sentinelle permisero ai prigionieri di rompere le righe, Fermín si avvicinò furtivamente a Martín.

«Brillante discorso» commentò lo scrittore.

«Storico. Ogni volta che quell'uomo parla, la storia del pensiero in Occidente fa una rivoluzione copernicana.»

«Il sarcasmo non le si addice, Fermín. È in contraddizione con la sua naturale tenerezza.»

«Vada all'inferno.»

«È quello che sto facendo. Una sigaretta?»

«Non fumo.»

«Dicono che aiuti a morire più in fretta.»

«Allora sì, che niente resti intentato.»

Fermín non riuscì ad andare oltre il primo tiro. Martín gli tolse la sigaretta dalle dita e gli batté sulla spalla, mentre Fermín tossiva e sputava fuori perfino i ricordi della prima comunione.

«Non so come fa... Sa di cane bruciacchiato.»

«È il meglio che ci si può procurare qui. Dicono che le fanno con i resti dei mozziconi raccolti nei corridoi dell'Arena Monumental.»

«Invece a me il *bouquet* sembra più da orinatoi, pensi un po'...»

«Respiri a fondo, Fermín. Si sente meglio?»

Fermín annuì.

«Allora, mi racconta qualcosa su quel cimitero per avere un po' di rimasugli da gettare al capo maiale? Non c'è bisogno che sia la verità. Qualunque sproposito le viene in testa, mi va bene.»

Martín sorrise, esalando tra i denti quel fumo fetido.

«Come va il suo compagno di cella, Salgado, il difensore dei poveri?»

«Be', guardi, credevo di avere una certa età e di aver visto tutto in questo circo di mondo. Quando stanotte sembrava che Salgado avesse tirato le cuoia, lo sento alzarsi e avvicinarsi alla mia branda, come se fosse un vampiro.»

«Qualcosa del vampiro ce l'ha» convenne Martín.

«Comunque, si avvicina e si mette a fissarmi. Io faccio finta di dormire e, quando Salgado abbocca all'amo, lo vedo sgattaiolare verso un angolo della cella e con l'unica mano che gli resta inizia a frugarsi in quello che la scienza medica denomina retto o tratto finale dell'intestino crasso» continuò Fermín.

«Come ha detto?»

«Quello che ha sentito. Il buon Salgado, convalescente dalla sua più recente sessione di mutilazione medievale, decide di festeggiare la prima volta che è in grado di alzarsi esplorando quel paziente cantuccio dell'anatomia umana a cui la natura ha vietato la luce del sole. Io, incredulo, non mi azzardo neppure a respirare. Passa un minuto e sembra che Salgado abbia due o tre dita, quelle che gli restano, infilate lì dentro in cerca della pietra filosofale o di qualche emorroide molto profonda. Il tutto accompagnato da gemiti soffocati che non riprodurrò.»

«Mi lascia di sasso» disse Martín.

«E allora prenda posto per il gran finale. Dopo un minuto o due di prospezioni in territorio anale, si lascia sfuggire un sospiro stile san Giovanni della Croce e si verifica un miracolo. Tira fuori le dita da là sotto ed estrae qualcosa di brillante che, perfino dall'angolo in cui mi trovo, posso certificare non trattarsi di un normale stronzo.»

«E cos'era, allora?»

«Una chiave. Non una chiave inglese, ma una di quelle chiavi piccole, da valigia o da armadietto di una palestra.»

«E allora?»

«Allora prende la chiave, la lustra a colpi di saliva, perché mi immagino che non dovesse odorare di rose selvatiche, e va verso il muro dove, dopo essersi convinto che sono sempre addormentato, circostanza che confermo russando alla perfezione, come un cucciolo di San Bernardo procede a nascondere la chiave inserendola in una fessura tra le pietre e ricoprendola poi con sudiciume e, non escludo, anche con qualche derivato dai suoi palpeggi nelle parti basse.»

Martín e Fermín si guardarono in silenzio.

«Pensa anche lei quello che penso io?» indagò Fermín.

Martín annuì.

«Quanto pensa che quel bocciolo di rosa terrà nascosto nel suo covo di avidità?» chiese Fermín.

«Abbastanza da credere che valga la pena perdere dita, mani, parte della sua massa testicolare e Dio sa cos'altro per proteggere il segreto della sua ubicazione» azzardò Martín.

«E adesso che faccio? Perché, prima di permettere che quella vipera del signor direttore allunghi le grinfie sul tesoretto di Salgado e si finanzi l'edizione cartonata dei suoi capolavori e si compri una nomina alla Real Academia de la Lengua, mi ingoio quella chiave o, se ce n'è bisogno, me la introduco anch'io nelle parti meno nobili del mio tratto intestinale.»

«Per il momento non faccia nulla» disse Martín. «Si assicuri che la chiave sia ancora lì e attenda le mie istruzioni. Sto ultimando i dettagli della sua fuga.»

«Non vorrei offenderla, signor Martín, io la ringrazio oltremodo per la sua consulenza e il suo sostegno morale, ma stavolta mi ci gioco il collo e qualche altra preziosa appendice... Alla luce del fatto che la versione più diffusa è che lei sia pazzo da legare, mi preoccupa l'idea che sto mettendo la mia vita nelle sue mani.»

«Se non si fida di un romanziere, di chi potrà fidarsi?»

Fermín vide Martín attraversare il cortile avvolto nella sua nube portatile di sigarette fatte con i mozziconi.

«Madre di Dio» mormorò al vento.

13

Il macabro casinò di scommesse organizzato dal numero 17
si prolungò per diversi giorni, nei quali sembrava che Salgado stesse per spirare e invece all'improvviso si alzava e
si trascinava fino alle sbarre della cella da dove recitava a
pieni polmoni una strofa tipo "figlidiputtananonmipren-
deretenemmenouncentesimoquelleputtanedellevostrema-
dri" e variazioni d'uso, fino a sgolarsi e poi cadere privo
di sensi a terra, da dove Fermín doveva sollevarlo per ri-
portarlo sulla branda.

«Schiatta, lo Scarafaggio, Fermín?» chiedeva il 17 non
appena lo sentiva cadere come una pera cotta.

Fermín non si prendeva più la briga di diramare il bollet-
tino medico sullo stato di salute del suo compagno di cella.
Se fosse capitato, avrebbero visto passare il sacco di tela.

«Guardi, Salgado, se deve morire, muoia subito, e se invece ha in mente di vivere lo faccia in silenzio, perché non
ne posso più delle sue esibizioni con la schiuma alla bocca» diceva Fermín coprendolo con un pezzo di stoffa sudicia che, in assenza di Bebo, si era procurato da uno dei
secondini, dopo essersi ingraziato con una presunta ri-

cetta scientifica per beneficiare di quindicenni in fiore in-
tontendole con latte alla meringa e salamelecchi.

«Non mi faccia il caritatevole, ché so dove vuole arrivare e che è tale e quale a questi mangiacarogne che si gioca-
no perfino le mutande sulla mia morte» replicava Salgado,
che sembrava disposto a conservare il suo pessimo carattere fino all'ultimo istante.

«Guardi, non è per contraddire un moribondo nei suoi ultimi, o almeno tardivi, rantoli, ma sappia che non ho scom-
messo nemmeno un soldo bucato in questa bisca. E se un
giorno dovessi darmi al vizio, non sarebbe scommetten-
do sulla vita di un essere umano, anche se lei dell'essere
umano ha quanto io ho di un coleottero» sentenziò Fermín.

«Non creda di depistarmi con tutti questi paroloni» replicò Salgado, malizioso. «So perfettamente cosa state tra-
mando, lei e il suo amico del cuore Martín, con la storia
del *Conte di Montecristo*.»

«Non so di cosa parla, Salgado. Dorma un po', o un anno,
che nessuno sentirà la sua mancanza.»

«Se crede di riuscire a scappare da questo posto, vuol
dire che è pazzo quanto lui.»

Fermín sentì un sudore freddo sulla schiena. Salgado
gli mostrò il suo sorriso sdentato a forza di manganellate.

«Lo sapevo» disse.

Fermín scosse la testa e si rannicchiò nel suo angolo,
più lontano possibile da Salgado. La pace durò appena un
minuto.

«Il mio silenzio ha un prezzo» annunciò Salgado.

«Avrei dovuto lasciarla morire quando l'hanno riporta-
ta in cella» mormorò Fermín.

«In segno di gratitudine, sono disposto a concederle uno sconto» disse Salgado. «Le chiedo solo di farmi un ultimo favore e manterrò il suo segreto.»

«Come faccio a sapere che sarà l'ultimo?»

«Perché la prenderanno, lei come chiunque ha cercato di uscire da qui con i propri piedi, e dopo averle fatto il solletico per qualche giorno la faranno passare per la garrota in cortile come spettacolo edificante per il resto dei prigionieri, e allora non potrò chiederle nient'altro. Che ne dice? Un piccolo favore e la mia totale cooperazione. Le do la mia parola d'onore.»

«La sua parola d'onore? Ma perché non l'ha detto prima? Questo cambia tutto.»

«Si avvicini...»

Fermín esitò un istante, ma si disse che non aveva nulla da perdere.

«So che quello stronzo di Valls le ha dato l'incarico di scoprire dove ho nascosto i soldi» disse. «Non si disturbi a negarlo.»

Fermín si limitò a stringersi nelle spalle.

«Voglio che glielo dica» lo istruì Salgado.

«Come desidera. Dove sono i soldi?»

«Dica al direttore che deve andare da solo, di persona. Se è in compagnia, non ne caverà un centesimo. Gli dica di andare alla ex fabbrica Vilardell al Pueblo Nuevo, dietro il cimitero. A mezzanotte. Né prima né dopo.»

«Sembra una di quelle farse con mistero di don Carlos Arniches, Salgado...»

«Mi ascolti bene. Gli dica che deve entrare nella fabbrica e cercare il vecchio casotto del sorvegliante accanto alla

140

sala dei telai. Una volta lì, deve bussare alla porta e, quando gli chiedono chi è, deve dire: "Durruti vive".»

Fermín soffocò una risata.

«Questa è la più grande sciocchezza che abbia sentito dall'ultimo discorso del direttore.»

«Lei si limiti a ripetergli quello che le ho detto.»

«E come fa a sapere che non ci andrò io e non mi porterò via i soldi con i suoi intrighi e le sue parole d'ordine da romanzo d'appendice?»

L'avidità ardeva negli occhi di Salgado.

«Non me lo dica: perché sarò morto» completò Fermín.

Il sorriso strisciante di Salgado gli tracimava dalle labbra. Fermín studiò quegli occhi consumati dalla sete di vendetta. Allora capì le intenzioni del suo compagno di cella.

«È una trappola, vero?»

Salgado non rispose.

«E se Valls sopravvive? Non ha pensato a quello che le faranno?»

«Niente che non mi abbiano già fatto.»

«Le direi che ha un bel paio di coglioni, se non mi risultasse che gliene resta soltanto parte di uno e, se questa giocata le va storta, nemmeno quella» azzardò Fermín.

«Questo è un problema mio» tagliò corto Salgado. «Come restiamo, allora, Montecristo? Affare fatto?»

Salgado gli tese l'unica mano che gli rimaneva. Fermín la osservò per qualche istante prima di stringerla di malavoglia.

14

Fermín dovette attendere il tradizionale discorso domenicale dopo la messa e l'esiguo intervallo all'aria aperta
in cortile per avvicinarsi a Martín e confidargli ciò che gli
aveva chiesto Salgado.

«Non interferirà con il piano» assicurò Martín. «Faccia ciò
che le chiede. Adesso non possiamo permetterci una soffiata.»

Fermín, che da giorni si muoveva tra la nausea e la tachicardia, si asciugò il sudore che gli gocciolava dalla fronte.

«Martín, non è per sfiducia, ma se questo piano che sta preparando è così buono, perché non lo usa lei per uscire di qui?»

Martín annuì, come se aspettasse da giorni di ascoltare
quella domanda.

«Perché io merito di stare qui e, anche se non fosse così,
non c'è più posto per me fuori da queste mura. Non so
dove andare.»

«Ha Isabella...»

«Isabella è sposata con un uomo dieci volte migliore di
me. L'unica cosa che potrei fare uscendo da qui, sarebbe
renderla un'infelice.»

«Ma lei sta facendo tutto il possibile per tirarla fuori...»

Martín scosse la testa.

«Mi deve fare una promessa, Fermín. È l'unica cosa che le chiederò in cambio del mio aiuto a farla uscire da qui.»

Questo è il mese delle richieste, pensò Fermín, annuendo di buon grado.

«Qualunque cosa.»

«Se riesce a fuggire, le chiedo, se le è possibile, di prendersi cura di lei. A distanza, senza che Isabella lo sappia, senza che sappia neppure che lei esiste. Le chiedo di badare a lei e a suo figlio, Daniel. Lo farà per me, Fermín?»

«Certo.»

Martín sorrise con tristezza.

«Lei è un brav'uomo, Fermín.»

«È la seconda volta che me lo dice, e mi suona sempre peggio.»

Martín tirò fuori una delle sue puzzolenti sigarette e l'accese.

«Non abbiamo molto tempo. Brians, l'avvocato a cui si è rivolta Isabella per il mio caso, è stato qui ieri. Ho commesso l'errore di raccontargli quello che Valls vuole da me.»

«Riscrivergli quella robaccia...»

«Esattamente. Gli ho chiesto di non dire niente a Isabella, ma lo conosco e prima o poi lo farà, e lei, che conosco ancora meglio, diventerà una furia e verrà qui a minacciare Valls di spargere ai quattro venti il suo segreto.»

«E non può fermarla?»

«Cercare di fermare Isabella è come cercare di fermare un treno merci: una missione da stupidi.»

«Più mi parla di lei, più mi piacerebbe conoscerla. A me, le donne di carattere...»

«Fermín, le ricordo la sua promessa.»

Fermín si portò la mano al cuore e annuì con solennità. Martín proseguì.

«Cosa stavo dicendo? Ah, quando questo accadrà, Valls potrà fare qualunque sciocchezza. È un uomo mosso dalla vanità, l'invidia e l'avidità. Quando si sentirà con le spalle al muro, farà un passo falso. Non so cosa, ma sono sicuro che qualcosa tenterà. È importante che, per allora, lei sia già fuori da qui.»

«Per la verità, non è che abbia molta voglia di restare...»

«Non mi ha capito. Bisogna anticipare il piano.»

«Anticiparlo? A quando?»

Martín lo osservò a lungo attraverso la cortina di fumo che gli saliva dalle labbra.

«A stanotte.»

Fermín cercò di deglutire, ma aveva la bocca piena di polvere.

«Ma se non so ancora qual è il piano...»

«Apra bene le orecchie.»

15

Quel pomeriggio, prima di tornare in cella, Fermín si avvicinò a una delle sentinelle che l'avevano condotto nell'ufficio di Valls.

«Dica al signor direttore che devo parlargli.»

«Di cosa, se si può sapere?»

«Gli dica che ho i risultati che aspettava. Lui sa di cosa si tratta.»

Dopo meno di un'ora, la sentinella e il suo collega si presentarono alla porta della cella numero 13 per prelevare Fermín. Salgado osservava tutto dalla branda con un'espressione canina, massaggiandosi il moncherino. Fermín gli strizzò l'occhio e partì sotto la vigilanza delle due sentinelle.

Il signor direttore lo ricevette con un sorriso affettuoso e con una guantiera di paste di Casa Escribá.

«Fermín, amico mio, che piacere averla di nuovo qui per fare una conversazione intelligente e produttiva. Si sieda, prego, e degusti a suo piacimento questa squisita selezione di dolci che mi ha portato la moglie di uno dei prigionieri.»

Fermín, che da giorni non era in grado di ingerire nemmeno un granello di miglio, prese una ciambella per non contraddire Valls e la tenne in mano come se si trattasse di un amuleto. Aveva notato che il signor direttore aveva smesso di dargli del tu e immaginò che il nuovo trattamento potesse avere soltanto conseguenze funeste. Valls si versò un bicchiere di brandy e si lasciò cadere nella sua grande poltrona da generale.

«Dunque? Mi hanno detto che ha buone notizie per me» esordì il signor direttore.

Fermín annuì.

«Per quanto riguarda il capitolo Belle Lettere, posso confermare a sua eccellenza che Martín è più che persuaso e motivato a realizzare il lavoro di pulitura e stiratura che lei gli ha sollecitato. Non solo: mi ha detto che il materiale che lei gli ha fornito è di qualità così alta da ritenere che il suo compito sarà facile, perché basterà mettere i puntini su due o tre i del genio del signor direttore per ottenere un capolavoro degno del più esclusivo Paracelso.»

Valls incassò le cannonate di parole di Fermín, ma annuì cortese senza ammainare il sorriso gelido.

«Non c'è bisogno che mi addolcisca la pillola. Mi basta sapere che Martín farà quello che deve fare. Sappiamo entrambi che il lavoro non è di suo gradimento, ma sono contento che abbia deciso di ragionare e abbia capito che facilitare le cose beneficerà tutti. Ora, riguardo agli altri due punti...»

«Ci stavo arrivando. Riguardo al camposanto dei tomi alienati...»

«Cimitero dei Libri Dimenticati» corresse Valls. «È riuscito a carpire a Martín dove si trova?»

Fermín annuì con piena convinzione.

«A quanto ho potuto desumere, il suddetto ossario è nascosto in un labirinto di tunnel e volte sotto il mercato del Borne.»

Valls soppesò quella rivelazione, visibilmente sorpreso.

«E l'entrata?»

«Fin lì non sono riuscito ad arrivare, signor direttore. Immagino si trovi in qualche botola nascosta dietro la muratura e la puzza dissuasiva di qualche chiosco di verdura all'ingrosso. Martín non voleva parlarne e ho pensato che, se facevo troppa pressione, si sarebbe chiuso a riccio.»

Valls annuì lentamente.

«Ha fatto bene. Prosegua.»

«E per finire, in relazione al terzo compito assegnatomi da sua eccellenza, approfittando dei rantoli e dell'agonia dell'abietto Salgado, sono riuscito a convincerlo a confessarmi, nel suo delirio, il nascondiglio del pingue bottino del suo comportamento criminale al servizio della massoneria e del marxismo.»

«Allora crede che morirà?»

«Da un momento all'altro. Credo si sia già affidato a san Lev Trotskij ed è in attesa dell'ultimo respiro per ascendere al *politburo* della posterità.»

Valls scosse la testa.

«Gliel'avevo detto, a quegli animali, che con la forza non avrebbero ricavato nulla.»

«Tecnicamente, ci hanno ricavato qualche gonade, ma sono d'accordo con il signor direttore che, con belve come Salgado, l'unica strada è la psicologia applicata.»

«E allora? Dove ha nascosto i soldi?»

Fermín si sporse in avanti e adottò un tono confidenziale.

«È complicato da spiegare.»

«Non la prenda larga, ché la spedisco nei sotterranei per farle rinfrescare l'oratoria.»

Fermín, allora, procedette a vendere a Valls quell'intrigo peregrino ottenuto dalle labbra di Salgado. Il signor direttore lo ascoltava incredulo.

«Fermín, l'avverto che, se mi sta mentendo, se ne pentirà. Quello che hanno fatto a Salgado sarà come un aperitivo rispetto a quello che faranno a lei.»

«Le assicuro, sua signoria, che le sto ripetendo quello che mi ha detto Salgado parola per parola. Se vuole, glielo giuro sul ritratto fededegno del Caudillo per grazia di Dio che presiede la sua scrivania.»

Valls lo fissò negli occhi. Fermín sostenne il suo sguardo senza battere ciglio, come lo aveva istruito Martín. Alla fine il signor direttore ritirò il sorriso e, ottenute le informazioni che voleva, anche la guantiera di paste. Senza alcuna pretesa di cordialità, schioccò le dita e le due sentinelle entrarono per riportare il prigioniero in cella.

Stavolta Valls non si prese nemmeno la briga di minacciarlo. Mentre lo trascinavano lungo il corridoio, Fermín vide il segretario del direttore che li incrociava e si fermava sulla soglia dell'ufficio.

«Signor direttore, Sanahuja, il medico della cella di Martín...»

«Sì? Cosa c'è?»

«Dice che Martín è svenuto e che pensa possa essere qualcosa di grave. Chiede il permesso di prendere dei medicinali dalla farmacia...»

Valls si alzò, iracondo.

«E cosa stai aspettando? Forza. Portatecelo, e prenda quello di cui ha bisogno.»

16

Per ordine del signor direttore, un secondino rimase appostato di fronte alla cella di Martín mentre il dottor Sanahuja gli prestava le sue cure. Era un ragazzo di non più di vent'anni, nuovo del turno. Bebo doveva fare la notte, ma al suo posto e senza alcuna spiegazione si era presentato quel novellino ingenuo che non sembrava in grado nemmeno di raccapezzarsi con il mazzo di chiavi ed era più nervoso di qualunque prigioniero. Erano quasi le nove di sera quando il dottore, visibilmente stanco, si avvicinò alle sbarre e si rivolse al secondino.

«Ho bisogno di altre garze pulite e di acqua ossigenata.»

«Non posso abbandonare il posto.»

«E io non posso abbandonare un paziente. Per favore. Garze e acqua ossigenata.»

Il secondino si agitò, nervoso.

«Al signor direttore non piace che i suoi ordini non vengano eseguiti alla lettera.»

«Gli piacerà ancor meno se succede qualcosa a Martín perché lei non mi ha dato ascolto.»

Il giovane carceriere valutò la situazione.

«Capo, non attraverseremo mica i muri, né ci mangere-
mo le sbarre...» argomentò il dottore.

Il secondino si lasciò sfuggire una bestemmia e partì in
tutta fretta. Mentre si allontanava diretto alla farmacia,
Sanahuja aspettò davanti alle sbarre. Salgado dormiva da
due ore, respirando con difficoltà. Fermín sgattaiolò con
cautela verso il corridoio e scambiò un'occhiata con il dottore. Allora Sanahuja gli lanciò il pacchetto, non più grande di un mazzo di carte, avvolto in uno straccio e legato
con uno spago. Fermín lo afferrò al volo e si ritirò rapidamente nell'ombra in fondo alla cella. Quando il secondino
tornò con quello che Sanahuja gli aveva chiesto, si affacciò alle sbarre e scrutò la sagoma di Salgado.

«È all'ultimo stadio» disse Fermín. «Non credo che arrivi a domani.»

«Tu mantienilo vivo fino alle sei. Che non mi rompa i coglioni e muoia nel turno di qualcun altro.»

«Si farà quanto è umanamente possibile» replicò Fermín.

17

Quella notte, mentre nella sua cella Fermín scartocciava il pacchetto che il dottor Sanahuja gli aveva passato attraverso il corridoio, una Studebaker nera conduceva il signor direttore lungo la strada che scendeva dal Montjuic verso le viuzze buie che costeggiavano il porto. Jaime, l'autista, prestava particolare attenzione a evitare le buche e qualunque altro intoppo potesse molestare il suo passeggero o interrompere il corso dei suoi pensieri. Il nuovo direttore non era come il vecchio, con cui chiacchierava quando erano in macchina e che qualche volta si era perfino seduto davanti, affianco a lui. Il direttore Valls non gli rivolgeva la parola, se non per dargli un ordine, e raramente scambiava uno sguardo con lui, a meno che non avesse commesso un errore, o preso un sasso, o imboccato una curva troppo veloce. Allora i suoi occhi si accendevano nello specchietto e una smorfia sgradevole gli affiorava sul volto. Il direttore Valls non gli permetteva di accendere la radio perché diceva che i programmi che trasmettevano insultavano la sua intelligenza. Non gli permetteva neanche di portare sul cruscotto le fotografie della moglie e della figlia.

Per fortuna, a quell'ora di notte non c'era più traffico e lungo il percorso non ci furono soprassalti. In pochi minuti, l'auto superò le Atarazanas, costeggiò il monumento a Colombo e imboccò le Ramblas. In un paio di minuti arrivò di fronte al Café de la Ópera e si fermò. Dall'altro lato della strada, il pubblico del Liceo era già entrato a teatro e le Ramblas erano quasi deserte. L'autista scese e, dopo aver verificato che non ci fosse nessuno nelle vicinanze, aprì la portiera a Mauricio Valls. Il signor direttore scese e osservò il viale senza interesse. Si sistemò la cravatta e si spazzolò le spalline della giacca con la mano.

«Aspetti qui» disse all'autista.

Quando il signor direttore entrò, il caffè era quasi vuoto. L'orologio dietro il bancone segnava le dieci meno cinque. Il signor direttore rispose al saluto del cameriere con un cenno del capo e si accomodò a un tavolino sul fondo. Si tolse con calma i guanti e tirò fuori il portasigarette d'argento, quello che gli aveva regalato il suocero per il primo anniversario di matrimonio. Accese una sigaretta e osservò il vecchio caffè. Il cameriere si avvicinò con un vassoio in mano e passò sul tavolino un panno umido che odorava di liscivia. Il signor direttore gli lanciò un'occhiata di disprezzo che venne ignorata.

«Il signore desidera?»

«Due camomille.»

«Nella stessa tazza?»

«No. In tazze separate.»

«Il signore aspetta compagnia?»

«Evidentemente.»

«Benissimo. Desidera qualcos'altro?»

«Miele.»

«Sì, signore.»

Il cameriere si allontanò senza fretta e il signor direttore mormorò tra sé qualcosa di sprezzante. Una radio sul bancone trasmetteva il mormorio di un programma di consigli sentimentali, intercalando pubblicità della ditta di cosmetici Bella Aurora, il cui uso quotidiano garantiva gioventù, bellezza e vigore. Quattro tavoli più in là, un uomo anziano sembrava essersi addormentato con il giornale in mano. Il resto dei tavoli era vuoto. Le due tazze fumanti arrivarono cinque minuti dopo. Il cameriere le sistemò sul tavolo con infinita lentezza e poi procedette ad appoggiare un vasetto di miele.

«È tutto, signore?»

Valls annuì. Aspettò che il cameriere fosse tornato al bancone per tirare fuori la bottiglietta che aveva in tasca. Tolse il tappo e lanciò un'occhiata all'altro cliente, sempre messo al tappeto dalla stampa. Il cameriere era di spalle dietro al bancone ad asciugare bicchieri.

Valls prese la bottiglietta e versò il contenuto nella tazza dall'altro lato del tavolo. Poi vi mescolò un generoso fiotto di miele e girò con il cucchiaino fino a farlo diluire completamente. Alla radio leggevano l'angosciosa missiva di una signora di Betanzos il cui marito, a quanto pareva contrariato perché le si era bruciato lo stufato di Ognissanti, si era ficcato in un bar con gli amici a sentire le partite e non era più tornato a casa. Le venivano raccomandate preghiere, fermezza e uso delle sue armi muliebri, ma entro i rigidi limiti della famiglia cristiana. Valls consultò di nuovo l'orologio. Erano le dieci e un quarto.

18

Alle dieci e venti Isabella Sempere entrò dalla porta. Indossava un semplice cappotto, aveva i capelli raccolti e il viso senza trucco. Valls la vide e le fece un cenno. Isabella si fermò un attimo a osservarlo e poi si avvicinò lentamente al suo tavolo. Il direttore si alzò e sorridendole affabilmente le tese la mano; lei la ignorò e si sedette.

«Mi sono preso la libertà di ordinare due camomille, quello che ci vuole in una serata uggiosa come questa.»

Isabella annuì evitando lo sguardo di Valls. Il signor direttore la osservò con attenzione. La signora Sempere, come ogni volta che lo incontrava, si era scompigliata il più possibile nel tentativo di dissimulare la propria bellezza. Valls guardò il disegno delle sue labbra, la pulsazione di una vena sul collo e la curva dei suoi seni sotto il cappotto.

«Mi dica pure» esordì Isabella.

«Prima di tutto, mi permetta di ringraziarla per essere venuta a questo incontro con così poco preavviso. Ho ricevuto il suo biglietto nel pomeriggio e ho ritenuto conveniente che ne parlassimo fuori dell'ufficio e della prigione.»

Isabella si limitò ad annuire. Valls assaggiò la camomilla e si passò la lingua sulle labbra.

«Buonissima. La migliore di Barcellona. La provi.»

Isabella ignorò il suo invito.

«Come può comprendere, la discrezione non è mai troppa. Posso chiederle se ha detto a qualcuno che stasera sarebbe venuta qui?»

Isabella scosse la testa.

«Magari a suo marito?»

«Mio marito sta facendo l'inventario in libreria. Non tornerà a casa prima dell'alba. Nessuno sa che sono qui.»

«Le ordino qualche altra cosa? Se non le va la camomilla…»

Isabella negò e prese la tazza tra le mani.

«Va bene così.»

Valls sorrise sereno.

«Come le dicevo, ho ricevuto la sua lettera. Capisco la sua indignazione e volevo spiegarle che si tratta soltanto di un malinteso.»

«Lei sta ricattando un povero malato di mente, un suo prigioniero, per fargli scrivere un'opera che le dia fama. Fino a questo punto, non credo di aver capito male.»

Valls fece scivolare una mano verso di lei.

«Isabella, posso chiamarla così?»

«Non mi tocchi.»

Valls ritirò la mano, esibendo un gesto conciliante.

«D'accordo, parliamo solo con calma.»

«Non c'è niente di cui parlare. Se lei non lascia in pace David, porterò la sua storia e la sua frode fino a Madrid o fin dove ce ne sarà bisogno. Tutti sapranno che specie di persona e di letterato è lei. Niente e nessuno mi fermeranno.»

Le lacrime si affacciavano dagli occhi di Isabella e la tazza di camomilla le tremava tra le mani.

«Per favore, Isabella. Ne beva un po'. Le farà bene.»
Isabella bevve un paio di sorsi, assente.

«Così, con una punta di miele, è il massimo» aggiunse Valls.
Isabella fece altri due o tre sorsi.

«Devo dirle che l'ammiro, Isabella» proseguì Valls. «Poche persone avrebbero il coraggio e la forza di difendere un povero diavolo come Martín... Abbandonato e tradito da tutti. Tutti tranne lei.»

Isabella guardò nervosamente l'orologio dietro il bancone. Erano le dieci e trentacinque. Bevve un altro paio di sorsi di camomilla e la finì.

«Lei deve stimarlo molto» azzardò Valls. «A volte mi chiedo se, con il tempo e quando mi avrà conosciuto meglio, così come sono davvero, potrà stimarmi quanto stima lui.»

«Lei mi fa schifo, Valls. Lei e tutta la feccia come lei.»

«Lo so, Isabella. Però è la feccia come me a comandare sempre in questo paese e la gente come lei a restare sempre nell'ombra. A prescindere da chi ha le redini in mano.»

«Stavolta no. Stavolta i suoi superiori sapranno quello che sta facendo.»

«Cosa le fa pensare che se ne interesseranno, o che non facciano le stesse cose, se non peggiori, di quelle che faccio io, che sono solo un dilettante?»

Valls sorrise e tirò fuori dalla tasca della giacca un foglio ripiegato.

«Isabella, voglio che sappia che non sono quello che pensa. E per dimostrarglielo, ecco l'ordine di scarcerazione di David Martín, valido a partire da domani mattina.»

Valls le mostrò il documento. Isabella lo esaminò incredula. Valls prese la penna e, senza esitazioni, lo firmò.

«Ecco fatto. David Martín è, tecnicamente, un uomo libero. Grazie a lei, Isabella. Grazie a lei...»

Isabella gli rivolse uno sguardo vitreo. Valls notò che le sue pupille si dilatavano lentamente e una pellicola di sudore le affiorava sopra le labbra.

«Si sente bene? È pallida...»

Isabella si alzò barcollando e si afferrò alla sedia.

«Ha la nausea? L'accompagno da qualche parte?»

Isabella arretrò di qualche passo e si scontrò con il cameriere mentre si avviava verso l'uscita. Valls rimase seduto, assaporando la sua camomilla, fin quando l'orologio non segnò le dieci e quarantacinque. Allora lasciò qualche moneta sul tavolo e lentamente s'incamminò verso la porta. L'auto lo attendeva accanto al marciapiede, mentre l'autista gli teneva la portiera aperta.

«Il signor direttore desidera andare a casa o al castello?»

«A casa, ma prima facciamo una sosta al Pueblo Nuevo, all'ex fabbrica Vilardell» ordinò.

Pronto a impossessarsi del bottino promesso, Mauricio Valls, futura stella delle lettere spagnole, osservò la sfilata delle strade buie e deserte di quella Barcellona maledetta che tanto detestava. E sparse lacrime per Isabella e per quello che sarebbe potuto essere.

19

Quando Salgado si risvegliò dal suo letargo e aprì gli occhi, la prima cosa che notò fu che c'era qualcuno ai piedi della branda che lo osservava immobile. Provò un accenno di panico e per un attimo pensò di trovarsi ancora in quei sotterranei. Uno sfarfallio della luce che aleggiava dalle lucerne in corridoio disegnò lineamenti conosciuti.

«Fermín?»

La sagoma nell'ombra annuì e Salgado respirò a fondo.

«Ho la bocca secca. È rimasta un po' d'acqua?»

Fermín si avvicinò lentamente. Aveva qualcosa in mano, uno straccio e una boccetta di vetro.

Salgado lo vide versare il liquido della boccetta sullo straccio.

«Cos'è, Fermín?»

Fermín non rispose. Il suo volto era privo di espressione. Si chinò su Salgado e lo guardò negli occhi.

«Fermín, non...»

Prima che potesse pronunciare un'altra sillaba, Fermín gli mise lo straccio sulla bocca e sul naso e premette forte, tenendogli la testa sulla branda. Salgado si agitava con le poche forze che gli rimanevano. Fermín continuava a premergli lo straccio sul volto. Salgado lo guardava terrorizzato. Qualche secondo dopo, perse conoscenza. Fermín non tolse lo straccio. Contò altri cinque secondi e solo allora lo tirò via. Si sedette sulla branda di spalle a Salgado e attese qualche minuto. Poi, come gli aveva detto Martín, si avvicinò alla porta della cella.

«Secondino!» chiamò.

Sentì i passi del novellino che si avvicinavano lungo il corridoio. Il piano di Martín prevedeva che quella sera, invece di quel cretino, ci fosse Bebo al suo posto, come di consueto.

«E adesso che c'è?» chiese il secondino.

«È Salgado, ha tirato le cuoia.»

Il secondino scosse la testa e abbozzò un'espressione esasperata.

«Figlio di puttana. E adesso?»

«Porti il sacco.»

Il secondino imprecò contro la sua malasorte.

«Se vuole, ce lo infilo io, capo» si offrì Fermín.

Il secondino annuì con un accenno di gratitudine.

«Se mi porta subito il sacco, mentre io ce lo infilo, lei può dare l'avviso, così lo vengono a prendere prima di mezzanotte.»

Il secondino annuì di nuovo e partì alla ricerca del sacco di tela. Fermín rimase sulla porta della cella. Dall'altro lato del corridoio, Martín e Sanahuja lo osservavano in silenzio.

Dieci minuti dopo, il secondino tornò con la sacca, sostenendola con la punta delle dita, incapace di dissimulare la nausea che gli provocava quel fetore di carogna imputridita. Fermín si ritirò sul fondo della cella senza attendere istruzioni. Il secondino aprì le sbarre e gettò dentro il sacco.

«Adesso li avvisi, capo, così ci tolgono dalle scatole il cadavere prima di mezzanotte, altrimenti dovremo tenercelo qui fino a domani sera.»

«Sicuro che ce la fa da solo?»

«Non si preoccupi, capo, siamo esperti.»

Il secondino annuì di nuovo, non del tutto convinto.

«Speriamo di avere fortuna, perché il moncherino sta andando in suppurazione e puzzerà che non le dico...»

«Cazzo» disse il carceriere, allontanandosi in tutta fretta.

Non appena lo sentì arrivare all'estremità del corridoio, Fermín spogliò Salgado e poi si liberò dei propri vestiti. Indossò gli stracci pestilenti del ladro e gli infilò i suoi. Sistemò Salgado sul fianco nella branda, con la faccia al muro, poi gli gettò addosso la coperta fino a coprirgli metà faccia. Allora prese il sacco di tela e vi si introdusse. Stava per chiuderlo quando si ricordò di qualcosa.

Uscì in fretta e furia e si avvicinò al muro. Grattò con le unghie fra le due pietre dove aveva visto Salgado nascondere la chiave fino a farne spuntare l'estremità. Cercò di afferrarla con le dita, ma la chiave scivolava e rimaneva prigioniera della pietra.

«Faccia in fretta» disse la voce di Martín dall'altro lato del corridoio.

Fermín strinse le unghie sulla chiave e tirò forte. L'unghia dell'anulare si staccò e una fitta di dolore l'accecò per qualche secondo. Fermín soffocò l'urlo e si portò il dito alle labbra. Il sapore del suo stesso sangue, salato e metallico, gli riempì la bocca. Riaprì gli occhi e vide che un centimetro della chiave sporgeva dalla crepa. Stavolta riuscì a prenderla senza sforzo.

Si rinfilò nel sacco di tela e fece il nodo dall'interno il meglio possibile, lasciando un'apertura di quasi un palmo. Trattenne i conati che gli risalivano in gola e si stese a terra, annodando i cordini dall'interno del sacco fino a lasciare appena una fessura grande come un pugno. Si portò le dita al naso e preferì respirare attraverso il suo stesso lerciume piuttosto che arrendersi a quel fetore di marcio. Ora c'è solo da aspettare, si disse.

20

Le strade del Pueblo Nuevo erano immerse in una tenebra fitta e umida che serpeggiava fin lì dalla cittadella di baracche e catapecchie sulla spiaggia del Somorrostro. La Studebaker del signor direttore attraversava lentamente i veli di bruma e avanzava tra i canyon d'ombra formati da fabbriche, magazzini e hangar bui e decrepiti. I fari dell'auto disegnavano tunnel di luce davanti a loro. Dopo un po', il profilo dell'ex fabbrica Vilardell sbucò dalla nebbia. Le ciminiere e le creste dei padiglioni e dei laboratori deserti si delinearono in fondo alla strada. Il grande portone era protetto da una cancellata con le sommità appuntite, dietro la quale si intravedeva un labirinto di sterpaglie da cui emergevano gli scheletri dei camion e dei carri abbandonati. L'autista si fermò davanti all'ingresso della vecchia fabbrica.

«Lasci il motore acceso» ordinò il signor direttore.

I fasci di luce dei fari penetravano nel buio al di là del portone, rivelando le condizioni disastrose della fabbrica, bombardata durante la guerra e in stato di abbandono come tante altre strutture in tutta la città.

Su un lato si vedevano dei baracconi chiusi da assi di legno, mentre, davanti a delle rimesse che sembravano essere state divorate dalle fiamme, sorgeva quella che Valls immaginò essere la vecchia casa dei sorveglianti. L'alito rossastro di una candela o di una lampada a olio tratteggiava il contorno di una delle finestre chiuse. Senza fretta, il signor direttore osservò la scena dal sedile posteriore dell'auto. Dopo diversi minuti di attesa, si protese in avanti e si rivolse all'autista.

«Jaime, la vede quella casupola sulla sinistra, di fronte alle rimesse?»

Era la prima volta che il signor direttore gli si rivolgeva chiamandolo per nome. Qualcosa in quel tono improvvisamente amabile e cortese gli fece preferire l'abituale rapporto freddo e distante.

«Quella baracca, dice?»

«Proprio quella. Voglio che vada lì e bussi alla porta.»

«Vuole che entri? Nella fabbrica?»

Il signor direttore sospirò d'impazienza.

«Non nella fabbrica. Mi ascolti bene. La casupola la vede, vero?»

«Sì, signore.»

«Benissimo. Allora lei arriva fino alla cancellata, ci s'infila attraverso l'apertura che c'è tra le sbarre, va alla baracca e bussa alla porta. Fin qui è tutto chiaro?»

L'autista annuì con scarso entusiasmo.

«Bene. Dopo aver bussato, qualcuno le aprirà. E a quel punto lei gli dice: "Durruti vive".»

«Durruti?»

«Non mi interrompa. Ripeta solo quello che le ho detto. Le daranno qualcosa. Probabilmente una valigetta o un pacco. Me lo porta. E basta. Semplice, no?»

L'autista era pallido e non la smetteva di guardare dallo specchietto retrovisore, come se si aspettasse che qualcuno o qualcosa sbucasse dalle tenebre da un momento all'altro.

«Tranquillo, Jaime. Non succederà nulla. Glielo chiedo come un favore personale. Mi dica, è sposato?»

«Tra poco saranno tre anni di matrimonio, signor direttore.»

«Ah, bene. E ha figli?»

«Una bambina di due anni e la mia signora è in attesa, signor direttore.»

«La famiglia è la cosa più importante, Jaime. Lei è un bravo spagnolo. Se le va, come regalo di battesimo anticipato e in segno della mia gratitudine per il suo eccellente lavoro le darò cento pesetas. E se mi fa questo piccolo favore la raccomanderò per una promozione. Che ne direbbe di un lavoro d'ufficio alla Provincia? Ho buoni amici là e mi dicono che cercano uomini di polso per tirar fuori il paese dall'abisso in cui lo hanno sprofondato i bolscevichi.»

Alla menzione del denaro e delle buone prospettive, un leggero sorriso si disegnò sulle labbra dell'autista.

«Non sarà pericoloso o…?»

«Jaime, sono io, il signor direttore… Le potrei mai chiedere di fare qualcosa di pericoloso o di illegale?»

L'autista lo fissò in silenzio. Valls gli sorrise.

«Mi ripeta cosa deve fare, su.»

«Vado alla porta della baracca e busso. Quando aprono, dico: "Viva Durruti".»

«Durruti vive.»

«Sì. Durruti vive. Mi danno la valigetta e gliela porto.»

«E ce ne andiamo a casa. Facile.»

L'autista annuì e, dopo un attimo di esitazione, scese dalla macchina e si avvicinò al cancello. Valls osservò la sua sagoma che attraversava il fascio di luce dei fari e raggiungeva l'ingresso. Lì si voltò un istante a guardare l'auto.

«Dài, imbecille, entra» mormorò Valls.

L'autista s'infilò tra le sbarre, poi, evitando calcinacci ed erbacce, si avvicinò lentamente alla porta della baracca. Il signor direttore tirò fuori il revolver che aveva nella tasca interna del cappotto e armò il percussore. L'autista arrivò alla porta e si fermò. Valls lo vide bussare due volte e aspettare. Passò quasi un minuto senza che accadesse nulla.

«Ancora» mormorò Valls tra sé.

Ora l'autista guardava l'automobile, come se non sapesse cosa fare. Di colpo, un fiotto di luce giallastra si disegnò dove un attimo prima c'era la porta chiusa. Valls vide l'autista pronunciare la parola d'ordine. Si voltò di nuovo a guardare l'auto, sorridendo. Lo sparo, a bruciapelo, gli fece volar via la tempia e gli attraversò il cranio. Una nebbiolina di sangue fuoriuscì dall'altra parte e il corpo, già cadavere, rimase per un attimo in piedi, avvolto nell'alone della polvere da sparo, prima di precipitare a terra come un manichino rotto.

Valls scese in tutta fretta dal sedile posteriore e si mise al volante della Studebaker. Tenendo il revolver sul cruscotto e mirando verso l'ingresso della fabbrica con la mano sinistra, ingranò la marcia indietro e premette l'acceleratore. L'auto indietreggiò verso le tenebre superando le buche e le pozzanghere che punteggiavano la carreggiata. Mentre si allontanava, riuscì a vedere i bagliori di diversi spari all'ingresso della fabbrica, ma nessuno di essi colpì l'auto. Solo quando fu a circa duecento metri fece inversione e, accelerando a fondo, si allontanò mordendosi le labbra per la rabbia.

21

Chiuso nel sacco, Fermín riuscì solo a sentire le loro voci.

«Siamo stati fortunati, eh?» disse il nuovo secondino.

«Fermín si è già addormentato» disse il dottor Sanahuja dalla sua cella.

«Fortunato lui...» disse il carceriere. «Eccolo là. Potete portarvelo via.»

Fermín sentì dei passi attorno a lui e un improvviso scossone quando uno dei becchini rifece il nodo e lo strinse forte. Poi lo sollevarono in due e, senza troppi riguardi, lo trascinarono lungo il corridoio di pietra. Fermín non osò contrarre neppure un muscolo.

I colpi contro scale, angoli, porte e gradini gli sferzavano il corpo senza pietà. Si portò un pugno alla bocca e se lo morse per non urlare di dolore. Dopo un lungo tragitto, Fermín avvertì una brusca diminuzione della temperatura e la mancanza di quell'eco claustrofobica che si sentiva dovunque all'interno del castello. Erano all'aperto. Lo trascinarono per diversi metri su un pavimento di acciottolato punteggiato di pozzanghere. Il freddo cominciò rapidamente a infiltrarsi nel sacco.

Alla fine sentì che lo sollevavano e lo lanciavano nel vuoto. Atterrò su quella che sembrava una superficie di legno. I passi si allontanavano. Fermín respirò a fondo. L'interno del sacco puzzava di escrementi, di carne putrida e di gasolio. Sentì il motore del camion che si accendeva e, dopo uno scossone, avvertì il movimento del veicolo e lo strappo di una discesa che fece rotolare il sacco. Capì che il mezzo si allontanava con un lento tramestio lungo la stessa strada che aveva percorso quando era arrivato lì qualche mese prima. Ricordava che la salita era stata lunga e piena di curve. Dopo un po', tuttavia, sentì che il veicolo svoltava e imboccava una nuova strada su un terreno aspro e pianeggiante, non asfaltato. Avevano cambiato direzione e Fermín ebbe la certezza che si stessero inoltrando nella montagna invece di scendere verso la città. Qualcosa era andata storta.

Fu soltanto allora che gli venne in mente che forse Martín non avesse calcolato tutto, che qualche particolare gli fosse sfuggito. In fondo, nessuno sapeva con certezza cosa ne facessero dei cadaveri dei prigionieri. Magari Martín non si era soffermato a pensare che forse lanciavano i corpi in una caldaia per disfarsene. Riuscì a immaginare Salgado che si risvegliava dal suo letargo al cloroformio ridendo e dicendo che prima di bruciare all'inferno Fermín Romero de Torres, o come diavolo si chiamava, era bruciato vivo.

Il tragitto durò ancora alcuni minuti. Poi, quando il veicolo iniziò a rallentare, Fermín lo sentì per la prima volta. Un fetore così forte come non l'aveva mai avvertito. Gli si strinse il cuore e, mentre quell'esalazione indicibile gli provocava una forte nausea, desiderò di non aver mai dato ascolto a quel pazzo di Martín e di essere rimasto nella sua cella.

22

Quando il signor direttore arrivò al castello di Montjuic, scese dall'auto e si diresse in tutta fretta nel suo ufficio. Il segretario era ancorato alla sua piccola scrivania davanti alla porta, battendo a macchina con due dita la corrispondenza del giorno.

«Lascia perdere e fai portare immediatamente qui quel figlio di cagna di Salgado.»

Il segretario lo guardò sconcertato, in dubbio se aprire o meno la bocca.

«Non restartene lì incantato. Muoviti.»

Il segretario si alzò, impacciato, ed evitò lo sguardo iracondo di Valls.

«Salgado è morto, signor direttore. Proprio stanotte...»

Valls chiuse gli occhi e respirò a fondo.

«Signor direttore...»

Senza prendersi la briga di fornire spiegazioni, Valls si mise a correre e non si fermò finché non arrivò alla cella numero 13. Vedendolo, il secondino si scosse dall'abbiocco e gli fece un saluto militare.

«Eccellenza, che...»

«Apri. Svelto.»

Il secondino aprì la cella e Valls vi entrò come un turbine. Si diresse alla branda e, afferrando per la spalla l'uomo che vi giaceva, tirò forte. Salgado si ritrovò supino. Valls si chinò sul corpo e gli annusò l'alito. Si voltò allora verso il secondino, che lo guardava terrorizzato.

«Dov'è il corpo?»

«L'hanno portato via quelli delle pompe funebri...»

Valls gli diede uno schiaffo che lo scaraventò a terra. Due sentinelle erano comparse in corridoio in attesa delle istruzioni del direttore.

«Lo voglio vivo» disse.

I due annuirono e partirono a passo di corsa. Valls rimase lì, appoggiato alle sbarre della cella che condividevano Martín e il dottor Sanahuja. Il secondino, che si era rialzato e non osava nemmeno respirare, credette di vedere il signor direttore che rideva.

«Un'idea sua, immagino. Vero, Martín?» chiese Valls alla fine.

Il signor direttore fece un accenno di inchino e, mentre si allontanava lungo il corridoio, applaudì lentamente.

23

Fermín avvertì che il camion rallentava, affrontando gli ultimi scossoni di quella strada non asfaltata. Dopo un paio di minuti di buche e gemiti del camion, il motore si spense. Il fetore che passava attraverso il tessuto del sacco era indescrivibile. Fermín sentì i passi dei due becchini avvicinarsi alla parte posteriore del cassone, lo schiocco della leva che assicurava la chiusura e poi, all'improvviso, un forte strattone al sacco e una caduta nel vuoto.

Fermín cadde sul lastricato con le costole. Un dolore sordo gli si sparse fino alla spalla. Prima che potesse reagire, i due becchini raccolsero il sacco da terra e, tenendone ciascuno un'estremità, lo trasportarono su per la collina per alcuni metri. A quel punto, lo lasciarono cadere di nuovo e allora Fermín sentì uno di loro accovacciarsi e sciogliere il nodo che chiudeva il sacco. Gli parve di sentire l'altro allontanarsi di un paio di metri e raccogliere qualcosa di metallico. Cercò di prendere aria, ma quel miasma gli bruciava la gola. Chiuse gli occhi. L'aria fredda gli colpì il viso. Il becchino afferrò il sacco dal fondo e tirò forte. Il corpo di Fermín rotolò tra pietre e terra inzaccherata.

«Forza, al tre» disse uno di loro.

Quattro mani lo afferrarono per le caviglie e i polsi. Fermín si sforzò di trattenere il respiro.

«Ehi, non è che sta sudando?»

«Scemo, come cazzo fa a sudare un morto? Saranno state le pozzanghere. Forza, uno, due e...»

Tre. Fermín si sentì scaraventare in aria. Un istante dopo stava volando e si abbandonò al suo destino. Aprì gli occhi in pieno volo e ciò che riuscì a capire prima dell'impatto fu che stava precipitando in un fosso scavato nella montagna. Il chiarore della luna permetteva solo di distinguere qualcosa di pallido che ricopriva il suolo. Fermín ebbe la certezza che si trattasse di pietre e, serenamente, nel mezzo secondo che impiegò a cadere, decise che non gli importava morire.

L'atterraggio fu dolce. Fermín avvertì che il suo corpo era caduto su qualcosa di molle e di umido. Cinque metri più su, uno dei becchini reggeva una pala che svuotò nell'aria. Una polvere biancastra si sparse in una nebbiolina brillante che gli accarezzò la pelle e, un secondo dopo, cominciò a divorarla come se fosse acido. I due becchini si allontanarono e Fermín si alzò per scoprire che si trovava in una fossa scavata nel terreno, piena di cadaveri ricoperti di calce viva. Tentò di scuotersi di dosso quella polvere di fuoco e si fece largo tra i corpi fino a raggiungere le pareti della buca. Si arrampicò affondando le mani nella terra e ignorando il dolore.

Quando raggiunse la cima, riuscì a trascinarsi fino a una pozzanghera di acqua sporca in cui ripulirsi dalla calce. Si alzò e vide le luci del camion che si allontanavano nella notte. Si voltò un attimo a guardarsi indietro e vide la fossa stendersi ai suoi piedi come un oceano di cadaveri intrecciati tra loro. La nausea lo afferrò e cadde in ginocchio, vomitandosi bile e sangue sulle mani. Il fetore di morte e il panico quasi gli impedivano di respirare. Allora sentì un rumore in lontananza. Alzò gli occhi e vide i fari di un paio di auto che si avvicinavano. Corse verso il fianco della montagna e raggiunse una piccola spianata da cui si vedevano il mare ai piedi della collina e il faro del porto sulla punta della scogliera.

In alto, il castello di Montjuic si ergeva tra nuvole nere che si trascinavano in cielo, mascherando la luna. Il rumore delle automobili si avvicinava. Senza pensarci due volte, Fermín si lanciò giù per la montagna, cadendo e rotolando fra tronchi, pietre e arbusti che lo colpivano e gli strappavano la pelle a brandelli. Non provò più dolore, né paura, né stanchezza, finché non raggiunse la strada e da lì prese a correre verso gli hangar del porto. Corse senza respiro, senza nozione del tempo né consapevolezza delle ferite che gli ricoprivano il corpo.

L'alba stava spuntando quando arrivò all'infinito labirinto di catapecchie che ricoprivano la spiaggia del Somorrostro. La bruma dell'alba saliva strisciando dal mare e
serpeggiava fra i tetti. Fermín si inoltrò nelle viuzze e nei
tunnel della città dei poveri fino a cadere tra due mucchi
di detriti. Lì lo trovarono due bambini cenciosi che trascinavano delle casse di legno. Si fermarono a osservare
quella figura scheletrica che sembrava sanguinare da ogni
poro della pelle.

Fermín sorrise e fece il segno di vittoria con le dita. I bambini si scambiarono un'occhiata. Uno di loro disse qualcosa che non riuscì a sentire. Si abbandonò alla stanchezza e
con gli occhi socchiusi riuscì a vedere che quattro persone lo raccoglievano da terra e lo facevano stendere su una
branda accanto a un fuoco. Sentì il calore sulla pelle e recuperò lentamente la sensibilità dei piedi, delle mani e delle braccia. Il dolore arrivò dopo, come una marea lenta ma
inesorabile. Intorno a lui, voci soffocate di donne mormo-
ravano parole incomprensibili. Gli tolsero i pochi stracci
che gli restavano addosso. Panni imbevuti di acqua calda

e canfora accarezzarono con delicatezza il suo corpo nudo ed esangue.

Socchiuse gli occhi sentendo la mano di un'anziana sulla fronte, gli occhi stanchi e saggi nei suoi.

«Da dove vieni?» domandò la donna che, nel delirio, Fermín scambiò per sua madre.

«Dal mondo dei morti, mamma» mormorò. «Sono tornato dal mondo dei morti.»

Terza parte

RINASCERE

1

Barcellona, 1940

L'incidente all'ex fabbrica Vilardell non arrivò mai sui giornali. Non conveniva a nessuno che quella storia venisse alla luce. Ciò che accadde lì lo ricorda soltanto chi c'era. La stessa notte in cui Mauricio Valls tornò al castello per scoprire che il prigioniero numero 13 era fuggito, l'ispettore Fumero della Brigada Social fu avvisato dal signor direttore della soffiata di un altro detenuto. Fumero e i suoi uomini erano appostati lì intorno prima che sorgesse il sole.

L'ispettore mise due dei suoi a sorvegliare il perimetro e concentrò il resto all'ingresso principale, da dove, come gli aveva segnalato Valls, si poteva tenere d'occhio la baracca. Il corpo di Jaime Montoya, l'eroico autista del direttore del carcere, che si era offerto volontario per andare da solo a controllare l'esattezza delle rivelazioni di uno dei prigionieri su alcuni elementi sovversivi, era ancora lì, disteso tra le macerie. Poco prima dell'alba, Fumero ordinò ai suoi uomini di entrare nella vecchia fabbrica. Accerchiarono la baracca e quando gli occupanti, due uomini e una giovane donna, si accorsero della loro presenza si verificò soltanto un piccolo incidente perché lei, dotata di un'arma da fuoco, colpì al braccio uno dei poliziotti. La ferita era solo un graffio. A parte quell'inconveniente, in trenta secondi Fumero e i suoi uomini avevano reso inoffensivi i ribelli.

L'ispettore ordinò allora di portarli tutti nella baracca e di trascinare all'interno anche il corpo dell'autista morto. Fumero non chiese nomi né documenti. Ordinò di legarli mani e piedi con il fil di ferro a delle sedie arrugginite buttate in un angolo. Quando furono immobilizzati, Fumero fece cenno ai suoi uomini di lasciarlo solo e di appostarsi sulla porta della baracca e della fabbrica, in attesa delle sue istruzioni. Da solo con i prigionieri, chiuse la porta e si sedette di fronte a loro.

«Non ho dormito tutta la notte e sono stanco. Voglio andarmene a casa. Voi mi dite dove sono i soldi e i gioielli che state nascondendo per quel Salgado e qui non succederà niente, d'accordo?»

I prigionieri lo osservavano con un misto di perplessità e di terrore.

«Non ne sappiamo niente, né dei gioielli né di questo Salgado» disse l'uomo più anziano.

Fumero annuì con un certo fastidio. Passava con calma in rassegna i tre prigionieri, come se potesse leggerne i pensieri e ne fosse annoiato. Dopo qualche attimo di esitazione, scelse la donna e accostò la sedia a pochi centimetri da lei. La ragazza tremava.

«Lasciala stare, figlio di puttana» sbottò l'altro uomo, più giovane. «Se la tocchi, giuro che ti ammazzo.»

Fumero sorrise malinconicamente.

«Hai una fidanzata molto carina.»

Navas, l'agente appostato alla porta della baracca, sentiva il sudore freddo che gli bagnava i vestiti. Ignorava le urla che provenivano dall'interno e, quando i suoi colleghi gli rivolsero un'occhiata furtiva dal cancello della fabbrica, Navas scosse la testa.

Nessuno disse una sola parola. Fumero era nella baracca già da mezz'ora, quando finalmente la porta si aprì alle sue spalle. Navas si scostò ed evitò di guardare le macchie umide sui vestiti scuri dell'ispettore. Fumero si avviò lentamente verso l'uscita e Navas, dopo una rapida occhiata nella baracca, trattenne i conati e chiuse la porta. Al segnale di Fumero, due degli uomini si avvicinarono con due bidoni di benzina e cosparsero il perimetro e le pareti della baracca. Non si trattennero a vederla bruciare.

Quando tornarono alla macchina, Fumero li aspettava seduto davanti. Partirono in silenzio mentre una colonna di fumo e di fiamme s'innalzava tra le rovine della vecchia fabbrica, lasciando una scia di ceneri che si spargevano nel vento. Fumero abbassò il finestrino e allungò la mano aperta nell'aria fredda e umida. Aveva sangue tra le dita. Navas guidava con gli occhi fissi in avanti, anche se vedevano solo lo sguardo di supplica che gli aveva rivolto la giovane donna, ancora viva, prima che chiudesse la porta. Avvertì che Fumero lo stava osservando e strinse le mani al volante per nascondere il tremito.

Dal marciapiede, un gruppo di bambini cenciosi guardava l'auto passare. Uno di loro, abbozzando una pistola con le dita, sparò loro per gioco. Fumero sorrise e rispose con lo stesso gesto poco prima che l'automobile si perdesse nel labirinto di strade attorno alla giungla di ciminiere e magazzini. Come se non fosse mai stata lì.

Fermín passò sette giorni a delirare dentro la baracca. Nessun panno umido riusciva a fargli scendere la febbre; nessun unguento era in grado di calmare il male che, dicevano, lo divorava dall'interno. Le vecchie donne del posto, che spesso facevano i turni per prendersi cura di lui e somministrargli tonici sperando di tenerlo in vita, dicevano che lo sconosciuto aveva un demone dentro, il demone dei rimorsi, e che la sua anima voleva fuggire verso la fine del tunnel e riposare nel vuoto delle tenebre.

Il settimo giorno, l'uomo che tutti chiamavano Armando e la cui autorità in quel luogo era appena un paio di centimetri sotto quella di Dio, si recò alla baracca e si sedette accanto al malato. Gli esaminò le ferite, gli sollevò le palpebre con le dita e lesse i segreti scritti nelle sue pupille dilatate. Le anziane che si prendevano cura di lui si erano riunite in un capannello alle sue spalle e aspettavano in rispettoso silenzio. Dopo un po', Armando annuì tra sé e abbandonò la baracca. Due ragazzi che lo aspettavano all'ingresso lo seguirono fino alla linea di spuma sulla riva dove si infrangeva la marea e ascoltarono attentamente le sue istruzioni. Armando li vide andare via e restò lì, seduto sui resti di un barcone di pescatori smantellato dal temporale e rimasto arenato tra la spiaggia e il purgatorio.

Accese una sigaretta corta e l'assaporò nella brezza dell'alba. Mentre fumava e meditava sul da farsi, Armando tirò fuori un pezzo di pagina de *La Vanguardia* che portava in tasca da giorni. Lì, sepolta tra annunci di panciere e trafiletti sugli ultimi spettacoli al Paralelo, si affacciava una breve notizia in cui si raccontava della fuga di un prigioniero dal carcere di Montjuic. Il testo aveva quel retrogusto sterile delle storie riprese parola per parola dai comunicati ufficiali. L'unica licenza che il redattore si era concesso era una postilla in cui si affermava che, prima di allora, mai nessuno era riuscito a fuggire da quell'inespugnabile fortezza.

Armando sollevò gli occhi e osservò la collina di Montjuic che s'innalzava a sud. Il castello, un profilo confuso di torri seghettate nella nebbia, dominava Barcellona. Armando sorrise amaro e, con la brace della sigaretta, diede fuoco al ritaglio, guardandolo ridursi in cenere nel vento. I giornali, come sempre, eludevano la realtà dei fatti come se fosse una questione di vita o di morte, e forse a ragione. Tutto, in quella notizia, puzzava di mezze verità e di dettagli lasciati da parte. Tra questi, la circostanza che nessuno fosse mai riuscito a fuggire dal carcere di Montjuic. Anche se forse, pensò, in quel caso era vero, perché lui, l'uomo che chiamavano Armando, era qualcuno soltanto nel mondo invisibile della città dei poveri e degli intoccabili. Ci sono epoche e luoghi in cui essere nessuno è più onorevole che essere qualcuno.

Le giornate trascorrevano in una lenta calma. Armando passava una volta al giorno dalla baracca per conoscere le condizioni del moribondo. La febbre mostrava timidi segnali di miglioramento e il labirinto di colpi, tagli e ferite che gli ricoprivano il corpo sembrava iniziare lentamente a guarire grazie agli unguenti. Il moribondo passava la maggior parte della giornata a dormire o a mormorare parole incomprensibili tra veglia e sonno.

«Vivrà?» chiedeva a volte Armando.

«Non l'ha ancora deciso» gli rispondeva quel donnone sformato dagli anni che il poveretto aveva scambiato per la madre.

I giorni si cristallizzarono in settimane e ben presto apparve evidente che nessuno sarebbe venuto a chiedere notizie di quell'uomo, perché nessuno fa domande su ciò che preferisce ignorare. Normalmente la polizia e la Guardia Civil non entravano nel Somorrostro. Una legge tacita stabiliva chiaramente che la città e il mondo finivano alle porte di quel villaggio di catapecchie e che era interesse di entrambe le parti conservare quella frontiera invisibile. Armando sapeva che, dall'altra parte, erano in molti a pregare, segretamente o in maniera aperta, perché un giorno una tempesta si portasse via per sempre la città dei poveri, ma fin quando quel giorno non fosse arrivato tutti avrebbero preferito guardare altrove, rivolgere le spalle al mare e alla gente che sopravviveva tra la riva e la giungla di fabbriche del Pueblo Nuevo. E tuttavia, Armando aveva i suoi dubbi. La storia che intuiva dietro lo strano inquilino che avevano accolto poteva benissimo portare a infrangere quella legge silenziosa.

Dopo poche settimane, un paio di poliziotti novellini vennero a chiedere se qualcuno avesse visto un uomo che assomigliava allo sconosciuto. Armando si tenne all'erta per giorni, ma quando più nessuno venne a cercarlo, finì per capire che nessuno voleva veramente trovare quell'uomo. Forse era morto e non lo sapeva nemmeno.

Un mese e mezzo dopo il suo arrivo, le ferite del suo corpo iniziarono a guarire. Quando l'uomo aprì gli occhi e chiese dove si trovasse, lo aiutarono ad alzarsi e a bere un brodino, ma non gli dissero nulla.

«Deve riposare.»

«Sono vivo?» chiese.

Nessuno glielo confermò. Le sue giornate trascorrevano tra il sonno e una stanchezza che non lo abbandonava mai. Ogni volta che chiudeva gli occhi e si consegnava alla spossatezza, viaggiava verso lo stesso posto. Nel suo sogno, che si ripeteva una notte dopo l'altra, scalava le pareti di una fossa infinita seminata di cadaveri. Quando arrivava in cima e si voltava indietro a guardare, vedeva che quella marea di corpi spettrali si agitava come un mulinello di anguille. I morti spalancavano gli occhi e scavalcavano i muri, seguendo i suoi passi. Gli andavano dietro attraverso la montagna e si inoltravano nelle strade di Barcellona, cercando quelle che erano state le loro case, bussando alle porte di coloro che avevano amato. Alcuni andavano alla ricerca dei loro assassini e percorrevano la città assetati di vendetta, ma i più volevano soltanto tornare a casa, ai loro letti, a tenere tra le braccia i figli, le mogli e le amanti che avevano abbandonato. Ma nessuno apriva loro le porte, nessuno li teneva per mano e nessuno voleva baciare le loro labbra, e allora il moribondo, ricoperto di sudore, si svegliava nel buio con il fracasso assordante del pianto dei morti nell'anima.

Uno sconosciuto andava spesso a trovarlo. Odorava di tabacco e di acqua di colonia, due sostanze all'epoca di scarsa circolazione. Si sedeva su una sedia accanto a lui e lo guardava con occhi impenetrabili. Aveva i capelli neri come il catrame e i lineamenti affilati. Quando si accorgeva che il paziente era sveglio, gli sorrideva.

«Lei è Dio o il diavolo?» gli chiese una volta il moribondo.

Lo sconosciuto si strinse nelle spalle e valutò la domanda.

«Un po' tutti e due» rispose alla fine.

«Io, in linea di principio, sono ateo» lo informò il paziente. «Anche se in realtà ho molta fede.»

«Come molta gente. Adesso riposi, amico. Il paradiso può attendere. E l'inferno le sta stretto.»

4

Tra una visita e l'altra dello strano uomo dai capelli corvini, il convalescente si lasciava alimentare, lavare e vestire con abiti puliti che gli stavano grandi. Quando fu in grado di reggersi in piedi e fare qualche passo, lo accompagnarono in riva al mare e lì poté bagnarsi i piedi e lasciarsi accarezzare dalla luce del Mediterraneo. Un giorno trascorse la mattinata a guardare dei bambini vestiti di stracci e con la faccia sporca giocare nella sabbia, e pensò che voleva vivere, almeno un altro po'. Con il tempo, i ricordi e la rabbia cominciarono ad affiorare e, con essi, il desiderio e allo stesso tempo il timore di tornare in città.

Gambe, braccia e altri ingranaggi iniziarono a funzionare più o meno normalmente. Recuperò il raro piacere di orinare al vento senza bruciori né incidenti vergognosi e si disse che un uomo che poteva pisciare in piedi e senza aiuto era un uomo in condizioni di affrontare le proprie responsabilità. Quella stessa notte, prima dell'alba, si alzò con cautela e si allontanò per i vicoli angusti della cittadella fino al limite segnato dai binari del treno. Dall'altra parte si ergevano il bosco di ciminiere e la cresta di angeli e mausolei del cimitero. Più in là, in un velo di luce che risaliva le colline, c'era Barcellona. Sentì dei passi alle sue spalle e, quando si voltò, si ritrovò di fronte lo sguardo sereno dell'uomo dai capelli corvini.

«È rinato» disse.

«Speriamo che stavolta mi venga meglio della prima, perché ho una carriera alle spalle...»

L'uomo dai capelli corvini sorrise.

«Mi permetta di presentarmi. Io sono Armando, il gitano.»

Fermín gli strinse la mano.

«Fermín Romero de Torres, gagè, ma relativamente per bene.»

«Amico Fermín, mi è sembrato che stesse pensando di tornare con quelli.»

«La capra tira verso il monte» replicò Fermín. «Ho lasciato alcune cose a metà.»

Armando annuì.

«Lo capisco, ma non ancora, amico mio» gli disse. «Abbia pazienza. Resti con noi ancora un po'.»

La paura di ciò che l'attendeva al suo ritorno e la generosità di quelle persone lo trattennero lì finché, una domenica mattina, si fece prestare un giornale trovato da uno dei ragazzi tra la spazzatura di un chiosco sulla spiaggia della Barceloneta. Era difficile determinare quanto tempo fosse rimasto tra i rifiuti, ma era datato tre mesi dopo la notte della sua fuga. Sfogliò le pagine in cerca di un indizio, un segnale o una citazione, ma non c'era nulla. Quel pomeriggio, quando ormai aveva deciso che la sera sarebbe tornato a Barcellona, Armando gli si avvicinò e lo informò che uno dei suoi uomini era passato dalla pensione in cui abitava.

«Fermín, è meglio che non torni là a prendere le sue cose.»

«Come fa a sapere il mio domicilio?»

Armando sorrise, ignorando la domanda.

«La polizia ha detto che lei è morto. Un articolo sulla sua scomparsa è apparso qualche settimana fa sui giornali. Non ho voluto dirle nulla perché capisco che leggere della propria morte quando si è convalescenti non aiuta.»

«Di cosa sono morto?»

«Cause naturali. È caduto da un burrone mentre cercava di sfuggire alla giustizia.»

«Dunque, sono morto...»

«Come la polka.»

Fermín soppesò le implicazioni del suo nuovo status.

«E adesso che faccio? Dove vado? Non posso restare qui per sempre, abusando della vostra bontà e mettendovi in pericolo.»

Armando gli si sedette accanto e accese una delle sigarette che si arrotolava da sé e che odoravano di eucalipto.

«Fermín, può fare quello che vuole, perché lei non esiste. Le direi quasi di rimanere con noi, perché adesso è uno dei nostri, gente che non ha volto né nome da nessuna parte. Siamo fantasmi. Invisibili. Ma so che deve tornare e risolvere ciò che ha lasciato pendente. Purtroppo, una volta che se ne sarà andato da qui, io non potrò offrirle protezione.»

«Ha già fatto abbastanza per me.»

Armando gli batté la mano sulla spalla e gli diede un foglio di carta ripiegato che aveva in tasca.

«Se ne vada per un po' dalla città. Lasci passare un anno, poi, quando torna, inizi da qui» disse alzandosi.

Fermín aprì il foglio e lesse:

FERNANDO BRIANS
Avvocato
Calle de Caspe, 12
Ultimo piano
Barcellona. Telefono 564375

«Come posso ripagarvi per quello che avete fatto per me?»

«Quando avrà risolto i suoi affari, passi da qui e chieda di me. Ce ne andremo a vedere Carmen Amaya ballare e poi mi racconterà come è riuscito a fuggire da lassù. Sono curioso» disse Armando.

Fermín guardò quegli occhi e annuì lentamente.

«In quale cella era, Armando?»

«La tredici.»

«Erano suoi i segni di croce alle pareti?»

«A differenza di lei, Fermín, io sono credente, però non ho più fede.»

Quel pomeriggio nessuno gli impedì di andarsene o si accomiatò da lui. Partì, uno fra i tanti invisibili, verso le strade di una Barcellona che odorava di elettricità. Vide in lontananza le torri della Sagrada Familia arenate in un manto di nuvole rossastre che minacciavano un temporale biblico e continuò a camminare. I suoi passi lo portarono verso la stazione degli autobus di calle Trafalgar. Nelle tasche del cappotto che Armando gli aveva regalato trovò dei soldi. Comprò il biglietto per il tragitto più lungo che poté e passò la notte nel pullman percorrendo strade deserte sotto la pioggia. Il giorno successivo fece la stessa cosa e così, dopo giorni di treni, tragitti a piedi e pullman di mezzanotte, giunse dove le strade non avevano nome e le case non avevano numero e dove nulla e nessuno lo ricordavano.

Ebbe cento mestieri e nessun amico. Guadagnò dei soldi che spese. Lesse libri che parlavano di un mondo in cui non credeva più. Iniziò a scrivere lettere che non sapeva mai come finire. Visse contro i ricordi e i rimorsi. Più di una volta si spinse su un ponte o sul bordo di un precipizio e osservò serenamente l'abisso. All'ultimo momento, tornava la memoria di quella promessa e lo sguardo del Prigioniero del Cielo. Dopo un anno, lasciò la stanza che aveva affittato sopra un bar e, con un bagaglio costituito soltanto da una copia de *La città dei maledetti* che aveva trovato in un mercatino, probabilmente l'unico dei libri di Martín che non fosse stato bruciato, e che aveva letto una dozzina di volte, camminò per due chilometri fino alla stazione ferroviaria, dove comprò il biglietto che l'aveva aspettato per tutti quei mesi.

«Uno per Barcellona, per favore.»

Il bigliettaio gli staccò il biglietto e glielo diede con uno sguardo sprezzante.

«Bella voglia che ha...» disse. «Andare da quei catalani di merda.»

5

Barcellona, 1941

Stava facendo buio quando Fermín scese dal treno alla stazione Francia. La locomotiva aveva sputato fuori una nube di vapore e di fuliggine che strisciava sulla banchina e velava i passi dei viaggiatori che scendevano dopo il lungo percorso. Fermín si unì a quella marcia silenziosa verso l'uscita, tra gente infilata in vestiti cenciosi che trascinava valigie chiuse con le cinture, vecchi precoci che portavano tutti i propri averi in un fagotto e bambini dallo sguardo e dalle tasche vuote.

Una pattuglia della Guardia Civil sorvegliava l'accesso ai binari e Fermín vide che i loro occhi scrutavano fra i passeggeri e che ne fermavano qualcuno a caso chiedendogli i documenti. Fermín continuò a camminare in linea retta verso uno di loro. Quando li separavano a stento una decina di metri, Fermín notò che una della guardie lo stava osservando. Nel romanzo di Martín che gli aveva fatto compagnia per tutti quei mesi, uno dei personaggi affermava che il miglior modo di disarmare le autorità è di rivolgersi a loro prima che accada il contrario. Così, prima che l'agente potesse indicarlo, si incamminò direttamente verso di lui e gli parlò con voce serena.

«Buona sera, capo. Sarebbe così gentile da indicarmi dov'è l'hotel Porvenir? Mi risulta che sia in plaza Palacio, ma conosco pochissimo la città.»

La Guardia Civil lo esaminò in silenzio, un po' preso alla sprovvista. Il suo collega si era avvicinato e gli coprì il fianco destro.

«Deve chiedere all'uscita» disse in tono poco amichevole.

Fermín annuì cortesemente.

«Scusi il disturbo. Farò così.»

Stava per proseguire verso l'atrio della stazione quando l'altra guardia lo trattenne per il braccio.

«Plaza Palacio è sulla sinistra uscendo. Di fronte alla Capitanía.»

«Grazie infinite. Buona serata.»

La guardia lo lasciò e Fermín si allontanò lentamente, misurando i passi fin quando non arrivò nell'atrio e, da lì, in strada.

Un cielo scarlatto ricopriva una Barcellona nera e intessuta di sagome scure e sottili. Un tram semivuoto si trascinava proiettando una luce smorta sul selciato. Fermín aspettò che fosse passato e attraversò. Mentre cercava di evitare i binari lucidi, osservò la fuga disegnata dal paseo Colón e, sullo sfondo, la collina di Montjuic e il castello che si ergeva sulla città. Abbassò lo sguardo e imboccò calle Comercio verso il mercato del Borne. Le strade erano deserte e una brezza fredda soffiava tra i vicoli. Non sapeva dove andare.

Ricordò che Martín gli aveva detto che anni prima aveva vissuto lì vicino, in un vecchio palazzo incastonato nell'angusto canyon di ombre di calle Flassaders, accanto alla fabbrica di cioccolata Mauri. Si incamminò in quella direzione, ma quando vi arrivò scoprì che il palazzo e la proprietà confinante erano stati preda dei bombardamenti durante la guerra. Le autorità non si erano prese la briga di rimuovere le macerie e gli abitanti del quartiere, presumibilmente per poter camminare lungo una strada che era più stretta del corridoio di qualche casa della zona nobile, si erano limitati a scostare i calcinacci e ad ammucchiarli in modo che non ostruissero il passaggio.

Fermín si guardò attorno. A stento si percepiva il barlume delle luci e delle candele che diffondevano dai balconi un chiarore smorto. Fermín si inoltrò fra le rovine, schivando calcinacci, grondaie rotte e travi intrecciate in nodi impossibili. Cercò tra le macerie e si rannicchiò al riparo di una pietra sulla quale si poteva ancora leggere il numero 17, il vecchio domicilio di David Martín. Ripiegò il cappotto e i giornali vecchi che aveva sotto i vestiti. Così raggomitolato, chiuse gli occhi e cercò di prendere sonno.

Era trascorsa una mezz'ora e il freddo iniziava a penetrargli nelle ossa. Un vento carico di umidità sfiorava le rovine cercando crepe e spiragli. Fermín aprì gli occhi e si alzò. Stava cercando di trovare un angolo più riparato quando notò una sagoma che lo osservava dalla strada. Restò immobile. L'ombra fece qualche passo verso di lui.

«Chi va là?» domandò.

La sagoma si avvicinò un po' di più e l'eco di un lampione lontano ne disegnò il profilo. Era un uomo alto e robusto, vestito di nero. Fermín gli notò il colletto. Era un sacerdote. Fermín alzò le mani in segno di pace.

«Me ne vado subito, padre. Per favore, non chiami la polizia.»

Il sacerdote lo squadrò dall'alto in basso. Aveva lo sguardo severo e l'aria di aver passato metà della vita a sollevare sacchi al porto invece di calici.

«Ha fame?» chiese.

Fermín, che si sarebbe mangiato perfino quei sassi se qualcuno ci avesse messo sopra tre gocce di olio d'oliva, negò con la testa.

«Ho appena finito di cenare a Las Siete Puertas e mi sono abbuffato di riso al nero di seppia» disse.

Il sacerdote abbozzò un accenno di sorriso. Si voltò e cominciò a camminare.

«Venga» ordinò.

6

Padre Valera viveva all'ultimo piano di un palazzo alla fine del paseo del Borne, in una casa che affacciava direttamente sui tetti del mercato. Fermín liquidò con entusiasmo tre piatti di minestra e tutto il pane e il vino annacquato che il prete gli aveva messo davanti mentre lo osservava con curiosità.

«Lei non cena, padre?»

«Di solito no. Mangi lei, che sembra avere una fame arretrata dal '36.»

Mentre sorbiva sonoramente la minestra e i bocconi di pane, Fermín si guardava attorno nella sala da pranzo. Accanto a lui, una vetrinetta mostrava una collezione di piatti e bicchieri, svariati santi e quello che sembrava un modesto servizio di posate d'argento.

«Anch'io ho letto *I miserabili*, perciò non ci pensi nemmeno» avvertì il prete.

Fermín scosse la testa, mortificato.

«Come si chiama?»

«Fermín Romero de Torres, per servire sua eccellenza.»

«È ricercato, Fermín?»

«Dipende. È una questione complicata.»

«Non sono affari miei, se non me li vuole raccontare. Ma con quei vestiti non può andarsene in giro. Finirà al gabbio prima di arrivare a Vía Layetana. Stanno fermando molta gente che era nascosta da tempo. Bisogna fare molta attenzione.»

«Non appena localizzo dei fondi bancari che ho in stato di ibernazione, ho pensato di passare da El Dique Flotante e uscirne vestito come un principe.»

«Vediamo, si tiri su un attimo.»

Fermín mollò il cucchiaio e si alzò in piedi. Il prete lo esaminò con cura.

«Ramón era due volte lei, ma credo che qualcuno dei suoi vestiti di quando era giovane le dovrebbe andare bene.»

«Ramón?»

«Mio fratello. Me l'hanno ammazzato giù in strada, sul portone del palazzo, nel maggio del '38. Cercavano me, ma lui li affrontò. Era musicista. Suonava nella banda municipale. Prima tromba.»

«Mi dispiace molto, padre.»

Il prete si strinse nelle spalle.

«Chi più, chi meno, tutti hanno perso qualcuno, di qualunque fazione si fosse.»

«Io non sono di nessuna fazione» replicò Fermín. «Di più: le bandiere mi sembrano stracci colorati che puzzano di marcio e mi basta vedere uno che ci si avvolga dentro e si riempia la bocca di inni, scudi e discorsi per farmi venire la diarrea. Ho sempre pensato che chi ama appartenere a un gregge deve avere qualcosa della pecora.»

«Se la deve passare molto male, lei, in questo paese.»

«Non può immaginare fino a che punto. Però mi dico sempre che l'accesso diretto al buon prosciutto *serrano* compensa ogni cosa. E poi, tutto il mondo è paese.»

«Questo è vero. Mi dica, Fermín. Da quanto non assaggia un buon prosciutto *serrano*?»

«6 marzo 1934. Los Caracoles, calle Escudellers. Un'altra vita.»

Il prete sorrise.

«Può restare qui per la notte, Fermín, però domani dovrà cercarsi un altro posto. La gente chiacchiera. Le posso dare un po' di soldi per una pensione, ma sappia che in tutte chiedono i documenti e annotano gli inquilini nel registro del commissariato.»

«Non deve dirlo nemmeno, padre. Domani, prima che spunti il sole, sparisco più veloce della buona volontà. Invece non accetterò un centesimo, ché ho già abusato abbastanza della...»

Il prete alzò la mano e scosse la testa.

«Andiamo a vedere come le stanno i vestiti di Ramón» disse alzandosi da tavola.

Padre Valera insistette nel fornire a Fermín un paio di scarpe in condizioni decenti, un vestito di lana modesto ma pulito, un paio di cambi di biancheria intima e qualche oggetto per l'igiene personale che gli mise in una valigia. Su uno scaffale c'erano una tromba lucente e diverse foto di due uomini giovani e molto somiglianti che sorridevano durante quella che sembrava la Festa di Gracia. Bisognava fare molta attenzione per rendersi conto che uno di loro era padre Valera, che adesso sembrava di trent'anni più anziano.

«Acqua calda, non ne ho. Il serbatoio non lo riempiono fino a domani, perciò o aspetta o usa quella della brocca.»

Mentre Fermín si lavava come poteva, padre Valera preparò una caffettiera con una specie di cicoria mescolata ad altre sostanze dall'aria vagamente sospetta. Non c'era zucchero, ma quella tazza di acqua sporca era calda e la compagnia piacevole.

«Sembra quasi di essere in Colombia ad assaporare grani selezionati» disse Fermín.

«Lei è un uomo particolare, Fermín. Posso farle una domanda personale?»

«Coperta dal segreto della confessione?»

«Diciamo di sì.»

«Spari.»

«Ha ucciso qualcuno? In guerra, voglio dire.»

«No» rispose Fermín.

«Io sì.»

Fermín restò immobile con la tazza a mezz'aria. Il prete abbassò lo sguardo.

«Non l'avevo mai detto a nessuno.»

«È sotto il segreto confessionale» assicurò Fermín.

Il prete si sfregò gli occhi e sospirò. Fermín si chiese da quanto tempo quell'uomo fosse lì, da solo, in compagnia di quel segreto e della memoria del fratello morto.

«Sicuramente ha avuto i suoi motivi, padre.»

Il prete scosse la testa.

«Dio ha abbandonato questo paese» disse.

«Allora non abbia paura, perché non appena vedrà com'è la situazione a nord dei Pirenei, tornerà con la coda tra le gambe.»

Il prete restò a lungo in silenzio. Bevvero quel succedaneo di caffè e Fermín, per animare il poveretto, che sembrava sempre più abbattuto via via che passavano i minuti, se ne versò un'altra tazza.

«Le piace davvero?»

Fermín annuì.

«Vuole che la senta in confessione?» chiese all'improvviso il prete. «Senza scherzi, adesso.»

«Non si offenda, padre, ma il fatto è che io, in queste cose, non ci credo tanto...»

«Però forse Dio crede in lei.»

«Ne dubito.»

«Non c'è bisogno di credere in Dio per confessarsi. È una cosa tra lei e la sua coscienza. Cos'ha da perdere?»

Per un paio d'ore, Fermín raccontò a padre Valera tutto ciò che taceva da quando era fuggito dal castello, ormai più di un anno prima. Il padre lo ascoltava con attenzione, annuendo di tanto in tanto. Alla fine, quando Fermín sentì di essersi liberato e di essersi tolto di dosso un masso che lo asfissiava da mesi senza che se ne rendesse conto, padre Valera tirò fuori da un cassetto una fiaschetta di liquore e, senza chiedergli nulla, gli versò ciò che rimaneva delle sue riserve.

«Non mi dà l'assoluzione, padre? Solo un sorso di cognac?»

«È lo stesso. E poi, ormai, chi sono io per perdonare o giudicare qualcuno? Ma credo che le abbia fatto bene tirare fuori tutto. Cosa pensa di fare adesso?»

Fermín si strinse nelle spalle.

«Se sono tornato, giocandomi la testa, è per la promessa che ho fatto a Martín. Devo cercare quell'avvocato e poi la signora Isabella e il bambino, Daniel, e proteggerli.»

«Come?»

«Non lo so. Qualcosa mi verrà in mente. Si accettano suggerimenti.»

«Ma lei non li conosce nemmeno. Sono solo degli estranei di cui le ha parlato un uomo che ha conosciuto in carcere…»

«Lo so. Detta così, sembra una pazzia, non è vero?»

Il prete lo guardava come se potesse vedere attraverso le sue parole.

«Non sarà che ha visto così tanta miseria e così tanta meschinità fra gli uomini che adesso vuol fare qualcosa di buono, anche se è una pazzia?»

«E perché no?»

Valera sorrise.

«Lo sapevo che Dio credeva in lei.»

7

Il giorno dopo Fermín uscì in punta di piedi per non sve-
gliare padre Valera, che si era addormentato sul divano con
un libro di poesie di Machado in mano e russava come un
toro da combattimento. Prima di partire gli stampò un bacio in fronte e lasciò sul tavolo da pranzo i soldi che il prete aveva avvolto in un tovagliolo e infilato nella sua valigia. Poi si avviò giù per le scale con i vestiti e la coscienza
puliti e la determinazione di restare vivo, almeno qualche
altro giorno.

Quella mattina uscì il sole e una brezza limpida che veniva dal mare stese un cielo brillante e levigato come l'acciaio che disegnava ombre allungate al passaggio delle
persone. Fermín dedicò la mattinata a percorrere le strade che ricordava, a fermarsi davanti alle vetrine e a sedersi sulle panchine a guardare le belle ragazze che passavano, cioè tutte. A mezzogiorno andò in un'osteria all'inizio
di calle Escudellers, vicino al ristorante Los Caracoles, di
grata memoria. Tra i palati più coraggiosi e privi di sman-
cerie, l'osteria aveva l'infausta reputazione di vendere i
panini più a buon prezzo di tutta Barcellona. Il trucco, di-

cevano gli esperti, consisteva nel non chiedere nulla sugli ingredienti.

Con i suoi nuovi abiti da signore e una contundente armatura di copie de *La Vanguardia* piegate sotto i vestiti per conferire serietà, accenni di muscolatura e calore a basso costo, Fermín si sedette al bancone. Dopo aver consultato la lista di delizie alla portata delle tasche e degli stomaci più modesti, aprì i negoziati con il cameriere.

«Una domanda, giovane. Per quanto riguarda il piatto del giorno, mortadella e affettati di Cornellá con pane paesano, il pane è con pomodoro fresco?»

«Appena raccolto dai nostri orti a El Prat, dietro la fabbrica di acido solforico.»

«*Bouquet* di alto livello. E mi dica, buon uomo: si fa credito qui?»

Il cameriere perse l'espressione scherzosa e ripiegò dietro il bancone, gettandosi lo straccio sulla spalla in atteggiamento ostile.

«Nemmeno a Dio in persona.»

«Non si fanno eccezioni nel caso di mutilati di guerra decorati?»

«Aria o avvisiamo la Social.»

Considerata la piega che aveva preso la conversazione, Fermín batté in ritirata in cerca di un cantuccio tranquillo dove riformulare la propria strategia. Si era appena sistemato sullo scalino di un portone quando la sagoma di una ragazzina che non doveva avere nemmeno diciassette anni, ma suggeriva già curve da soubrette, gli passò accanto e ruzzolò di colpo a terra.

Fermín si alzò per aiutarla. L'aveva appena presa per

il braccio quando avvertì dei passi alle sue spalle e sentì una voce che rendeva simile a una musica celestiale quella del rude cameriere che l'aveva da poco mandato a quel paese.

«Guarda, sgualdrina di merda, con me non ti permettere più o ti taglio la faccia e ti lascio a terra per strada, puttana che non sei altro.»

L'autore di quel discorso era un magnaccia dalla pelle olivastra e dal dubbio gusto in fatto di complementi di bigiotteria. Trascurando il fatto che il sunnominato era due volte Fermín e che aveva in mano qualcosa che forniva forti indizi di essere un oggetto tagliente, o quanto meno appuntito, Fermín, che cominciava a non poterne più di bulli e ruffiani, si mise di mezzo tra la ragazza e il magnaccia.

«E tu chi cazzo sei, *disgrazziato*? Forza, sparisci prima che ti spacco la faccia.»

Fermín sentì che la ragazza, che odorava di una strana miscela di cannella e frittura, si aggrappava alle sue braccia. Una semplice occhiata a quel bullo bastava per concludere che la situazione non avrebbe avuto modo di risolversi per via dialettica, e allora, per tutta risposta, Fermín decise di passare all'azione. Dopo un'analisi *in extremis* del suo avversario, decise che il grosso della sua massa corporea era costituito in maggioranza di sebo e che, quanto a muscoli, o a materia grigia, non presentava alcun eccesso.

«A me, lei non si rivolge in questo modo, e tanto meno alla signorina.»

Il magnaccia lo guardò attonito, senza dare mostra di avere registrato le sue parole. Un attimo dopo, l'individuo, che da quel moscerino si aspettava qualsiasi cosa tranne la guerra, incassò con sua grandissima sorpresa una valigiata contundente nelle parti molli, alla quale, dopo essere stato scaraventato a terra con le mani sulle vergogne, seguirono altri quattro o cinque colpi in punti strategici con l'angoliera di cuoio della valigia, colpi che lo lasciarono, almeno per un po', abbattuto e demotivato.

Un gruppo di passanti che aveva assistito all'incidente iniziò ad applaudire, e quando Fermín si voltò per verificare se la ragazza stesse bene si ritrovò davanti il suo sguardo estatico e avvelenato di gratitudine e tenerezza a vita.

«Fermín Romero de Torres, per servirla, signorina.»

La ragazza si issò sulla punta dei piedi e lo baciò sulla guancia.

«Io sono la Rociíto.»

Ai loro piedi, il gorilla tentava di rialzarsi e recuperare il fiato. Prima che l'equilibrio di forze ritornasse in una situazione poco favorevole, Fermín decise di prendere le distanze dalla scena dello scontro.

«Bisognerebbe emigrare con una certa premura» annunciò. «Persa l'iniziativa, la battaglia si fa difficile...»

La Rociíto lo prese sottobraccio e lo guidò attraverso una rete di vicoli angusti che dava su plaza Real. Una volta al sole e in campo aperto, Fermín si fermò un istante a recuperare il fiato. La Rociíto notò che a tratti Fermín impallidiva e non aveva un buon aspetto. Intuì che le emozioni dell'incontro, o la fame, avevano provocato un calo di pressione nel suo coraggioso campione, e lo accompagnò alla terrazza dell'Hostal Dos Mundos, dove Fermín si lasciò cadere su una sedia.

La Rociíto, che doveva avere suppergiù diciassette anni ma anche un occhio clinico che avrebbe fatto invidia al famoso dottor Trueta, gli ordinò un assortimento di stuzzichini con cui rimetterlo in sesto. Quando Fermín vide arrivare quel bendidio, si allarmò.

«Rociíto, non ho nemmeno un centesimo...»

«Questo lo pago io» lo interruppe con orgoglio. «Perché al mio uomo bado io e non *ci* faccio mancare niente.»

La Rociíto lo rimpinzava di salamini, pane e patate fritte, il tutto innaffiato da un monumentale boccale di birra. A poco a poco Fermín si riprese e recuperò il tono vitale sotto gli occhi soddisfatti della Rociíto.

«Per dessert, se vuole, le faccio una specialità della casa da rimanere secco» si offrì la ragazza passandosi la lingua sulle labbra.

«Ma tu, ragazzina, a quest'ora non dovresti essere a scuola, con le suore?»

La Rociíto rise alla battuta.

«Ah, birbante... Che lingua sciolta che ha il signorino...»

A mano a mano che avanzava nel banchetto, Fermín si rendeva conto che, se fosse dipeso dalla Rociíto, gli si sarebbe spalancata una promettente carriera da prosseneta. Ma altre questioni di maggiore importanza reclamavano la sua attenzione.

«Quanti anni hai, Rociíto?»

«Diciotto e mezzo, signorino Fermín.»

«Sembri più grande.»

«È il davanzale. Mi è spuntato quando ne avevo tredici ed è una gioia vederlo, anche se non starebbe a me dirlo.»

Fermín, che non vedeva una simile cospirazione di curve dai suoi rimpianti giorni all'Avana, cercò di recuperare il buon senso.

«Rociíto» iniziò, «io non posso prendermi cura di te...»

«Lo so, signorino, non mi prenda per stupida. Lo so che lei non è il tipo di uomo che vive di una donna. Sarò pure giovane, ma ho imparato a riconoscerli da lontano...»

«Devi dirmi dove ti posso spedire i soldi di questo banchetto, perché adesso mi hai preso in un momento economico delicato...»

La Rociíto scosse la testa.

«Ho una stanza qui, alla locanda, a metà con la Lali, ma lei sta fuori tutto il giorno perché fa le navi mercantili... Perché il signorino non sale, così gli faccio un massaggio?»

«Rociíto...»

«Offre la casa...»

Fermín la osservava con una sfumatura di malinconia.

«Ha gli occhi tristi, signorino Fermín. Lasci che la Rociíto le rallegri la vita, anche se per un po'. Che male c'è?»

Fermín abbassò lo sguardo, pieno di vergogna.

«Quant'è che il signorino non sta con una donna come Dio comanda?»

«Non me ne ricordo nemmeno più.»

La Rociíto gli offrì la mano e, tirandolo, se lo portò su per le scale in una stanzetta minuscola in cui c'erano a stento un lettino e un lavabo. La stanza aveva un piccolo balcone che dava sulla piazza. La Rociíto fece scorrere una tenda e si liberò in un attimo del vestito a fiori che indossava e sotto al quale aveva solo la pelle nuda. Fermín contemplò quel miracolo della natura e si lasciò abbracciare da un cuore che era vecchio quasi quanto il suo.

«Se il signorino non vuole, non c'è bisogno che facciamo niente, eh?»

La Rociíto lo fece stendere sul letto e si sistemò accanto a lui. Lo abbracciò e gli accarezzò la testa.

«Shhh, shhh» sussurrava.

Fermín, con il viso su quel petto di diciotto anni, si mise a piangere.

A sera, quando la Rociíto doveva iniziare il suo turno, Fermín recuperò il pezzo di carta con l'indirizzo dell'avvocato Brians che Armando gli aveva dato un anno prima e decise di andare a trovarlo. La Rociíto insistette per prestargli qualche spicciolo per prendere il tram o qualche caffè e gli fece giurare e spergiurare che sarebbe tornato a trovarla, anche solo per portarla al cinema o a messa, perché lei era devotissima della Madonna del Carmine e le piacevano molto le cerimonie, soprattutto quando cantavano. Lo accompagnò giù al portone e quando lo salutò gli diede un bacio sulle labbra e un pizzicotto sul culo.

«Cioccolatino» gli disse, mentre lo guardava incamminarsi sotto gli archi della piazza.

Quando Fermín attraversò plaza de Cataluña, un groppo di nubi cariche cominciava ad accalcarsi nel cielo. Gli stormi di piccioni che abitualmente sorvolavano la piazza avevano cercato riparo tra gli alberi e aspettavano inquieti. La gente riusciva ad avvertire l'elettricità nell'aria e accelerava il passo verso gli ingressi del metrò. Si era alzato un vento fastidioso che trascinava una marea di foglie secche. Fermín si affrettò e quando arrivò a calle Caspe già iniziava a diluviare.

8

L'avvocato Brians era un uomo giovane, con una certa aria da studente bohémien che lasciava trapelare indizi di un'alimentazione a base di rustici e caffè. E infatti era di questo che odorava il suo ufficio: di rustici, di caffè e di carte polverose. Lavorava in una stanzetta sul tetto del palazzo che ospitava il Gran Teatro Tívoli, alla fine di un corridoio privo di luce. Fermín lo trovò ancora lì alle otto e mezzo di sera. Brians gli aprì in maniche di camicia e quando lo vide si limitò ad annuire e a sospirare.

«Fermín, suppongo. Martín mi ha parlato di lei. Mi stavo proprio chiedendo quando sarebbe passato da queste parti.»

«Sono stato via per qualche tempo.»

«Certo. Entri, prego.»

Fermín lo seguì all'interno del cubicolo.

«Bella seratina, non è vero?» domandò l'avvocato, nervoso.

«È soltanto acqua.»

Fermín si guardò attorno e verificò che c'era solo una sedia in vista. Brians gliela cedette. Lui si sistemò su una pila di tomi di diritto commerciale.

«Mi devono ancora portare dei mobili.»

Fermín calcolò che lì non entrava più nemmeno un temperamatite, ma preferì non dire niente. Sul tavolo c'era un piatto con un panino ripieno di carne e una birra. Un tovagliolino di carta denunciava il fatto che la luculliana cena dell'avvocato proveniva dal caffè sotto casa.

«Stavo per cenare. Condivido con lei con molto piacere.»

«Mangi, mangi, ché voi giovani dovete crescere e io ho già abbondantemente cenato.»

«Non posso offrirle nulla? Un caffè?»

«Se ha una Sugus...»

Brians frugò in un cassetto in cui avrebbe potuto esserci di tutto, tranne caramelle Sugus.

«Una pastiglia Juanola?»

«Sto bene così, grazie.»

«Con il suo permesso.»

Brians diede un morso al panino e masticò con gusto. Fermín si chiese chi dei due avesse di più l'aria del morto di fame. Accanto alla scrivania c'era una porta socchiusa che dava in una stanza attigua, nella quale si intravedevano una branda pieghevole con il letto da rifare, un appendiabiti con camicie sgualcite e una pila di libri.

«Lei vive qui?» domandò Fermín.

Chiaramente l'avvocato che Isabella aveva potuto permettersi per Martín non era un principe del foro. Brians seguì lo sguardo di Fermín e gli rivolse un sorriso modesto.

«Questo è, temporaneamente, il mio ufficio e la mia casa, sì» rispose, allungandosi per chiudere la porta della stanza da letto. «Lei penserà che io non abbia l'aspetto da avvocato. Sappia che non è l'unico, a cominciare da mio padre.»

«Non ci faccia caso. Mio padre diceva sempre a me e ai miei fratelli che eravamo dei buoni a nulla e che saremmo finiti a fare gli spaccapietre. Ed eccomi qui, più in gamba che mai. Avere successo nella vita quando la famiglia ti sostiene e crede in te non ha nessun merito.»

Brians annuì a denti stretti.

«Viste così le cose... La verità è che mi sono da poco messo per conto mio. Prima lavoravo in uno studio importante qui all'angolo, sul paseo de Gracia. Ma abbiamo avuto una serie di divergenze. Da allora, le cose non sono state facili.»

«Non mi dica. Valls?»

Brians annuì, finendo la birra in tre sorsi.

«Da quando ho accettato il caso del signor Martín, non si sono fermati fino a quando non sono riusciti a farmi lasciare da quasi tutti i miei clienti e a licenziarmi. I pochi che mi hanno seguito sono quelli che non hanno un centesimo per pagarmi gli onorari.»

«E la signora Isabella?»

Lo sguardo dell'avvocato si offuscò. Lasciò la birra sulla scrivania e fissò Fermín, esitante.

«Non lo sa?»

«Cosa?»

«Isabella Sempere è morta.»

9

Il temporale si abbatteva con violenza sulla città. Fermín aveva tra le mani una tazza di caffè mentre Brians, in piedi davanti alla finestra aperta, osservava la pioggia che sferzava i tetti dell'Ensanche e raccontava gli ultimi giorni di Isabella. «Si è ammalata di colpo, senza spiegazioni. Se l'avesse conosciuta... Isabella era giovane, piena di vita. Aveva una salute di ferro ed era sopravvissuta alle miserie della guerra. È successo tutto da un giorno all'altro. La notte in cui lei riuscì a fuggire dal castello, Isabella tornò a casa tardi. Quando il marito la trovò, era inginocchiata in bagno: sudava e aveva le palpitazioni. Disse che stava male. Chiamarono il medico, ma prima che arrivasse iniziarono le convulsioni e vomitò sangue. Il dottore disse che si trattava di un'intossicazione e che doveva seguire una dieta rigida per qualche giorno, ma la mattina dopo stava peggio. Il signor Sempere la avvolse nelle coperte e un vicino che faceva il tassista li accompagnò all'Hospital del Mar. Le erano spuntate macchie scure sulla pelle, come piaghe, e i capelli le cadevano a ciocche. All'ospedale aspettarono per un paio d'ore, però alla fine i medici si rifiutarono di

212

visitarla perché nella stanza c'era qualcuno, un paziente in attesa, che disse di conoscere Sempere e lo accusò di essere stato comunista o una sciocchezza del genere. Immagino per passare davanti nella fila. Un'infermiera le diede uno sciroppo che, disse, le avrebbe fatto bene e le avrebbe ripulito lo stomaco, però Isabella non riusciva a inghiottire nulla. Sempere non sapeva cosa fare. La riportò a casa e iniziò a chiamare un medico dopo l'altro. Nessuno sapeva cosa le stesse succedendo. Un assistente ospedaliero che era cliente abituale della libreria conosceva qualcuno al Clínico. Sempere la portò lì.

Al Clínico gli dissero che poteva trattarsi di colera e di riportarla a casa, perché c'era un'epidemia ed erano pieni. Erano già morte diverse persone nel quartiere. Isabella stava ogni giorno peggio. Delirava. Il marito si fece in quattro e smosse cielo e terra, ma in pochi giorni Isabella divenne così debole che non poteva nemmeno più portarla in ospedale. Morì dopo una settimana di malattia, nella casa di calle Santa Ana, sopra la libreria…»

Su di loro scese un lungo silenzio, punteggiato soltanto dal picchiettio della pioggia e dall'eco dei tuoni che si allontanavano via via che il vento calava.

«Fu solo un mese dopo che mi dissero di averla vista una sera al Café de la Ópera, di fronte al Liceo. Era seduta con Mauricio Valls. Isabella, ignorando i miei consigli, l'aveva minacciato di svelare il suo piano di utilizzare Martín per riscrivere non so quale schifezza con cui credeva di diventare celebre e di essere sommerso di medaglie. Andai al caffè a chiedere. Il cameriere ricordava che Valls era arrivato prima in macchina e mi disse che gli aveva ordinato due camomille e del miele.»

Fermín soppesò le implicazioni delle parole del giovane avvocato.

«E lei crede che Valls l'abbia avvelenata?»

«Non posso provarlo, ma più ci ragiono più mi sembra evidente. Dev'essere stato Valls.»

Fermín fissò a lungo il pavimento.

«Il signor Martín lo sa?»

Brians scosse la testa.

«No. Dopo la sua fuga, Valls ordinò che Martín fosse segregato in cella di isolamento in una delle torri.»

«E il dottor Sanahuja? Non li misero insieme?»

Brians sospirò, sconfitto.

«Sanahuja venne processato da un consiglio di guerra per tradimento. Lo fucilarono due settimane dopo.»

Un lungo silenzio invase la stanza. Fermín si alzò e iniziò a camminare in cerchio, agitatissimo.

«E a me, perché nessuno mi ha cercato? In fondo, sono io la causa di tutto…»

«Lei non esiste. Per evitare l'umiliazione con i superiori e la rovina della sua promettente carriera nel regime, Valls fece giurare alla pattuglia che aveva spedito alla sua ricerca di averla colpita mentre fuggiva giù per il Montjuic e di aver buttato il suo corpo nella fossa comune.»

Fermín assaporò la rabbia sulle labbra.

«Allora, guardi, sto per andare a piazzarmi davanti al Governo militare a dire "eccomi qua, questi sono i miei coglioni". Poi vediamo come fa Valls a spiegare la mia resurrezione.»

«Non dica sciocchezze. Così non risolve niente. L'unica cosa che otterrebbe sarebbe farsi portare sulla carretera de las Aguas e farsi sparare un colpo alla nuca. Quel verme non lo vale.»

Fermín annuì, ma la vergogna e il senso di colpa lo rodevano.

«E Martín? Che ne sarà di lui?»

Brians si strinse nelle spalle.

«Quello che so è confidenziale. Non può uscire da questa stanza. C'è un secondino al castello, un certo Bebo, che mi deve più di qualche favore. Stavano per uccidergli un fratello, ma sono riuscito a fargli commutare la pena a dieci anni in un carcere di Valencia. Bebo è un brav'uomo e mi racconta tutto ciò che vede e sente al castello. Il direttore non mi lascia incontrare Martín, ma attraverso Bebo ho saputo che è vivo e che Valls lo tiene rinchiuso nella torre, sorvegliato a vista ventiquattro ore su ventiquattro. Gli ha dato carta e penna. Bebo dice che Martín sta scrivendo.»

«Cosa?»

«Va' a saperlo. Valls crede, o almeno così mi ha detto Bebo, che Martín stia scrivendo il libro che gli ha commissionato basandosi sui suoi appunti. Però Martín, che lei e io sappiamo non essere completamente a posto con la testa, sembra immerso in un'altra cosa. A volte ripete a voce alta quello che scrive, oppure si alza e comincia a camminare avanti e indietro ripetendo spezzoni di dialoghi e intere frasi. Bebo fa il turno di notte accanto alla sua cella e, quando può, gli passa sigarette e zollette di zucchero, che è l'unica cosa che mangia. Martín le ha mai parlato di qualcosa chiamato *Il gioco dell'angelo*?»

Fermín scosse la testa.

«È il titolo del libro che sta scrivendo?»

«Così dice Bebo. Stando a quello che ha potuto capire da quanto gli racconta Martín e da ciò che gli sente dire a voce alta, sembra una specie di autobiografia o una confessione... Se vuole il mio parere, Martín si è reso conto che sta perdendo la ragione e prima che sia troppo tardi sta cercando di mettere su carta ciò che ricorda. È come se stesse scrivendo una lettera a se stesso per sapere chi è...»

«E cosa succederà quando Valls scoprirà che non ha dato retta ai suoi ordini?»

L'avvocato Brians gli restituì uno sguardo funereo.

10

Quando smise di piovere era più o meno mezzanotte. Dalla finestra dell'avvocato Brians, Barcellona offriva un aspetto inospitale sotto un cielo di nubi basse che si trascinavano sopra i tetti.

«Ha dove andare, Fermín?» chiese Brians.

«Ho un'offerta tentatrice per sistemarmi come concubino e guardaspalle di una ragazza un po' leggera, però di buon cuore e con una carrozzeria che toglie il singhiozzo, ma non mi ci vedo nel ruolo di mantenuto, per quanto ai piedi della Venere di Jerez.»

«Non mi va giù l'idea che lei stia per strada, Fermín. È pericoloso. Può restare qui quanto vuole.»

Fermín si guardò attorno.

«Lo so che non è l'Hotel Colón, ma lì dietro ho un altro letto pieghevole, non russo e, per dire la verità, mi farebbe piacere la compagnia.»

«Non ha una fidanzata?»

«La mia fidanzata era la figlia del socio fondatore dello studio legale da cui Valls e compagnia sono riusciti a farmi licenziare.»

«Questa storia di Martín le sta costando cara. Voto di castità e di povertà.»

Brians sorrise.

«Mi dia una causa persa e mi farà felice.»

«Allora, guardi, la prendo in parola. Ma solo se mi permette di dare una mano e di contribuire. Posso pulire, mettere in ordine, battere a macchina, cucinare, offrirle consulenza e servizi di indagine e vigilanza, e se in un momento di debolezza si trova in difficoltà, attraverso la mia amica Rociíto le posso offrire i servizi di una professionista che la rimette a nuovo, perché in gioventù bisogna stare attenti a evitare che un sovraccumulo di effluvi seminali le vada alla testa, altrimenti poi è peggio.»

Brians gli tese la mano.

«Affare fatto. È assunto come praticante nello studio Brians e Brians, il difensore degli insolventi.»

«Quant'è vero che mi chiamo Fermín, prima che finisca questa settimana le avrò trovato un cliente di quelli che pagano in contanti e in anticipo.»

Fu così che Fermín Romero de Torres si installò temporaneamente nel minuscolo ufficio dell'avvocato Brians, dove iniziò con il rimettere in ordine, pulire e aggiornare tutte le pratiche, le cartelle e i casi aperti. In un paio di giorni l'ufficio sembrava aver triplicato la propria superficie grazie alle arti di Fermín, che l'aveva pulito come uno specchio. Passava rinchiuso lì la maggior parte del giorno, ma destinava un paio d'ore a spedizioni varie, dalle quali ritornava con mazzi di fiori sottratti dall'atrio del teatro Tívoli, un po' di caffè che si procurava abbindolando una cameriera del bar sotto casa, e articoli alimentari presi dalla drogheria Quilmes e annotati sul conto dello studio che aveva licenziato Brians, presentandosi come il loro nuovo fattorino.

«Fermín, questo prosciutto è una bomba. Da dove esce fuori?»

«Provi il formaggio manchego, e vedrà la luce.»

La mattina, passava in rassegna tutti i casi di Brians e metteva in bella i suoi appunti. Nel pomeriggio prendeva il telefono e, a colpi di elenco, si lanciava alla ricerca di clienti di presumibile solvenza. Quando annusava qualche possibilità, perfezionava la telefonata con una visita a domicilio. Su un totale di cinquanta chiamate a negozi, professionisti e privati del quartiere, dieci si risolsero in visite e tre in nuovi clienti per Brians.

Il primo era una vedova in causa con una compagnia di assicurazioni che si rifiutava di pagare per la scomparsa del marito, argomentando che l'arresto cardiaco che l'aveva colpito dopo un'abbuffata di aragoste a Las Siete Puertas era un caso di suicidio non contemplato nella polizza. Il secondo, un tassidermista a cui un ex torero aveva portato un toro Miura da cinquecento chili che aveva messo fine alla sua carriera nell'arena, rifiutandosi poi di ritirarlo e pagarlo una volta disseccato, perché, a suo dire, gli occhi di vetro che gli aveva messo il tassidermista gli davano un'aria indemoniata che aveva fatto fuggire correndo il matador dal laboratorio, al grido di furbastro, furbastro! Il terzo, infine, un sarto della Ronda San Pedro a cui un dentista senza laurea aveva estratto cinque molari, nessuno dei quali cariato. Erano casi da poco, ma tutti i clienti avevano pagato un anticipo e firmato un contratto.

«Fermín, le darò uno stipendio fisso.»

«Neanche a parlarne.»

Fermín si rifiutò di accettare qualunque emolumento per i suoi buoni uffici, eccetto piccoli prestiti occasionali con cui le domeniche pomeriggio portava la Rociíto al cinema, a ballare a La Paloma o al parco del Tibidabo, dove nella casa degli specchi la ragazza gli lasciò un succhiotto sul collo che gli bruciò per una settimana e dove, approfittando di un giorno in cui erano gli unici passeggeri dell'aeroplanino che sorvolava in cerchio il cielo in miniatura di Barcellona, Fermín recuperò il pieno esercizio e godimento della sua mascolinità, dopo un lungo periodo in cui era rimasto lontano dai palcoscenici dell'amore frettoloso.

Un giorno, brancicando le bellezze della Rociíto in cima alla ruota panoramica del parco, Fermín si disse che quelli, contro ogni pronostico, sembravano addirittura tempi belli. E lo invase la paura, perché sapeva che non potevano durare e che quelle gocce di pace e felicità rubate sarebbero evaporate prima della gioventù della carne e degli occhi della Rociíto.

11

Quella sera stessa si sedette in ufficio ad aspettare che Brians tornasse dal suo giro per tribunali, uffici, procuratori, carceri e dai mille baciamano a cui doveva piegarsi per ottenere informazioni. Erano quasi le undici quando sentì i passi del giovane avvocato avvicinarsi lungo il corridoio. Gli aprì la porta e Brians entrò strascicando i piedi e l'animo, più sconfitto che mai. Si lasciò cadere in un angolo e si portò le mani alla testa.

«Cos'è successo, Brians?»

«Vengo dal castello.»

«Buone notizie?»

«Valls si è rifiutato di ricevermi. Mi hanno fatto aspettare quattro ore e poi mi hanno detto di andarmene. Mi hanno ritirato il permesso per le visite e l'autorizzazione per accedere all'interno.»

«Le hanno lasciato vedere Martín?»

Brians scosse la testa.

«Non c'era.»

Fermín lo guardò senza capire. Brians rimase in silenzio qualche istante cercando le parole.

«Mentre me ne stavo andando, Bebo mi ha seguito e mi ha raccontato quello che sapeva. È successo due settimane fa. Martín aveva scritto come un indemoniato, giorno e notte, senza quasi fermarsi per dormire. A Valls la cosa puzzava e ha ordinato a Bebo di confiscare le pagine che Martín aveva scritto fino a quel momento. Ci sono volute tre sentinelle per immobilizzarlo e strappargli il manoscritto. Aveva riempito più di cinquecento pagine in meno di due mesi. Bebo le ha consegnate a Valls e lui, quando ha cominciato a leggere, si è infuriato.»

«Non era quello che si aspettava, immagino...»

Brians negò.

«Valls ha letto per tutta la notte e la mattina dopo è salito alla torre scortato da quattro uomini. Ha fatto ammanettare mani e piedi a Martín e poi è entrato nella cella. Bebo stava ascoltando dalla fessura della porta e ha sentito parte della conversazione. Valls era furioso. Gli ha detto che l'aveva molto deluso, che gli aveva consegnato i semi di un capolavoro e che lui, ingrato, invece di seguire le sue istruzioni, aveva cominciato a scrivere quell'assurdità senza capo né coda. "Questo non è il libro che mi aspettavo da lei, Martín" continuava a ripetere.»

«E Martín cosa diceva?»

«Niente. Lo ignorava. Come se non ci fosse. Il che faceva infuriare Valls sempre di più. Bebo l'ha sentito prendere Martín a schiaffi e pugni, ma lui non si è lasciato sfuggire un lamento. Quando Valls si è stancato di picchiarlo e insultarlo senza riuscire nemmeno a fargli prendere la briga di rivolgergli la parola, Bebo dice che Valls ha tirato fuori dalla tasca una lettera che il signor Sempere aveva spedito a suo nome mesi prima e che era stata confiscata. In quella lettera c'era un biglietto che Isabella aveva scritto per Martín sul letto di morte...»

«Figlio di puttana...»

«Valls l'ha lasciato lì, solo con quella lettera, perché sapeva che nulla gli avrebbe fatto più male di sapere che Isabella era morta... Dice Bebo che, quando Valls se n'è andato e Martín ha iniziato a leggerla, ha cominciato a gridare e ha urlato tutta la notte, battendo le mani e la testa sui muri e sulla porta di ferro...»

Brians alzò gli occhi. Fermín si accovacciò di fronte a lui e gli mise la mano sulla spalla.

«Si sente bene, Brians?»

«Io sono il suo avvocato» disse con voce tremante. «Dovrebbe essere mio dovere proteggerlo e tirarlo fuori da lì...»

«Ha fatto tutto quel che ha potuto, Brians, e Martín lo sa.»

Brians scosse la testa.

«Ma non è finita» riprese. «Bebo mi ha detto che, siccome Valls ha proibito di dargli altra carta e inchiostro, Martín ha iniziato a scrivere sul dorso delle pagine che gli aveva tirato in faccia. In mancanza di inchiostro, si faceva dei tagli sulle mani e sulle braccia e usava il suo sangue... Bebo cercava di parlargli, di calmarlo... Non accettava più sigarette da lui, e nemmeno le zollette di zucchero che gli piacevano tanto... Non riconosceva neanche la sua presenza. Bebo crede che, quando ha avuto la notizia della morte di Isabella, Martín abbia completamente perso la ragione e abbia cominciato a vivere soltanto nell'inferno costruito dalla sua mente... Di notte urlava e lo sentivano tutti. Sono iniziate a correre voci tra i visitatori, i prigionieri e il personale del carcere. Valls si stava innervosendo. Alla fine, una notte, ha ordinato a due dei suoi pistoleri di portarselo via...»

Fermín deglutì.

«Dove?»

«Bebo non ne è sicuro. A quanto è riuscito a sentire, crede in una villa abbandonata accanto al Parque Güell... Sembra che lì, durante la guerra, abbiano già ammazzato qualcuno e poi l'abbiano sepolto in giardino... Quando i pistoleri sono tornati, hanno detto a Valls che era tutto risolto, ma Bebo mi ha riferito che quella stessa notte li ha sentiti parlare tra di loro e che non ne erano sicuri al cento per cento. Qualcosa era successo in quella casa. Pare che lì ci fosse qualcun altro.»

«Qualcun altro?»

Brians si strinse nelle spalle.

«Ma allora David Martín è vivo?»

«Non lo so, Fermín. Nessuno lo sa.»

12

Barcellona, 1957

Fermín parlava con un filo di voce e lo sguardo abbattuto. Evocare quei ricordi sembrava averlo lasciato esanime e a stento si reggeva sulla sedia. Gli versai un ultimo bicchiere di vino e lo guardai asciugarsi le lacrime con le mani. Gli tesi un tovagliolo, ma lo ignorò. Gli altri clienti di Can Lluís se n'erano tornati a casa già da un pezzo e immaginai che fosse passata mezzanotte, ma nessuno ci aveva voluto dire nulla e ci avevano lasciati tranquilli in sala da pranzo. Fermín mi guardava esausto, come se il rivelare quei segreti custoditi per tanti anni gli avesse strappato anche la voglia di vivere.

«Fermín...»

«Lo so cosa sta per chiedermi. La risposta è no.»

«Fermín, David Martín è mio padre?»

Fermín mi guardò con severità.

«Suo padre è il signor Sempere, Daniel. Di questo non dubiti mai. Mai.»

Annuii. Fermín restò ancorato alla sedia, assente, lo sguardo perso nel vuoto.

«E di lei, Fermín, cosa ne è stato di lei?»

Fermín tardò a rispondere, come se quella parte della storia non avesse alcuna importanza.

«Tornai per strada. Non potevo restare lì, con Brians. E non potevo stare con la Rociíto. Né con nessun altro...»

Fermín lasciò il suo racconto arenato lì e fui io a riprenderlo.

«Tornò per strada, un mendicante senza nome, senza nulla e nessuno al mondo, un uomo che tutti scambiavano per pazzo e che avrebbe preferito morire se non fosse stato perché aveva fatto una promessa...»

«Avevo promesso a Martín che mi sarei preso cura di Isabella e di suo figlio... Di lei, Daniel. Ma sono stato un vigliacco. Sono rimasto per tanto tempo nascosto, ho avuto tanta paura di tornare che, quando l'ho fatto, sua madre non c'era più...»

«Per questo quella notte l'ho trovata a plaza Real? Non è stato un caso? Da quanto tempo mi stava seguendo?»

«Mesi. Anni...»

Lo immaginai mentre mi seguiva quando da bambino andavo a scuola, quando giocavo al parco della Ciudadela, quando mi fermavo con mio padre davanti a quella vetrina a guardare la penna che credevo a occhi chiusi fosse appartenuta a Victor Hugo, quando mi sedevo in plaza Real a leggere per Clara e ad accarezzarla con gli occhi convinto che nessuno mi vedesse. Un mendicante, un'ombra, una figura che nessuno notava e che gli sguardi evitavano. Fermín, il mio protettore e amico.

«E perché anni dopo non mi ha raccontato la verità?»

«All'inizio volevo farlo, ma poi mi sono reso conto che le avrei fatto più male che bene. Che nulla poteva cambiare il passato. Ho deciso di nasconderle la verità perché pensavo fosse meglio che lei somigliasse a suo padre e non a me.»

Sprofondammo in un lungo silenzio, scambiandoci sguardi furtivi, senza sapere cosa dire.

«Dov'è Valls?» chiesi alla fine.

«Non le venga neanche in mente» tagliò corto Fermín.

«Dov'è adesso?» chiesi di nuovo. «Se non me lo dice lei, lo scoprirò io.»

«E che cosa farà? Si presenterà a casa sua per ammazzarlo?»

«Perché no?»

Fermín rise amaro.

«Perché lei ha una moglie e un figlio, perché ha una vita e persone che la amano e che lei ama, perché lei ha tutto, Daniel.»

«Tutto, tranne mia madre.»

«La vendetta non gliela restituirà, Daniel.»

«Questo è facilissimo da dire. Nessuno ha assassinato la sua...»

Fermín stava per dire qualcosa, ma si morse la lingua.

«Perché crede che suo padre non le abbia mai parlato della guerra, Daniel? Crede forse che lui non immagini quello che è successo?»

«Se è così, perché ha taciuto? Perché non ha fatto niente?»

«Per lei, Daniel. Per lei. Suo padre, come molta gente a cui è toccato vivere quegli anni, ha ingoiato tutto e se n'è stato zitto. Perché non ha avuto più fegato. Persone di tutte le fazioni e di tutti i colori. Le incrocia per strada ogni giorno e non le vede nemmeno. Sono marcite da vive per tutti questi anni con quel dolore dentro affinché lei e altri come lei potessero vivere. Non la sfiori nemmeno l'idea di giudicare suo padre. Non ne ha il diritto.»

Fu come se il mio miglior amico mi avesse dato un pugno sulla bocca.

«Non si arrabbi con me, Fermín...»

Lui scosse la testa.

«Non mi arrabbio.»

«Sto solo cercando di capire meglio. Lasci che le faccia una domanda. Soltanto una.»

«Su Valls? No.»

«Solo una domanda, Fermín. Glielo giuro. Se non vuole, può non rispondermi.»

Fermín annuì di malavoglia.

«Quel Mauricio Valls è lo stesso Valls a cui sto pensando?» domandai.

Fermín annuì.

«In persona. Quello che è stato ministro della Cultura fino a quattro o cinque anni fa. Quello che fino a poco fa usciva sui giornali un giorno sì e uno no. Il grande Mauricio Valls. Autore, editore, pensatore e messia rivelato dell'intellettualità nazionale. Quel Valls» disse Fermín.

Compresi allora che decine di volte avevo visto sui giornali l'immagine di quell'individuo, che avevo sentito il suo nome e l'avevo visto stampato sulla costa di alcuni dei libri che avevamo in libreria. Fino a quella sera, il nome di Mauricio Valls era uno dei tanti in quella sfilata di figure pubbliche che fanno parte di un paesaggio confuso a cui non si presta particolare attenzione, ma che è sempre lì. Fino a quella sera, se qualcuno mi avesse chiesto chi era Mauricio Valls, avrei detto che si trattava di un personaggio che mi risultava vagamente familiare, una figura nota di quegli anni miseri sulla quale non mi ero mai soffermato. Fino a quella sera, non mi sarebbe mai passato per la testa di immaginare che un giorno quel nome, quel volto, sarebbe stato per sempre quello dell'uomo che aveva assassinato mia madre.

«Ma...» protestai.

«Niente ma. Ha detto una sola domanda e le ho già risposto.»

«Fermín, non mi può lasciare così...»

«Mi ascolti bene, Daniel.» Fermín mi guardò negli occhi e mi afferrò il polso. «Le giuro che, quando sarà il momento, io stesso l'aiuterò a trovare quel figlio di puttana e a regolare i conti, anche se dovesse essere l'ultima cosa che faccio in questa vita. Ma non adesso. Non così.»

Lo guardai esitante.

«Mi prometta che non farà stupidaggini, Daniel. Che aspetterà che arrivi il momento.»

Abbassai gli occhi.

«Non può chiedermi questo, Fermín.»

«Posso e devo.»

Alla fine annuii e Fermín mi mollò il braccio.

13

Arrivai a casa che erano quasi le due di notte. Stavo per infilarmi nel portone quando mi accorsi che c'era una luce accesa in libreria, un debole bagliore dietro la tenda del retrobottega. Entrai dalla porta nell'atrio del palazzo e trovai mio padre, seduto alla scrivania, che assaporava la prima sigaretta che gli avessi mai visto fumare in tutta la mia vita. Davanti a lui, sul tavolo, c'erano una busta aperta e i fogli di una lettera. Avvicinai una sedia e mi sistemai di fronte a lui. Mio padre mi guardava in silenzio, impenetrabile.

«Buone notizie?» domandai, indicando la lettera.

Mio padre me la passò.

«È di tua zia Laura, quella di Napoli.»

«Ho una zia a Napoli?»

«È la sorella di tua madre, quella che se n'è andata a vivere in Italia con la famiglia materna l'anno in cui sei nato.»

Annuii assente. Non la ricordavo, e il suo nome lo registravo a stento fra gli estranei che erano venuti anni prima ai funerali di mia madre e che non avevo mai più rivisto.

«Dice che ha una figlia che viene a studiare a Barcellona e chiede se può sistemarsi qui per un po'. Una certa Sofía.»

«È la prima volta che ne sento parlare» dissi.

«Allora siamo in due.»

L'idea di mio padre che condivideva l'appartamento con un'adolescente sconosciuta non risultava granché credibile.

«Cosa le dirai?»

Mio padre si strinse nelle spalle, indifferente.

«Non so. Qualcosa dovrò dirle.»

Rimanemmo in silenzio per quasi un minuto, guardandoci senza azzardarci a parlare dell'argomento che occupava davvero i nostri pensieri, che non era la visita di lontane parenti.

«Immagino che fossi con Fermín» disse finalmente mio padre.

Annuii.

«Siamo andati a cena da Can Lluís. Fermín ha divorato perfino i tovaglioli. Quando siamo entrati, ho visto il professor Alburquerque che stava cenando lì e gli ho detto di farsi vedere in libreria.»

Il suono della mia voce che sgranava banalità aveva un'eco accusatrice. Mio padre mi osservava teso.

«Ti ha raccontato cos'è che gli succede?»

«Credo che sia nervoso, per il matrimonio e quelle cose che a lui non vanno giù.»

«E basta?»

Un buon bugiardo sa che la menzogna più efficace è sempre una verità a cui è stato sottratto un elemento fondamentale.

«Be', mi ha raccontato cose dei vecchi tempi, di quando è stato in prigione e tutto il resto.»

«Allora suppongo che ti avrà parlato dell'avvocato Brians. Cosa ti ha raccontato?»

Non sapevo con certezza fino a dove mio padre sapeva o sospettava, perciò decisi di procedere con i piedi di piombo.

«Mi ha raccontato che l'hanno tenuto prigioniero nel castello di Montjuic e che è riuscito a scappare con l'aiuto di un uomo chiamato David Martín, che a quanto pare tu conoscevi.»

Mio padre rimase a lungo in silenzio.

«Nessuno ha mai osato dirlo davanti a me, ma io so che c'è gente che allora credeva, e che ancora crede, che tua madre fosse innamorata di Martín» disse con un sorriso talmente triste da farmi capire subito che ci credeva anche lui. Aveva, come altre persone, l'abitudine di sorridere esageratamente quando voleva trattenere il pianto. «Tua madre era una brava donna. Una brava moglie. Non mi piacerebbe che pensassi cose strane di lei a causa di quello che Fermín ti ha potuto raccontare. Lui non l'ha conosciuta. Io sì.»

«Fermín non ha insinuato nulla» mentii. «Solo che mamma e Martín erano uniti da una forte amicizia e che lei ha cercato di farlo uscire di prigione rivolgendosi a quell'avvocato, Brians.»

«Immagino che ti avrà anche parlato di quell'uomo, Valls...»

Esitai prima di annuire. Mio padre riconobbe la costernazione nei miei occhi e scosse la testa.

«Tua madre è morta di colera, Daniel. Brians, non capirò mai il perché, insistette ad accusare quell'uomo, un burocrate con deliri di grandezza, di un delitto di cui non aveva né indizi né prove.»

Non dissi nulla.

«Devi toglierti quell'idea dalla testa. Voglio che tu mi prometta che non ci penserai.»

Rimasi in silenzio, chiedendomi se mio padre fosse davvero ingenuo come sembrava o se il dolore per la perdita l'avesse accecato e spinto verso la vigliaccheria dei sopravvissuti. Ricordai le parole di Fermín e mi dissi che né io né nessun altro avevamo il diritto di giudicarlo.

«Promettimi che non farai pazzie e che non cercherai quell'uomo» insistette.

Annuii senza convinzione. Mi afferrò il braccio.

«Giuramelo. Sulla memoria di tua madre.»

Sentii un dolore che mi attanagliava la faccia e mi resi conto che stavo stringendo i denti con tanta forza da arrivare quasi al punto di spezzarmeli. Distolsi lo sguardo, ma mio padre non mi mollava. Lo fissai negli occhi, pensando fino all'ultimo istante che gli avrei potuto mentire.

«Ti giuro sulla memoria di mamma che finché vivrai non farò nulla.»

«Non è quello che ti ho chiesto.»

«È tutto quello che posso dare.»

Mio padre affondò la testa tra le mani e respirò profondamente.

«La sera che morì tua madre, su, in casa…»

«Me ne ricordo perfettamente.»

«Avevi cinque anni.»

«Quattro anni e sei mesi.»

«Quella sera Isabella mi chiese di non raccontarti mai quello che era successo. Credeva che fosse meglio così.»

Era la prima volta che lo sentivo riferirsi a mia madre per nome.

«Lo so, papà.»

Mi guardò negli occhi.

«Perdonami» mormorò.

Sostenni lo sguardo di mio padre, che a volte sembrava invecchiare un po' di più soltanto a vedermi e a ricordare. Mi alzai e lo abbracciai in silenzio. Le sue braccia mi strinsero forte e, quando scoppiò a piangere, la rabbia e il dolore che aveva seppellito dentro di sé per tutti quegli anni cominciarono a scorrere a fiotti come sangue. Seppi allora, senza poterlo spiegare con esattezza, che in maniera lenta e inesorabile mio padre aveva iniziato a morire.

Quarta parte

SOSPETTO

1

Barcellona, 1957

Il chiarore dell'alba mi sorprese sulla soglia della stanza del piccolo Julián, che per una volta dormiva lontano
da tutto e da tutti con un sorriso sulle labbra. Sentii i passi di Bea che si avvicinavano lungo il corridoio e avvertii
le sue mani sulla schiena.

«Da quanto sei qui?» chiese.

«Da un po'.»

«Che fai?»

«Lo guardo.»

Bea si avvicinò alla culla di Julián e si chinò a baciarlo
sulla fronte.

«A che ora sei tornato ieri?»

Non risposi.

«Come sta Fermín?»

«Tira avanti.»

«E tu?»

Sorrisi svogliato.

«Me lo racconti?» insistette.

«Un'altra volta.»

«Pensavo che tra di noi non ci fossero segreti» disse Bea.

«Anch'io.»

Mi guardò sorpresa.

«Cosa vuoi dire, Daniel?»

«Niente. Non voglio dire niente. Sono molto stanco. Andiamo a letto?»

Bea mi prese per mano e mi portò in camera. Ci stendemmo e l'abbracciai.

«Stanotte ho sognato tua madre» disse Bea. «Isabella.»

Il rumore della pioggia iniziò a picchiettare sui vetri.

«Io ero una bimba piccola e lei mi teneva per mano. Eravamo in una casa molto grande e molto antica, con saloni enormi e un pianoforte a coda e un salotto con vetrate che davano su un giardino in cui c'era uno stagno. Accanto allo stagno c'era un bambino uguale a Julián, ma io sapevo che in realtà eri tu, non chiedermi il perché. Isabella si accovacciava accanto a me e mi domandava se riuscivo a vederti. Tu stavi giocando con una barchetta di carta nell'acqua. Io le dicevo di sì. Allora lei mi diceva che dovevo prendermi cura di te. Che avrei dovuto sempre prendermi cura di te perché lei doveva andare lontano.»

Restammo in silenzio, ascoltando a lungo il ticchettio della pioggia.

«Cosa ti ha detto Fermín ieri sera?»

«La verità» risposi. «Mi ha detto la verità.»

Bea mi ascoltava in silenzio mentre cercavo di ricostruire la storia di Fermín. All'inizio sentii di nuovo la rabbia crescermi dentro, ma via via che avanzavo nella storia mi invase una profonda tristezza e un grande sconforto. Per me, tutte quelle cose erano nuove e non sapevo ancora come sarei riuscito a convivere con i segreti e le implicazioni di quello che Fermín mi aveva svelato. Quegli avvenimenti avevano avuto luogo ormai quasi vent'anni prima e il tempo mi aveva condannato al semplice ruolo di spettatore di una rappresentazione in cui si erano intessuti i fili del mio destino.

Alla fine del mio racconto, mi accorsi che Bea mi guardava preoccupata e che c'era inquietudine nei suoi occhi. Non era difficile indovinare cosa stesse pensando.

«Ho promesso a mio padre che, finché lui sarà vivo, non cercherò quell'uomo, Valls, e che non farò nulla» aggiunsi per tranquillizzarla.

«Finché *lui* sarà vivo? E poi? Non hai pensato a noi? A Julián?»

«Certo che ci ho pensato. E non hai motivo di preoccuparti» mentii. «Dopo aver parlato con mio padre, ho capito che tutto questo è successo ormai molto tempo fa e non si può fare nulla per cambiarlo.»

Bea sembrava poco convinta della mia sincerità.

«È la verità» mentii di nuovo.

Mi guardò sospettosa per qualche istante, ma quelle erano le parole che voleva sentire e alla fine cedette alla tentazione di crederci.

2

Quel pomeriggio, mentre la pioggia continuava a sferzare le strade deserte e piene di pozzanghere, la sagoma torva e corrosa dal tempo di Sebastián Salgado si delineò davanti alla libreria. Ci osservava con la sua inconfondibile aria rapace dalla vetrina, le luci del presepe sul volto. Indossava lo stesso vestito della prima visita, fradicio. Andai alla porta e gli aprii.

«Bello, il presepe» disse.

«Non entra?»

Gli mantenni la porta e Salgado entrò zoppicando. Si fermò dopo pochi passi, appoggiandosi al bastone. Fermín lo guardava con diffidenza dal bancone. Salgado sorrise.

«Quanto tempo, Fermín» intonò.

«La facevo morto» replicò lui.

«Anch'io lei, come tutti. Così ci avevano raccontato. Che l'avevano preso mentre cercava di fuggire e che le avevano sparato.»

«Non ho avuto quella fortuna.»

«Se vuole che le dica la verità, ho sempre avuto la speranza che fosse riuscito a farcela. Si sa che la malerba…»

«Mi commuove, Salgado. Quando è uscito?»

«Sarà un mese fa.»

«Non mi dica che l'hanno scarcerato per buona condotta» disse Fermín.

«Io credo che si siano stancati di aspettare che morissi. Sa che mi hanno dato l'indulto? Ce l'ho su una pergamena firmata da Franco in persona.»

«L'avrà fatta incorniciare, immagino.»

«La tengo al posto d'onore sulla tazza del water, in caso mi finisca la carta.»

Salgado si avvicinò di qualche passo al bancone e indicò una sedia in un angolo.

«Vi dispiace se mi siedo? Ancora non mi sono abituato a camminare più di dieci metri in linea retta e mi stanco facilmente.»

«Tutta sua» lo invitai.

Salgado si lasciò cadere sulla sedia e respirò a fondo, massaggiandosi il ginocchio. Fermín lo guardava come chi osserva un topo appena sbucato fuori dalla tazza del cesso.

«È curioso che quello che tutti pensavano che avrebbe tirato le cuoia per primo sia l'ultimo... Sa cosa mi ha tenuto in vita per tutti questi anni, Fermín?»

«Se non la conoscessi così bene, avrei detto la dieta mediterranea e l'aria di mare.»

Salgado proruppe in un abbozzo di risata, che nel suo caso suonava a tosse rauca e a bronchi al bordo del collasso.

«Lei è sempre uguale, Fermín. Per questo mi è sempre stato simpatico. Che tempi, quelli. Ma non voglio annoiarvi con le mie piccole battaglie, e tanto meno il ragazzo, ché a questa generazione le nostre cose non interessano più.

Loro pensano al charleston o comunque si chiami adesso. Parliamo di affari?»

«Dica.»

«No, dica lei, Fermín. Io ho già detto tutto quello che avevo da dire. Mi darà ciò che mi deve? O dobbiamo fare uno scandalo che non le conviene per nulla?»

Fermín restò impassibile per alcuni istanti che ci sprofondarono in uno scomodo silenzio. Salgado aveva gli occhi fissi su di lui e sembrava sul punto di sputare veleno. Fermín mi rivolse uno sguardo che non riuscii a decifrare e sospirò abbattuto.

«Ha vinto lei, Salgado.»

Fermín tirò fuori dalla tasca un piccolo oggetto e glielo tese. Una chiave. *La chiave*. Gli occhi di Salgado si accesero come quelli di un bambino. Si alzò e si avvicinò lentamente a Fermín. Prese la chiave con l'unica mano che gli restava, tremando per l'emozione.

«Se ha pensato di introdursela di nuovo per via rettale, la prego di andare in bagno, perché questo è un locale aperto alle famiglie» avvertì Fermín.

Salgado, che aveva recuperato il colorito e lo spirito della prima gioventù, si sciolse in un sorriso di infinita soddisfazione.

«A pensarci bene, in fondo lei mi ha fatto un enorme favore, custodendomela per tutti questi anni» dichiarò.

«Gli amici servono a questo» replicò Fermín. «Vada con Dio e non esiti a non tornare mai più da queste parti.»

Salgado sorrise e ci fece l'occhiolino. Si incamminò verso la porta, già perso nelle sue elucubrazioni. Prima di uscire, si voltò un attimo e alzò la mano a mo' di saluto conciliante.

«Le auguro buona fortuna e una lunga vita, Fermín. E tranquillo, ché il suo segreto è al sicuro.»

Lo vedemmo andar via sotto la pioggia, un vecchio che chiunque avrebbe scambiato per moribondo ma che, ne ebbi la certezza, in quel momento non sentiva né le fredde gocce di pioggia sul viso né gli anni di reclusione e penurie che si portava nel sangue. Guardai Fermín, che era rimasto inchiodato sul posto, pallido e confuso alla vista del suo antico compagno di cella.

«Lo lasciamo andare via così?» domandai.

«Ha qualche piano migliore?»

3

Trascorso il proverbiale minuto di prudenza, ci lanciammo in strada armati di impermeabili scuri e di un ombrello grande quanto un parasole che Fermín aveva acquistato in un bazar del porto, con l'idea di usarlo sia in inverno sia in estate per le gite alla spiaggia della Barceloneta con Bernarda.

«Fermín, con questo mastodonte ci facciamo notare come un coro di galli» avvertii.

«Tranquillo, perché l'unica cosa che adesso vedrà quel mascalzone saranno doppioni d'oro che piovono dal cielo» replicò Fermín.

Salgado ci precedeva di un centinaio di metri e zoppicava a passo svelto sotto la pioggia per calle Condal. Riducemmo un poco la distanza, giusto in tempo per vederlo prendere un tram che risaliva Vía Layetana. Ripiegando immediatamente l'ombrello, ci mettemmo a correre e riuscimmo per miracolo a saltare sul predellino. Nella migliore tradizione dell'epoca, facemmo il tragitto appesi dietro. Salgado aveva trovato un posto nella parte anteriore, ceduto da un buon samaritano che non sapeva con chi aveva a che fare.

«È il bello di diventare vecchi» disse Fermín. «Nessuno si ricorda che anche loro sono stati degli stronzi.»

Il tram percorse calle Trafalgar fino all'Arco di Trionfo. Ci sporgemmo un po' e vedemmo che Salgado era sempre inchiodato al suo posto. Il bigliettaio, un uomo con dei frondosi baffi a schiera, ci osservava accigliato.

«Non è che, siccome ve ne state appesi lì, vi faccio lo sconto, perché vi tengo d'occhio da quando siete saliti.»

«Nessuno apprezza più il realismo sociale» mormorò Fermín. «Che paese.»

Gli allungammo qualche moneta e ci diede i nostri biglietti. Cominciavamo a pensare che Salgado dovesse essersi addormentato quando, mentre il tram imboccava la strada che portava alla Estación del Norte, si alzò e tirò il cordino per sollecitare la fermata. Approfittando della frenata, ci lasciammo scivolare giù di fronte al sinuoso palazzo modernista che ospitava gli uffici della compagnia idroelettrica e seguimmo il tram a piedi fino alla fermata. Vedemmo Salgado scendere con l'aiuto di due passeggeri e incamminarsi verso la stazione.

«Sta pensando la stessa cosa che penso io?» domandai.

Fermín annuì. Seguimmo Salgado fino al grande atrio della stazione, camuffandoci, o rendendo la nostra presenza dolorosamente ovvia, con lo spropositato ombrello di Fermín. Una volta all'interno, Salgado si avvicinò a una fila di armadietti di metallo allineati su una parete come un grande cimitero in miniatura. Ci appostammo su una panchina in penombra. Salgado si era fermato davanti all'infinità di armadietti e li contemplava assorto.

«Si sarà dimenticato qual era quello in cui ha messo il bottino?» domandai.

«Macché. Sono vent'anni che aspetta questo momento. Se lo sta assaporando.»

«Se lo dice lei... Io credo che se ne sia dimenticato.»

Rimanemmo lì, a guardare e ad aspettare.

«Non mi ha mai detto dove ha nascosto la chiave quando è scappato dal castello...» azzardai.

Fermín mi lanciò uno sguardo ostile.

«Non ho intenzione di affrontare questo argomento, Daniel.»

«Non fa niente.»

L'attesa si prolungò ancora per qualche minuto.

«Forse ha un complice...» dissi. «E lo sta aspettando.»

«Salgado non è il tipo che divide con altri.»

«Magari c'è qualcun altro che...»

«Shhh» mi zittì Fermín indicando Salgado, che finalmente si era mosso.

Si avvicinò a uno degli armadietti e appoggiò la mano sulla porta di metallo. Tirò fuori la chiave e la introdusse nella serratura. Aprì lo sportello e guardò all'interno. In quell'istante una pattuglia della Guardia Civil proveniente dalle banchine girò l'angolo dell'atrio e si avvicinò al luogo in cui Salgado stava cercando di prendere qualcosa dall'armadietto.

«Ahi, ahi, ahi...» mormorai.

Salgado si voltò e salutò le guardie. Scambiarono qualche parola, poi una di loro tirò fuori una valigia e la lasciò a terra ai piedi di Salgado. Il ladro li ringraziò abbondantemente per il loro aiuto e le due guardie, salutandolo con l'ala del tricorno, proseguirono la loro ronda.

«Viva la Spagna» mormorò Fermín.

Salgado afferrò la valigia e la trascinò fino a una panchina dalla parte opposta a quella in cui eravamo.

«Non la aprirà mica qui?» domandai.

«Ha bisogno di essere sicuro che ci sia tutto» replicò Fermín. «Quel mascalzone è sopravvissuto a molti anni di attesa e di sofferenze per recuperare il suo tesoro.»

Salgado si guardò e si riguardò intorno per assicurarsi che non ci fosse nessuno nelle vicinanze, poi, alla fine, si decise. Lo vedemmo aprire la valigia solo di qualche centimetro e sbirciarvi dentro.

Rimase così per quasi un minuto, immobile. Fermín e io ci guardammo senza capire. All'improvviso Salgado chiuse tutto e si alzò. Senza indugiare oltre, si incamminò verso l'uscita lasciandosi la valigia alle spalle, di fronte all'armadietto spalancato.

«Ma cosa fa?» domandai.

Fermín si alzò e fece un cenno.

«Lei controlli la valigia, io seguo lui…»

Senza darmi il tempo di replicare, Fermín si affrettò verso l'uscita. Mi diressi a passo svelto verso il luogo in cui Salgado aveva abbandonato la valigia. Anche un furbetto che stava leggendo il giornale su una panchina vicina ci aveva gettato l'occhio e, guardando a destra e a sinistra per assicurarsi che nessuno lo vedesse, si alzò e si avvicinò come un avvoltoio che ha puntato la sua preda. Affrettai il passo. Il tipo stava per prenderla quando per puro miracolo riuscii a strappargliela di mano.

«Questa valigia non è sua» dissi.

L'individuo mi fissò in modo ostile e afferrò il manico.

«Chiamo la Guardia Civil?» domandai.

Imbarazzato, il furfante mollò la valigia e si perse in direzione delle banchine. Me la portai alla panchina e, assicurandomi che nessuno mi facesse caso, la aprii.

Era vuota.

Soltanto allora sentii il baccano e sollevai lo sguardo per scoprire che c'era scompiglio all'uscita della stazione. Mi alzai e attraverso le vetrate riuscii a vedere la pattuglia della Guardia Civil che si faceva largo in un cerchio di curiosi che si era formato sotto la pioggia. Quando la gente si scostò vidi Fermín accovacciato a terra, che reggeva Salgado tra le braccia. Il vecchio aveva gli occhi aperti alla pioggia. Una donna che stava entrando in quel momento si portò la mano alla bocca.

«Cos'è successo?» domandai.

«Un vecchietto, è svenuto...» disse.

Uscii e mi avvicinai lentamente al gruppo di persone che osservavano la scena. Vidi Fermín alzare lo sguardo e scambiare qualche parola con le guardie. Una di loro annuiva. Allora Fermín si tolse l'impermeabile e lo stese sul corpo di Salgado, coprendogli il volto. Quando arrivai, una mano con soltanto tre dita spuntava da lì sotto e sul palmo, lucido sotto la pioggia, c'era una chiave. Riparai Fermín con l'ombrello e gli misi una mano sulla spalla. Ci allontanammo lentamente.

«Sta bene, Fermín?»

Il mio buon amico si strinse nelle spalle.

«Andiamocene a casa» riuscì a dire.

4

Mentre ci allontanavamo dalla stazione, mi sfilai l'impermeabile e lo misi sulle spalle di Fermín. Il suo era rimasto sul cadavere di Salgado. Non mi sembrava che il mio amico fosse in condizioni di fare grandi passeggiate, perciò decisi di fermare un taxi. Gli aprii la portiera e quando fu all'interno, seduto, la richiusi e salii dall'altro lato.

«La valigia era vuota» dissi. «Qualcuno gliel'ha giocata sporca, a Salgado.»

«Chi ruba a un ladro non fa peccato...»

«Chi crede che sia stato?»

«Forse la stessa persona che gli ha detto che io avevo la sua chiave e che gli ha spiegato dove trovarmi» mormorò Fermín.

«Valls?»

Fermín sospirò abbattuto.

«Non lo so, Daniel. Non so più cosa pensare.»

Mi accorsi dello sguardo del tassista nello specchietto, in attesa.

«Andiamo all'ingresso di plaza Real, in calle Fernando» dissi.

«Non torniamo in libreria?» chiese un Fermín al quale non rimanevano più forze nemmeno per discutere di una corsa in taxi.

«Io sì. Ma lei se ne va a casa di don Gustavo a passare il resto della giornata con Bernarda.»

Facemmo il tragitto in silenzio mentre Barcellona si faceva indistinta sotto la pioggia. Arrivati agli archi di calle Fernando, dove anni prima avevo conosciuto Fermín, pagai la corsa e scendemmo. Lo accompagnai fino al portone di don Gustavo e l'abbracciai.

«Si riguardi, Fermín. E mangi qualcosa, o Bernarda si infilzerà in qualche osso la prima notte di nozze.»

«Stia tranquillo. Quando voglio, sono più portato a ingrassare di una soprano. Ora che salgo, mi rimpinzo di quei *polvorones* che don Gustavo compra da Casa Quílez e domani mi vedrà bello ciotto come un pezzo di pancetta.»

«Speriamo che sia vero. Mi saluti la sposa.»

«Altrettanto. Anche se, così come stanno le cose a livello giuridico-amministrativo, mi vedo vivere nel peccato.»

«Sciocchezze. Si ricorda di quello che mi ha detto una volta? Che il destino non fa visite a domicilio, ma bisogna andarlo a cercare?»

«Devo confessare di averla presa da un libro di Carax. Suonava bene.»

«Ma io ci ho creduto e continuo a crederci. E per questo le dico che il suo destino è sposare Bernarda in regola e nella data prevista, con preti, riso e nome e cognome.»

Fermín mi guardava scettico.

«Quant'è vero che mi chiamo Daniel, lei si sposa con tutti i crismi» promisi a un Fermín così sconfitto da farmi sospettare che nemmeno un pacchetto di Sugus o un filmone al Fémina con Kim Novak e i suoi reggiseni a punta che sfidavano la legge di gravità sarebbero riusciti a risollevarlo.

«Se lo dice lei, Daniel...»

«Lei mi ha restituito la verità» proclamai. «Io le restituirò il suo nome.»

5

Quel pomeriggio, di ritorno alla libreria, misi in moto il mio piano per salvare l'identità di Fermín. Il primo passo fu quello di fare diverse telefonate dal retrobottega e stabilire un calendario d'azione. Il secondo consisteva nel riuscire a ottenere l'aiuto e il talento di esperti di riconosciuta efficacia.

Il giorno dopo, in una mattinata soleggiata e gradevole, mi incamminai verso la biblioteca del Carmen, dove avevo appuntamento con il professor Alburquerque, convinto che ciò che non sapeva lui non l'avrebbe saputo nessuno. Lo trovai nella sala di lettura principale, circondato di fogli e di libri, concentrato, con la penna in mano. Mi sedetti di fronte a lui dall'altra parte del tavolo e lo lasciai lavorare. Tardò quasi un minuto ad accorgersi della mia presenza. Alzando gli occhi dalla scrivania, mi guardò sorpreso.

«Dev'essere appassionante, quello che stava scrivendo» azzardai.

«Sto lavorando a una serie di articoli sugli scrittori maledetti di Barcellona» spiegò. «Si ricorda di un certo Julián

Carax, un autore che proprio lei mi ha raccomandato qualche mese fa in libreria?»

«Certo» risposi.

«Be', ho fatto indagini su di lui e la sua è una storia incredibile. Sapeva che per anni un personaggio diabolico ha girato il mondo cercando i libri di Carax per bruciarli?»

«Non mi dica» esclamai fingendo sorpresa.

«Un caso curiosissimo. Glielo passerò quando l'avrò finito.»

«Dovrebbe scrivere un libro su questo argomento» proposi. «Una storia segreta di Barcellona attraverso i suoi scrittori maledetti e proibiti nella versione ufficiale.»

Il professore soppesò il suggerimento, intrigato.

«Per la verità, l'idea mi è passata per la testa, ma ho tanto di quel lavoro tra i giornali e l'università...»

«Se non lo scrive lei, non lo scriverà nessuno...»

«Be', guardi, magari me ne infischio e lo scrivo. Non so dove troverò il tempo, però...»

«Sempere e Figli le offre la sua consulenza e il suo fondo librario per qualunque sua necessità.»

«Ne terrò conto. E allora? Andiamo a pranzo?»

Per quel giorno, il professor Alburquerque ripiegò le vele e ci incamminammo verso Casa Leopoldo, dove, in compagnia di due bicchieri di vino e di un antipasto di jamón *serrano* sublime, ci sedemmo ad aspettare un paio di code di toro, il piatto speciale del giorno.

«Come sta il nostro buon amico Fermín? Un paio di settimane fa, da Can Lluís, l'ho visto molto giù di corda.»

«Volevo parlarle proprio di lui. È una questione un po' delicata e le devo chiedere che rimanga tra noi.»

«Ci mancherebbe. Cosa posso fare?»

Gli spiegai a grandi linee il problema, evitando di scendere in particolari scabrosi o inutili. Il professore intuì che c'era molta altra tela da tessere, oltre a quella che gli stavo mostrando, ma fece sfoggio della sua esemplare discrezione. «Vediamo se ho capito» disse. «Fermín non può utilizzare la sua identità perché è stato dichiarato ufficialmente morto quasi vent'anni fa e pertanto, agli occhi dello Stato, non esiste.»

«Giusto.»

«Però, a quanto lei mi racconta, quell'identità che è stata cancellata era anch'essa fittizia, un'invenzione dello stesso Fermín durante la guerra per salvare la pelle.»

«Giusto.»

«Ed è qui che mi perdo. Mi aiuti, Daniel. Se Fermín si è già inventato una volta un'identità falsa, perché adesso non ne usa un'altra per potersi sposare?»

«Per due ragioni, professore. La prima è puramente pratica: che usi il suo nome o uno inventato, Fermín non possiede identità a nessun effetto, e quindi qualunque identità decida di usare dev'essere creata da zero.»

«Ma lui vuole continuare a essere Fermín, immagino.»

«Esatto. E questa è la seconda ragione, che non è pratica, bensì spirituale, per così dire, e che è molto più importante. Fermín vuole continuare a essere Fermín perché è quella la persona di cui Bernarda si è innamorata, e quello è l'uomo che è nostro amico, che conosciamo e che lui stesso vuole essere. È già da anni che per lui non esiste più la persona che era stato prima. È una pelle che si è lasciato alle spalle. Nemmeno io, che probabilmente sono il suo migliore amico, so con quale nome è stato battezzato. Per me, per tutti quelli che gli vogliono bene e soprattutto per lui stesso, è Fermín Romero de Torres. E in fondo, se si tratta di creargli un'identità nuova, perché non creargli la sua?» Alla fine il professor Alburquerque annuì.

«Giusto» sentenziò.

«Allora, la vede fattibile, professore?»

«Be', è una missione chisciottesca come poche» valutò il professore. «Come dotare l'allampanato hidalgo don Fermín de la Mancha di casta, cane da caccia e fascicolo di documenti falsificati con cui sposare agli occhi di Dio e dell'ufficio di stato civile la sua bella Bernarda del Toboso?»

«Ci ho riflettuto e ho consultato libri di legge» dissi. «L'identità di una persona in questo paese inizia con un atto di nascita, che, quando ci si sofferma a studiarlo, è un documento semplicissimo.»

Il professore inarcò le sopracciglia.

«Quello che lei suggerisce è delicato. Per non dire che è un reato grande come una casa.»

«Ma senza precedenti, almeno negli annali giudiziari. L'ho verificato.»

«Continui, che mi interessa.»

«Supponiamo che qualcuno, parlando in via ipotetica, avesse accesso agli uffici di stato civile e potesse, per così dire, *piantare* un atto di nascita negli archivi... Non si tratterebbe di una base sufficiente per stabilire l'identità di una persona?»

Il professore scosse la testa.

«Per un neonato, può darsi; ma se parliamo, in via ipotetica, di un adulto, sarà necessario creare tutta una storia documentale. E anche se lei avesse accesso, in via ipotetica, agli archivi, da dove li prenderebbe tutti quei documenti?»

«Diciamo che si potrebbe creare una serie di facsimile credibili. Lo vedrebbe possibile?»

Il professore meditò a lungo.

«Il rischio principale sarebbe che qualcuno scoprisse la frode e volesse smascherarla. Tenendo conto che in questo caso la parte minacciante, chiamiamola così, che avrebbe potuto svelare le inconsistenze documentali è defunta, il problema si ridurrebbe a, uno, accedere agli archivi e introdurre nel sistema una pratica con una storia documentale di identità fittizia ma verificata e, due, generare tutta la sfilza di documenti necessari a stabilire quell'identità. Sto parlando di documenti di ogni specie e tipo, dagli atti di battesimo delle parrocchie ai certificati...»

«Rispetto al primo punto, mi risulta che, su incarico della Provincia, lei stia scrivendo una serie di articoli sulle meraviglie del sistema legale spagnolo per una pubblicazione dell'istituzione. Ho indagato un po' e ho scoperto che, nel corso dei bombardamenti della guerra, diversi archivi dell'ufficio di stato civile sono stati distrutti. Questo significa che centinaia, migliaia di identità hanno dovuto essere ricostruite alla meno peggio. Io non sono un esperto, ma oso immaginare che questo aprirebbe qualche spiraglio di cui qualcuno bene informato, con le giuste relazioni e con un piano, potrebbe approfittare...»

Il professore mi guardò di sottecchi.

«Vedo che ha fatto un vero lavoro di indagine, Daniel.»

«Scusi l'ardire, professore, ma per me la felicità di Fermín vale questo e molto di più.»

«E questo le fa onore. Ma potrebbe costare anche una condanna pesante a chi cercasse di realizzare qualcosa del genere e venisse scoperto con le mani in pasta.»

«Perciò ho pensato che se qualcuno, in via ipotetica, avesse accesso a uno di quegli archivi ricostruiti dell'ufficio di stato civile, potrebbe portare con sé un assistente che, per così dire, si accollasse la parte più rischiosa dell'operazione.»

«In questo caso, l'ipotetico assistente dovrebbe essere in grado di offrire all'agevolatore uno sconto del venti per cento sul prezzo di qualsiasi libro acquistato da Sempere e Figli vita natural durante. E un invito al matrimonio del neonato.»

«Su questo non c'è problema. E lo aumenterei al venticinque per cento. Anche se in fondo so che c'è chi, in via ipotetica, foss'anche solo per il piacere di fare un gol a un regime marcio e corrotto, accetterebbe di collaborare *pro bono*, senza ottenere nulla in cambio.»

«Sono un accademico, Daniel. Con me il ricatto sentimentale non funziona.»

«Per Fermín, allora.»

«Questa è un'altra storia. Passiamo agli aspetti tecnici.»

Tirai fuori la banconota da cento pesetas che mi aveva dato Salgado e gliela mostrai.

«Questo è il mio budget per spese e pratiche di spedizione» feci presente.

«Vedo che non bada a spese, ma i miei servigi li ha gratis, quindi conservi quel denaro per altri impegni, ce ne sarà bisogno in questa impresa» rispose il professore. «La parte che più mi preoccupa, stimato assistente, è la necessaria cospirazione documentale. I nuovi centurioni del regime, a parte le paludi e i messali, hanno raddoppiato una già di per sé spropositata struttura burocratica degna dei peggiori incubi dell'amico Franz Kafka. Come le dicevo, per un caso del genere ci sarà bisogno di produrre ogni tipo di lettere, istanze, suppliche e documenti vari che possano risultare credibili e che abbiano la consistenza, il tono e l'aroma propri di un dossier consunto, polveroso e inoppugnabile…»

«Su questo siamo coperti…»

«Avrò bisogno di essere al corrente della lista dei complici in questa cospirazione per assicurarmi che non stia bluffando.»

Gli spiegai il resto del mio piano.

«Potrebbe funzionare» concluse.

Non appena arrivò il piatto principale, esaurimmo l'argomento e la conversazione prese altri sentieri. Ai caffè, sebbene mi fossi morso la lingua per tutto il pranzo, non ce la feci più e, fingendo che la questione non avesse alcuna importanza, glielo chiesi.

«A proposito, professore, l'altro giorno un cliente mi raccontava una cosa in libreria ed è saltato fuori il nome di Mauricio Valls, l'ex ministro della Cultura e tutto il resto. Cosa sa di lui?»

Il professore inarcò un sopracciglio.

«Di Valls? Quello che sanno tutti, suppongo.»

«Sicuramente lei ne sa più di tutti, professore. Molto di più.»

«Be', per la verità è già da un po' che non sento più quel nome, però fino a poco tempo fa Mauricio Valls era un personaggio notissimo. Come lei ha detto, è stato il nostro fiammante e rinomato ministro della Cultura per alcuni anni, direttore di numerose istituzioni e organismi, uomo ben situato nel regime e di grande prestigio nel settore, padrino di molti, beniamino delle pagine culturali della stampa spagnola... Gliel'ho detto, un personaggio famoso.»

Sorrisi debolmente, come se la sorpresa mi risultasse gradita.

«E adesso non più?»

«Francamente, direi che da un po' di tempo è sparito dalla circolazione, o almeno dalla sfera pubblica. Non so se gli hanno dato qualche ambasciata o qualche incarico in un'istituzione internazionale, sa come vanno queste cose, ma la verità è che da un po' di tempo a questa parte non so che fine abbia fatto... So che ha fondato una casa editrice con alcuni soci qualche anno fa. Va a gonfie vele e continua a pubblicare. Infatti ogni mese mi arrivano inviti a presentazioni di qualcuno dei suoi titoli...»

«E Valls partecipa a queste presentazioni?»

«Anni fa, sì, lo faceva. Scherzavamo sempre perché parlava più di sé che del libro o dell'autore che presentava, ma questo succedeva tempo fa. Non lo vedo da anni, ormai. Posso chiederle il motivo della sua curiosità, Daniel? Non la facevo interessato alla piccola fiera delle vanità della nostra letteratura.»

«Semplice curiosità.»

«Già.»

Mentre il professor Alburquerque pagava il conto, mi guardò di sottecchi.

«Perché mi sembra sempre che lei mi racconti non la metà, ma un quarto della messa?»

«Un giorno le racconterò il resto, professore. Glielo prometto.»

«Sarà meglio, perché le città non hanno memoria e hanno bisogno di uno come me, un saggio per niente sbadato, per mantenerla viva.»

«Il patto è questo: lei mi aiuta a risolvere la storia di Fermín e io, un giorno, le racconterò alcune cose che Barcellona preferirebbe dimenticare. Per la sua storia segreta.»

Il professore mi tese la mano e gliela strinsi.

«La prendo in parola. Ora, tornando a Fermín e ai documenti che dobbiamo tirare fuori dal cappello...»

«Credo di avere l'uomo giusto per questa missione» suggerii.

6

Oswaldo Darío de Mortenssen, principe degli scrivani di Barcellona e mia vecchia conoscenza, si stava gustando la pausa pomeridiana nel suo baracchino accanto al Palacio de la Virreina con un caffè corretto e un sigaro, quando mi vide arrivare e mi salutò con la mano.

«Il ritorno del figliol prodigo. Ha cambiato idea? Ci dedichiamo a quella lettera d'amore che le procurerà l'accesso alle proibite cerniere e chiusure lampo dell'anelata pollastrella?»

Gli mostrai di nuovo la mia fede nuziale e lui annuì ricordando.

«Mi scusi. È l'abitudine. Lei è di quelli all'antica. Cosa posso fare per lei?»

«L'altro giorno mi sono ricordato perché il suo nome non mi era nuovo, don Oswaldo. Lavoro in una libreria e ho trovato un suo romanzo del '33, *I cavalieri del crepuscolo*.»

Oswaldo fu assalito dai ricordi e sorrise con nostalgia.

«Che tempi. Quei due mascalzoni di Barrido ed Escobillas, i miei editori, mi hanno rubato fino all'ultimo centesimo. Che il diavolo li abbia in gloria e li tenga sotto chiave. Ma il divertimento di scrivere quel romanzo non me lo toglie nessuno.»

«Se un giorno glielo porto, me lo dedica?»

«Ci mancherebbe. È stato il mio canto del cigno. Il mondo non era pronto al western ambientato sul delta dell'Ebro con bandoleros in canoa invece che sui cavalli e zanzare grandi come angurie a fare il bello e il cattivo tempo.»

«Lei è lo Zane Grey del litorale.»

«Mi sarebbe piaciuto. Cosa posso fare per lei, giovanotto?»

«Prestarmi la sua arte e il suo ingegno per un'impresa non meno eroica.»

«Sono tutt'orecchi.»

«Ho bisogno che mi aiuti a inventare un passato documentale affinché un amico possa contrarre matrimonio senza impedimenti legali con la donna che ama.»

«Brav'uomo?»

«Il migliore che conosca.»

«Allora non se ne parli più. Le mie scene preferite sono sempre state quelle di matrimoni e battesimi.»

«Ci sarà bisogno di istanze, rapporti, domande, certificati e compagnia bella.»

«Non sarà un problema. Delegheremo parte della logistica a Luisito, che lei già conosce, e che è di totale affidamento, nonché un artista in dodici diverse calligrafie.»

Tirai fuori la banconota da cento pesetas che il professore aveva rifiutato e gliela tesi. Oswaldo sgranò gli occhi come piatti e la mise rapidamente in tasca.

«E poi dicono che in Spagna non si può vivere della scrittura» disse.

«Basterà a coprire le spese operative?»

«Abbondantemente. Quando avrò organizzato tutto le dirò con esattezza a quanto ammonta questo scherzo, ma così su due piedi mi spingerei a dire che con settantacinque pesetas ce n'è abbastanza.»

«Lascio decidere a lei, Oswaldo. Il mio amico, il professor Alburquerque...»

«Grande penna» interruppe Oswaldo.

«E ancora più grande gentiluomo. Come le dicevo, il professore passerà da qui e le darà la lista dei documenti necessari e tutti gli altri dettagli. Se ha bisogno di qualunque cosa, mi trova nella libreria Sempere e Figli.»

Sentendo quel nome, gli s'illuminò il viso.

«Il santuario. Da giovane ci andavo tutti i sabati per farmi aprire gli occhi dal signor Sempere.»

«Mio nonno.»

«Ora sono anni che non ci vado perché le mie finanze sono sotto il minimo e mi sono rivolto ai prestiti bibliotecari.»

«Allora ci faccia l'onore di tornare in libreria, don Oswaldo, che è la sua casa e per lei non c'è problema di prezzo.»

«Lo farò.»

Mi tese la mano e gliela strinsi.

«È un onore fare affari con i Sempere.»

«Che sia il primo di molti.»

«E che ne è stato di quello zoppo che faceva gli occhi dolci alla vetrina della gioielleria?»

«Si è scoperto che non era tutto oro quello che luccicava» dissi.

«Il segno dei tempi...»

7

Barcellona, 1958

Quel mese di gennaio arrivò vestito di cieli cristallini e di una luce gelida che spolverava neve sui tetti della città. Il sole brillava ogni giorno e strappava schegge di luce e ombra alle facciate di una Barcellona trasparente in cui gli autobus a due piani circolavano con il tetto vuoto e i tram, passando, lasciavano un alone di vapore sui binari. Le luci delle decorazioni brillavano in ghirlande di fuoco azzurrino sulle strade della città vecchia. Gli sdolcinati propositi di buona volontà e di pace che sgocciolavano in continuazione dai canti natalizi di mille altoparlanti alle porte di magazzini e negozi riuscirono a penetrare nei cuori abbastanza da fare in modo che, quando a qualche bontempone venne in mente di infilare un berretto al Bambin Gesù del presepe che il Comune aveva messo in plaza San Jaime, l'agente di vigilanza, invece di trascinarlo a schiaffoni al commissariato, come avrebbe preteso un gruppo di bigotte, chiuse un occhio finché qualcuno dell'arcivescovato non diede l'avviso e si presentarono tre suore a ristabilire l'ordine.

Le vendite natalizie erano risalite e una stella cometa a forma di numeri in nero sul registro contabile di Sempere e Figli ci garantiva che avremmo almeno potuto far fronte alle bollette della luce e del riscaldamento e che, con un po' di fortuna, avremmo potuto fare un pasto caldo almeno una volta al giorno. Mio padre sembrava avere ripreso coraggio e aveva decretato che il prossimo anno non avremmo aspettato fino all'ultimo momento per decorare la libreria.

«Ci toccano presepi per un bel po'» mormorò Fermín con nessun entusiasmo.

Passata l'Epifania, mio padre ci diede istruzioni di impacchettare con cura il presepe e di riporlo in cantina.

«Con affetto» avvertì. «Non mi faccia venire a sapere che le sono scivolati accidentalmente gli scatoloni, Fermín.»

«Come nella bambagia, signor Sempere. Rispondo con la vita dell'integrità del presepe e di tutti gli animali d'allevamento che operano accanto al Messia in fasce.»

Dopo aver fatto spazio alle casse che contenevano tutte le decorazioni natalizie, mi fermai un istante a dare un'occhiata alla cantina e ai suoi angoli dimenticati. L'ultima volta che eravamo stati là, la conversazione aveva preso sentieri che né Fermín né io avevamo voluto ripercorrere, ma che continuavano a essere presenti, almeno nella mia memoria. Fermín sembrò leggermi nel pensiero e agitò la testa.

«Non mi dica che continua a pensare alla lettera di quel rimbambito.»

«A sprazzi.»

«Non avrà mica detto qualcosa a donna Beatriz?»

«No. Le ho rimesso la lettera nella tasca del cappotto e non ho aperto bocca.»

«E lei? Non le ha detto che aveva ricevuto una lettera da don Giovanni Tenorio?»

Scossi la testa. Fermín arricciò il naso, come per dire che la cosa non era di buon augurio.

«Ha già deciso cosa farà?»

«A che proposito?»

«Non faccia lo scemo, Daniel. Seguirà sua moglie all'appuntamento con quell'individuo e farà una scenata oppure no?»

«Lei presuppone che mia moglie ci andrà» protestai.

«E lei no?»

Abbassai gli occhi, contrariato con me stesso.

«Che specie di marito è quello che non si fida di sua moglie?» domandai.

«Le faccio nomi e cognomi o le basta una statistica?»

«Io mi fido di Bea. Lei non mi tradirebbe. Lei non è così. Se avesse qualcosa da dirmi, me lo direbbe in faccia, senza inganni.»

«Allora non ha motivo di preoccuparsi, no?»

Qualcosa nel tono di Fermín mi faceva pensare che i miei sospetti e le mie insicurezze gli avessero provocato una delusione; anche se non l'avrebbe mai ammesso, lo rattristava pensare che dedicavo le mie ore a pensieri meschini e a dubitare della sincerità di una donna che non meritavo.

«Deve pensare che sono uno stupido, Fermín.»

Scosse la testa.

«No. Credo che lei sia un uomo fortunato, almeno in amore, e che, come quasi tutti quelli che lo sono, non se ne renda conto.»

268

Un colpo alla porta in cima alle scale richiamò l'attenzione. «A meno che laggiù non abbiate trovato il petrolio, fatemi il favore di salire subito, ché c'è da lavorare» urlò mio padre.

Fermín sospirò.

«Da quando non è più in rosso con i conti, è diventato un tiranno» disse. «Le vendite lo ringalluzziscono. Va di male in peggio...»

I giorni passavano con il contagocce. Fermín alla fine aveva acconsentito a delegare i preparativi per le nozze e i dettagli del banchetto a mio padre e a don Gustavo, che sull'argomento avevano assunto il ruolo di figure paterne e autoritarie. Io, in qualità di padrino, facevo da consulente al comitato direttivo, mentre Bea svolgeva le funzioni di direttrice artistica e coordinava con polso ferreo tutte le persone coinvolte.

«Fermín, Bea ci ordina di andare a Casa Pantaleoni per farle provare il vestito.»

«Basta che non sia un vestito a righe...»

Io gli avevo giurato e spergiurato che, giunto il momento, il suo nome sarebbe stato in regola e che il suo amico parroco avrebbe potuto intonare il "Fermín, vuoi tu prendere in moglie" senza farci finire tutti in caserma, e tuttavia, a mano a mano che la data si avvicinava, Fermín si consumava per l'ansia e per l'angoscia. Bernarda sopravviveva alla suspense a forza di preghiere e meringhe, anche se, una volta confermata la sua gravidanza da un dottore di fiducia e di estrema discrezione, dedicava gran parte delle sue giornate a combattere contro le nausee, poiché tutto faceva pensare che il primogenito di Fermín stesse arrivando con intenti battaglieri.

Furono giorni di apparente e ingannevole calma, ma sotto la superficie io mi ero arreso a una corrente torbida e oscura che mi trascinava lentamente nelle profondità di un sentimento nuovo e irresistibile: l'odio.

Nel tempo libero, senza dire a nessuno dove andassi, scappavo all'Ateneo di calle Canuda e seguivo le tracce di Mauricio Valls in emeroteca e nei fondi del catalogo. Quella che per anni era stata un'immagine confusa e priva di ogni interesse, acquistava giorno dopo giorno una chiarezza e una precisione dolorose. Le mie ricerche mi permisero di ricostruire a poco a poco la traiettoria pubblica di Valls negli ultimi quindici anni. Ne era passata di acqua sotto i ponti, dai suoi inizi di novellino del regime. Con il tempo e le buone relazioni, don Mauricio Valls, se si credeva a quanto raccontavano i giornali (cosa che Fermín paragonava al credere che la Fanta si ottenesse spremendo arance fresche di Valencia), aveva visto i propri desideri realizzati ed era diventato una stella rutilante nel firmamento della Spagna delle arti e delle lettere.

La sua ascesa era stata inarrestabile. A partire dal 1944 aveva inanellato nomine e incarichi ufficiali di crescente rilevanza nel mondo delle istituzioni accademiche e culturali del paese. I suoi articoli, i suoi discorsi e le sue pubblicazioni erano ormai numerosissimi. Qualunque certame, congresso o ricorrenza culturale che si rispettasse necessitava la partecipazione e la presenza di don Mauricio. Nel 1947, con un paio di soci, creava la Società generale di edizioni Ariadna, con uffici a Madrid e Barcellona, che la stampa si affannava a canonizzare come il marchio di prestigio della letteratura spagnola.

Nel 1948, quella stessa stampa cominciava a riferirsi abitualmente a Mauricio Valls come al "più brillante e rispettato intellettuale della nuova Spagna". I sedicenti intellettuali del paese e coloro che aspiravano a entrare in quella cerchia sembravano vivere un'appassionata storia d'amore con don Mauricio. I giornalisti delle pagine culturali si scioglievano in elogi e adulazioni, alla ricerca dei suoi favori e, se fortunati, della pubblicazione con la casa editrice di Valls di qualcuna delle opere che tenevano nel cassetto, per poter così entrare a far parte del paraninfo ufficiale e assaporare un po' del suo prezioso miele, per quanto si trattasse di briciole.

Valls aveva imparato le regole del gioco e dominava la scacchiera come pochi. Agli inizi degli anni Cinquanta, la sua fama e la sua influenza oltrepassavano già i circoli ufficiali e avevano iniziato a permeare la cosiddetta società civile e i suoi funzionari. Gli slogan di Mauricio Valls erano diventati un canone di verità rivelate che tutti i cittadini appartenenti alla ristretta casta dei tre o quattromila spagnoli a cui piaceva apparire colti e guardare dall'alto in basso i loro concittadini facevano proprio e ripetevano come diligenti allievi.

Lungo il cammino verso la vetta, Valls aveva riunito attorno a sé un ristretto circolo di personaggi affini che beccavano dalla sua mano e si andavano posizionando alla testa di istituzioni e posti di potere. Se qualcuno osava mettere in discussione le parole o il valore di Valls, la stampa procedeva a crocifiggerlo senza tregua e, dopo avere abbozzato un ritratto a tinte forti e indesiderabili del poveretto, lo relegava alla condizione di paria, di innominabile e di accattone a cui venivano sbattute tutte le porte in faccia e per il quale le uniche alternative possibili erano l'oblio o l'esilio.

Passai interminabili ore a leggere, sopra e tra le righe, mettendo a confronto storie e versioni, catalogando date e facendo liste di successi e di cadaveri nascosti negli armadi. In altre circostanze, se l'oggetto del mio studio fosse stato puramente antropologico, mi sarei tolto il cappello di fronte a don Mauricio e alla sua giocata da maestro. Nessuno poteva negargli di avere imparato a leggere nel cuore e nell'animo dei suoi concittadini e a tirare i fili che muovevano i loro desideri, le loro speranze e le loro chimere.

Se qualcosa mi rimase, dopo giorni e giorni di immersione nella versione ufficiale della vita di Valls, fu la certezza che il meccanismo di edificazione di una nuova Spagna si andava perfezionando e che la meteorica ascesa di don Mauricio al potere e agli altari esemplificava un modello in rialzo che aveva l'aria di durare nel futuro e che sarebbe sicuramente sopravvissuto al regime e avrebbe piantato profonde e inamovibili radici in tutto il territorio per molti decenni.

A partire dal 1952, Valls raggiunse la vetta, assumendo il comando del ministero della Cultura per tre anni, periodo di cui approfittò per rafforzare il suo dominio e piazzare i suoi scagnozzi nei rari posti che non erano ancora riusciti a controllare. Il tono della sua proiezione pubblica assunse un'aurea monotonia. Le sue parole venivano citate come fonti di sapere e di certezze. La sua presenza in giurie, tribunali e ogni tipo di baciamano era costante. Il suo arsenale di lauree, allori e decorazioni cresceva senza tregua.

E, all'improvviso, accadde qualcosa di strano.

Non lo notai nelle mie prime letture. La sfilata di lodi e notizie su don Mauricio proseguiva imperterrita, ma a partire dal 1956, sepolto sotto tutte quelle informazioni, si scorgeva un dettaglio che contrastava con quelle pubblicate prima di quella data. Il tono e il contenuto degli articoli non cambiava, ma a furia di leggerli e rileggerli tutti e di metterli a confronto, mi accorsi di un particolare.

Don Mauricio Valls non era più apparso in pubblico.

Il suo nome, il suo prestigio, la sua reputazione e il suo potere continuavano ad avere il vento in poppa. Mancava solo una tessera: la sua persona. Dopo il 1956 non c'erano fotografie, né accenni alla sua presenza, né riferimenti diretti alla sua partecipazione a eventi pubblici.

L'ultimo ritaglio in cui si dava notizia della presenza di Mauricio Valls era datato 2 novembre 1956, quando gli era stato consegnato il premio al miglior lavoro editoriale dell'anno nel corso di una solenne cerimonia al Circolo di Belle Arti di Madrid, alla presenza delle più alte autorità e dei più illustri cittadini del momento. Il testo dell'articolo seguiva le linee abituali e prevedibili del genere, fondamentalmente una cronaca promossa a commento. La cosa più interessante era la foto che accompagnava l'articolo, l'ultima in cui si vedeva Valls, poco prima del suo sessantesimo compleanno. Vi appariva vestito in maniera elegante con un abito di alta sartoria, sorridente mentre riceveva un'ovazione dal pubblico in atteggiamento umile e cordiale. Con lui c'erano altri habitué di quel tipo di eventi e, alle sue spalle, leggermente fuori fuoco e con l'aspetto serio e impenetrabile, si notavano due individui riparati dietro lenti scure e vestiti di nero. Non sembravano parte-cipare alla cerimonia. Il loro atteggiamento era severo e ai margini di quella farsa. Vigilante.

Nessuno aveva più fotografato o visto in pubblico don Mauricio Valls dopo quella sera al Circolo di Belle Arti. Per quanto mi fossi impegnato, non riuscii a trovare nessun'al-tra sua apparizione. Stanco di esplorare binari morti, tornai all'inizio e ricostruii la storia del personaggio fino a memo-rizzarla come se fosse la mia. Annusavo le sue tracce nella speranza di trovare una pista, un indizio che mi consentis-se di comprendere dove si trovasse quell'uomo che sorri-deva nelle foto e portava a spasso la propria vanità per in-finite pagine che illuminavano una corte servile e affamata di favori. Cercavo l'uomo che aveva assassinato mia madre per nascondere la vergogna di ciò che in tutta evidenza era davvero e che nessuno sembrava in grado di ammettere.

Imparai a odiare in quei pomeriggi solitari nella vecchia biblioteca dell'Ateneo dove fino a non molto tempo pri-ma avevo dedicato le mie ansie a cause più pure, come la pelle del mio primo amore impossibile, la cieca Clara, o i misteri di Julián Carax e del suo romanzo *L'ombra del ven-to*. Quanto più difficile mi risultava scovare tracce di Valls, tanto più mi rifiutavo di riconoscergli il diritto di scompa-rire e di cancellare il suo nome dalla storia. Dalla mia sto-ria. Avevo bisogno di sapere cosa ne era stato di lui. Ave-vo bisogno di guardarlo negli occhi, anche se soltanto per ricordargli che qualcuno, una sola persona in tutto l'uni-verso, sapeva chi era davvero e quello che aveva fatto.

8

Un pomeriggio, ormai stanco di inseguire fantasmi, annullai le mie prenotazioni all'emeroteca e me ne uscii a passeggio con Bea e Julián per una Barcellona limpida e soleggiata che avevo quasi dimenticato. Andammo a piedi da casa al parco della Ciudadela. Mi sedetti su una panchina e guardai Julián giocare con la madre sul prato. Osservandoli, mi ripetei le parole di Fermín. Io, Daniel Sempere, ero un uomo fortunato. Un uomo fortunato che aveva permesso a un rancore cieco di crescere dentro di lui fino a fargli provare nausea di se stesso.

Osservai mio figlio consegnarsi a una delle sue passioni: gattonare fino a perdere l'orientamento. Bea lo seguiva da vicino. Di tanto in tanto, Julián si fermava e guardava nella mia direzione. Un colpo di vento sollevò la gonna di Bea e Julián si mise a ridere. Applaudii e Bea mi lanciò uno sguardo di disapprovazione. Incontrai gli occhi di mio figlio e pensai che presto avrebbero iniziato a guardarmi come se fossi l'uomo più saggio e buono del mondo, il portatore di tutte le risposte. Allora mi dissi che non avrei più menzionato il nome di Mauricio Valls e non avrei più inseguito la sua ombra.

275

Bea venne a sedersi accanto a me. Julián la seguì gattonando fino alla panchina. Quando arrivò ai miei piedi, lo presi in braccio e lui si pulì le mani sui risvolti della mia giacca.

«Appena uscita dalla lavanderia» disse Bea.

Feci spallucce, rassegnato. Bea si adagiò contro di me e mi prese la mano.

«Belle gambe» dissi.

«Non ci vedo niente da ridere. Poi tuo figlio impara. Meno male che non c'era nessuno.»

«Be', lì c'era un nonnetto nascosto dietro un giornale che credo sia crollato per un attacco di tachicardia.»

Julián decise che la parola *tachicardia* era la cosa più divertente che avesse mai sentito e passammo buona parte del tragitto di ritorno a casa cantando "ta-chi-car-dia", mentre Bea camminava furibonda qualche passo davanti a noi.

Quella sera, il 20 gennaio, Bea mise a letto Julián e poi si addormentò accanto a me sul divano, mentre io rileggevo per la terza volta un vecchio romanzo di David Martín che Fermín aveva trovato nei suoi mesi di esilio dopo la fuga dalla prigione e che aveva conservato per tutti quegli anni. Mi piaceva assaporarne l'andamento e sminuzzare l'architettura di ogni frase, credendo che, se avessi decifrato la musica di quella prosa, avrei scoperto qualcosa su quell'uomo che non avevo mai conosciuto e che tutti mi assicuravano non essere mio padre. Ma quella sera non ci riuscivo. Prima ancora di finire una frase, i miei pensieri si sollevavano dalla pagina e tutto ciò che vedevo davanti a me era quella lettera di Pablo Cascos Buendía che dava appuntamento a mia moglie all'Hotel Ritz per il giorno dopo alle due.

Alla fine chiusi il libro e guardai Bea addormentata vicino a me, intuendo in lei mille segreti in più che nelle storie di Martín e nella sua sinistra città dei maledetti. Era già passata mezzanotte quando Bea aprì gli occhi e mi sorprese a scrutarla. Mi sorrise, anche se qualcosa nella mia espressione le risvegliò un'ombra di inquietudine.

«A cosa pensi?» chiese.

«Pensavo a quanto sono fortunato» risposi.

Bea mi fissò a lungo, il dubbio nello sguardo.

«Lo dici come se non ci credessi.»

Mi alzai e le tesi la mano.

«Andiamo a letto» la invitai.

Prese la mia mano e mi seguì lungo il corridoio fino in camera. Mi stesi sul letto e la guardai in silenzio.

«Sei strano, Daniel. Che ti succede? Ho detto qualcosa?»

Negai, offrendole un sorriso bianco come la menzogna. Bea annuì e si spogliò lentamente. Non mi rivolgeva mai le spalle quando si spogliava, né si nascondeva in bagno o dietro la porta come consigliavano i manuali di igiene matrimoniale diffusi dal regime. La osservai sereno, leggendo le linee del suo corpo. Bea mi guardava negli occhi. Si fece scivolare addosso il camicione che io detestavo e si ficcò a letto, rivolgendomi le spalle.

«Buona notte» disse, la voce imbarazzata e, per chi la conosceva bene, seccata.

«Buona notte» mormorai.

Ascoltando il suo respiro, seppi che impiegò più di mezz'ora per prendere sonno, ma alla fine la stanchezza l'ebbe vinta sul mio strano comportamento. Restai lì accanto, in dubbio se svegliarla per chiederle scusa o, semplicemente, per baciarla. Non feci nulla. Rimasi immobile a guardare la curva della sua schiena, sentendo quel nerume dentro di me sussurrarmi che entro poche ore Bea sarebbe andata all'incontro con il suo ex fidanzato e che quelle labbra e quella pelle sarebbero state di un altro, come la sua lettera da bolero sembrava insinuare.

Quando mi svegliai, Bea se n'era andata. Non ero riuscito a prendere sonno fino all'alba e quando le campane della chiesa suonarono le nove mi alzai di scatto e indossai i primi vestiti che mi capitarono sotto mano. Fuori mi aspettava un lunedì freddo e spruzzato di fiocchi di neve che aleggiavano nell'aria e si appiccicavano ai passanti come ragni luminescenti sospesi a fili invisibili. Entrando in negozio, trovai mio padre in cima allo sgabello sul quale si arrampicava ogni giorno per cambiare la data del calendario. 21 gennaio.

«La storia delle lenzuola che rimangono appiccicate addosso non dovrebbe più essere normale dopo i dodici anni» disse. «Oggi toccava a te aprire.»

«Scusami, brutta nottata. Non si ripeterà.»

Passai un paio d'ore cercando di occupare la testa e le mani con le incombenze della libreria, ma ciò che mi riempiva i pensieri era quella maledetta lettera che continuavo a recitarmi in silenzio tra me e me. A fine mattinata, Fermín mi si avvicinò furtivo e mi offrì una Sugus.

«È oggi, no?»

«Stia zitto, Fermín» tagliai corto in un modo così brusco che fece sollevare le sopracciglia di mio padre.

Mi rifugiai nel retrobottega e li sentii mormorare. Mi sedetti alla scrivania di mio padre e guardai l'orologio. Era l'una e venti. Cercai di far trascorrere i minuti, ma le lancette faticavano a muoversi. Quando tornai in negozio, Fermín e mio padre mi guardarono preoccupati.

«Daniel, magari vuoi prenderti il resto della giornata libera» propose mio padre. «Fermín e io ce la caviamo.»

«Grazie. Credo di sì. Non ho dormito quasi per niente e non mi sento tanto bene.»

Non ebbi il coraggio di guardare Fermín mentre me la svignavo dal retrobottega. Salii i cinque piani con il piombo ai piedi. Quando aprii la porta di casa, sentii l'acqua scorrere in bagno. Mi trascinai in camera e mi fermai sulla soglia. Bea era seduta sul bordo del letto. Non mi aveva visto né sentito entrare. La vidi infilarsi le calze di seta e vestirsi, con gli occhi inchiodati allo specchio. Non si accorse della mia presenza se non un paio di minuti dopo.

«Non sapevo che fossi lì» disse tra la sorpresa e l'irritazione.

«Esci?»

Annuì mentre si passava il rossetto sulle labbra.

«Dove vai?»

«Ho da fare un paio di commissioni.»

«Ti sei fatta molto bella.»

«Non mi piace uscire tutta in disordine.»

La osservai mettersi l'ombretto. "Uomo fortunato" diceva la voce, sarcastica.

«Quali commissioni?» chiesi.

Bea si voltò e mi guardò.

«Cosa?»

«Ti ho chiesto che commissioni devi fare.»

«Varie cose.»

«E Julián?»

«È venuta a prenderlo mia madre e l'ha portato a spasso.»

«Già.»

Bea si avvicinò e, abbandonando la sua irritazione, mi guardò preoccupata.

«Daniel, che ti succede?»

«Stanotte non ho chiuso occhio.»

«Perché non schiacci un pisolino? Ti farà bene.»

Annuii.

«Buona idea.»

Bea sorrise debolmente e mi accompagnò fino al mio lato del letto. Mi aiutò a stendermi, mi sistemò il copriletto e mi baciò sulla fronte.

«Torno tardi» disse.

La guardai andar via.

«Bea…»

Si fermò a metà corridoio e si voltò.

«Mi ami?» domandai.

«Certo che ti amo. Che stupidaggine.»

Sentii la porta che si chiudeva e poi i passi felini di Bea e i suoi tacchi a spillo perdersi giù per le scale. Presi il telefono e attesi la voce della centralinista.

«L'Hotel Ritz, per favore.»

Ci volle qualche secondo per avere la comunicazione.

«Hotel Ritz, buon pomeriggio. In cosa possiamo esserle utili?»

«Per favore, potrebbe verificare se una persona è vostro ospite?»

«Se è così gentile da fornirmi il nome…»

«Cascos. Pablo Cascos Buendía. Dovrebbe essere arrivato ieri...»

«Un momento, per favore.»

Un lungo minuto di attesa, voci sussurrate, echi sulla linea.

«Signore?»

«Sì.»

«In questo momento non trovo nessuna prenotazione al nome che mi ha detto...»

Mi invase un sollievo infinito.

«Potrebbe darsi che la prenotazione sia registrata a nome di un'azienda?»

«Un attimo, verifico.»

Stavolta l'attesa fu breve.

«In effetti, aveva ragione. Il signor Cascos Buendía. Eccolo. Suite Continental. La prenotazione era a nome della casa editrice Ariadna.»

«Come ha detto?»

«Dicevo che la prenotazione del signor Cascos Buendía è a nome della casa editrice Ariadna. Vuole che le passi la stanza?»

Il telefono mi scivolò dalle mani. Ariadna era la casa editrice che Mauricio Valls aveva fondato anni prima.

Cascos lavorava per Valls.

Riagganciai sbattendo la cornetta e uscii per seguire mia moglie con il cuore avvelenato dai sospetti.

9

Non c'era traccia di Bea tra la folla che a quell'ora sfilava per Puerta del Ángel verso plaza de Cataluña. Intuii che quello sarebbe stato il percorso scelto da mia moglie per andare al Ritz, ma con Bea non si poteva mai sapere. Le piaceva provare diversi tragitti per raggiungere qualsiasi luogo. Dopo un po' rinunciai a trovarla e immaginai che avesse preso un taxi, un mezzo più intonato al modo in cui si era agghindata per l'occasione.

Ci misi un quarto d'ora per arrivare all'Hotel Ritz. Sebbene non dovessero esserci più di dieci gradi, stavo sudando e mi mancava il fiato. Il portiere mi rivolse uno sguardo sospettoso, ma mi aprì la porta accennando un piccolo inchino. La hall, con la sua aria da scenario di intrigo spionistico e da grande storia d'amore, mi lasciò sconcertato. La mia scarsa esperienza di alberghi di lusso non mi rendeva preparato a capire cosa mi circondasse. Intravidi un banco dietro il quale un diligente impiegato mi osservava tra la curiosità e l'allarme. Mi avvicinai e gli rivolsi un sorriso che non lo impressionò.

«Il ristorante, per favore?»

L'addetto mi esaminò con cortese scetticismo.

«Il signore ha una prenotazione?»

«Ho un appuntamento con un ospite dell'albergo.»

L'addetto sorrise freddamente e annuì.

«Il signore troverà il ristorante in fondo a quel corridoio.»

«Grazie mille.»

Mi incamminai con il cuore nelle calze. Non avevo idea di cosa avrei detto o fatto una volta che avessi trovato Bea insieme a quell'individuo. Un maître mi venne incontro e mi sbarrò il passo con un sorriso blindato. Il suo sguardo rivelava la scarsa approvazione che gli provocava il mio abbigliamento.

«Il signore ha una prenotazione?» domandò.

Lo scostai con la mano ed entrai in sala. La maggior parte dei tavoli era vuota. Una coppia anziana dall'aria mummificata e i modi ottocenteschi interruppe la solenne degustazione della minestra per guardarmi con disgusto. Qualche altro tavolo ospitava commensali con l'aspetto di uomini d'affari e qualche dama di eccellente compagnia fatturata come spese di rappresentanza. Non c'era traccia di Cascos né di Bea.

Sentii i passi del maître e della sua scorta di due camerieri alle mie spalle. Mi voltai e rivolsi loro un sorriso docile.

«Il signor Cascos Buendía non aveva prenotato per le due?» chiesi.

«Il signore ha avvisato di servirgli il pranzo nella suite» mi informò il maître.

Consultai l'orologio. Erano le due e venti. Mi incamminai verso il corridoio. Uno dei portieri mi teneva d'occhio, ma quando venne verso di me ero già riuscito a infilarmi in un ascensore. Spinsi uno dei pulsanti dei piani alti senza ricordare che non avevo la minima idea di dove si trovasse la suite Continental.

"Inizia dalla cima" mi dissi.

Scesi al settimo piano e iniziai a vagare per pomposi corridoi deserti. Dopo un po' trovai una porta che dava sulla scala antincendio e scesi al piano inferiore. Cercai la suite Continental di porta in porta, ma senza fortuna. L'orologio segnava le due e mezzo. Al quinto piano trovai una cameriera che trascinava un carrello con piumini, saponi e asciugamani e le chiesi dov'era la suite. Mi guardò costernata, ma la dovetti spaventare abbastanza da farle indicare verso l'alto.

«Ottavo piano.»

Preferii evitare gli ascensori in caso il personale dell'albergo fosse sulle mie tracce. Tre piani di scale e un lungo corridoio più tardi, giunsi alla porta della suite Continental fradicio di sudore. Rimasi lì per un minuto, cercando di immaginare quello che stava succedendo al di là di quella porta di legno pregiato e chiedendomi se mi restasse abbastanza buon senso per andarmene. Mi sembrò che qualcuno mi osservasse dall'altra estremità del corridoio e temetti che si trattasse di uno dei portieri, ma, aguzzando la vista, la sagoma si perse dietro l'angolo e immaginai che fosse un altro ospite dell'albergo. Alla fine suonai il campanello.

10

Sentii dei passi che si avvicinavano alla porta. Nella mente s'intrufolò l'immagine di Bea che si abbottonava la camicetta. Un giro nella serratura. Strinsi i pugni. La porta si aprì. Vidi un individuo con i capelli imbrillantinati che indossava una vestaglia bianca e pantofole cinque stelle. Erano passati anni, ma non si dimenticano le facce che si detestano con determinazione.

«Sempere?» domandò incredulo.

Il pugno lo raggiunse tra il labbro superiore e il naso. Sentii la carne e la cartilagine rompersi sotto le nocche. Cascos si portò le mani alla faccia e barcollò. Il sangue gli sgorgava tra le dita. Gli diedi uno spintone che lo scagliò contro il muro e mi inoltrai nella stanza. Sentii che Cascos crollava a terra alle mie spalle. Il letto era fatto e un piatto fumante era servito sul tavolo orientato di fronte al terrazzo con vista sulla Gran Vía. Era apparecchiato per un solo commensale. Mi voltai e affrontai Cascos, che cercava di rialzarsi aggrappandosi a una sedia.

«Dov'è?» chiesi.

Cascos aveva il volto deformato dal dolore. Il sangue gli

scorreva sulla faccia e sul petto. Gli avevo rotto il labbro e quasi certamente il naso. Mi accorsi del forte bruciore alle nocche e guardandomi la mano vidi che, rompendogli la faccia, ci era rimasta appiccicata la sua pelle. Non provai alcun rimorso.

«Non è venuta. Contento?» sbottò Cascos.

«Da quando ti dedichi a scrivere lettere a mia moglie?»

Mi sembrò che stesse ridendo e prima che potesse dire un'altra parola mi scagliai di nuovo su di lui. Gli diedi un altro pugno con tutta la rabbia che avevo dentro. Il colpo gli piegò i denti e mi lasciò la mano priva di sensibilità. Cascos emise un gemito di agonia e si lasciò cadere sulla sedia alla quale si era appoggiato. Mi vide chinarmi su di lui e si coprì il volto con le braccia. Gli misi le mani al collo e strinsi con le dita come se volessi lacerargli la gola.

«Che c'entri tu con Valls?»

Cascos mi guardava terrorizzato, convinto che l'avrei ucciso. Balbettò qualcosa di incomprensibile e le mie mani si coprirono della saliva e del sangue che gli uscivano dalla bocca. Strinsi più forte.

«Mauricio Valls. Che c'entri tu con lui?»

Il mio viso era così vicino al suo che potevo vedermi riflesso nelle sue pupille. I suoi capillari iniziarono a esplodere sotto la cornea e una rete di linee nere si fece strada verso l'iride. Mi resi conto che lo stavo ammazzando e lo mollai di colpo. Inspirando, Cascos emise un suono gutturale e si portò le mani al collo. Mi sedetti sul letto di fronte a lui. Le mani, coperte di sangue, mi tremavano. Andai in bagno e me le lavai. Mi bagnai la faccia e i capelli con l'acqua fredda. Quando vidi il mio riflesso nello specchio, a stento mi riconobbi. Ero stato sul punto di uccidere un uomo.

11

Quando tornai nella stanza, Cascos era ancora prostra-
to sulla sedia, ansimante. Riempii un bicchiere d'acqua e
glielo diedi. Vedendomi avvicinare, si scostò di nuovo temendo un altro pugno.

«Tieni» dissi.

Aprì gli occhi e, vedendo il bicchiere, esitò per qualche
secondo.

«Tieni» ripetei. «È solo acqua.»

Lo accettò con mano tremante e se lo portò alle labbra.
Allora vidi che gli avevo rotto diversi denti. Cascos gemette e gli occhi gli si riempirono di lacrime di dolore quando l'acqua fredda gli toccò la polpa esposta sotto lo smal-
to. Passò un minuto in silenzio.

«Ti chiamo un medico?» chiesi alla fine.

Alzò gli occhi e scosse la testa.

«Vattene prima che chiami la polizia.»

«Dimmi cosa c'entri tu con Mauricio Valls e me ne vado.»

Lo fissai freddamente.

«È... è uno dei soci della casa editrice per cui lavoro.»

«Ti ha chiesto lui di scrivere quella lettera?»

Cascos esitò. Mi alzai e feci un passo verso di lui. Lo afferrai per i capelli e tirai forte.

«Non picchiarmi più» supplicò.

«Ti ha chiesto Valls di scrivere quella lettera?»

Cascos evitava di guardarmi negli occhi.

«Non è stato lui» riuscì a dire.

«E chi, allora?»

«Uno dei suoi segretari. Armero.»

«Chi?»

«Paco Armero. È un funzionario della casa editrice. Mi ha detto di riprendere i contatti con Beatriz. Se lo facevo, ci sarebbe stato qualcosa per me. Una ricompensa.»

«E perché dovevi riprendere i contatti con Bea?»

«Non lo so.»

Feci il gesto di prenderlo di nuovo a schiaffi.

«Non lo so» gemette Cascos. «È la verità.»

«E per questo le hai dato appuntamento qui?»

«Io continuo ad amarla.»

«Bel modo di dimostrarlo. Dov'è Valls?»

«Non lo so.»

«Come fai a non sapere dov'è il tuo capo?»

«Perché non lo conosco. D'accordo? Non l'ho mai visto. Non ci ho mai parlato.»

«Spiegati.»

«Ho cominciato a lavorare in Ariadna un anno e mezzo fa, nella sede di Madrid. In tutto questo tempo, non l'ho mai visto. Nessuno l'ha visto.»

Si alzò lentamente e si diresse verso il telefono. Non lo trattenni. Sollevò la cornetta e mi lanciò uno sguardo d'odio.

«Chiamo la polizia...»

«Non sarà necessario.»

Era una voce che veniva dal corridoio della stanza. Mi voltai e vidi Fermín: indossava quello che immaginai essere uno dei vestiti di mio padre, sostenendo in alto un documento con l'aspetto da tesserino ufficiale.

«Ispettore Fermín Romero de Torres. Polizia. Sono stati denunciati degli schiamazzi. Chi di voi può sintetizzare i fatti occorsi?»

Non so chi dei due fosse più sconcertato, se Cascos o io. Fermín ne approfittò per togliergli dolcemente la cornetta di mano.

«Mi consenta» disse scostandolo. «Avviso il commissariato.»

Finse di comporre un numero e ci sorrise.

«Il commissariato, per favore. Sì, grazie.»

Attese qualche secondo.

«Sì, Mari Pili, sono Romero de Torres. Passami Palacios. Sì, aspetto.»

Mentre Fermín fingeva di aspettare e copriva il microfono con la mano, fece un cenno a Cascos.

«E lei ha sbattuto contro la porta del bagno oppure c'è qualcosa che vuole dichiarare?»

«Questo barbaro mi ha aggredito e ha cercato di uccidermi. Voglio sporgere immediatamente denuncia. La pagherà cara.»

Fermín mi guardò con aria ufficiale e annuì.

«Effettivamente. Carissima.»

Finse di ascoltare qualcosa al telefono e fece cenno a Cascos di stare zitto.

«Sì, Palacios. Al Ritz. Sì. Un 424. Un ferito. Soprattutto in volto. Dipende. Direi come una cartina geografica. D'accordo. Procedo all'arresto in flagranza del sospetto.»

Riagganciò.

«Tutto risolto.»

Fermín si avvicinò a me, mi afferrò per il braccio con autorità e mi fece cenno di tacere.

«Lei non apra bocca. Tutto quello che dirà potrà essere utilizzato per sbatterla in gattabuia per lo meno fino a Ognissanti. Su, andiamo.»

Cascos, stravolto dal dolore e ancora confuso dall'apparizione di Fermín, osservava la scena senza poterci credere.

«Non lo ammanetta?»

«Questo è un hotel di lusso. I ferri glieli metteremo nell'auto di pattuglia.»

Cascos, che continuava a sanguinare e probabilmente vedeva doppio, ci sbarrò il passo, poco convinto.

«Sicuro che lei è un poliziotto?»

«Brigata segreta. Chiedo subito di mandarle una bistecca cruda per mettersela sul viso come una mascherina. Mano santa per contusioni a breve distanza. I miei colleghi passeranno più tardi per raccogliere la sua testimonianza e preparare la denuncia» recitò scostando il braccio di Cascos e spingendomi a tutta velocità verso la porta.

12

Prendemmo un taxi all'ingresso dell'albergo e percorremmo la Gran Vía in silenzio.

«Gesù, Giuseppe e Maria!» sbottò Fermín. «Ma è pazzo? La guardo e non la riconosco... Che voleva fare? Ammazzare quell'imbecille?»

«Lavora per Mauricio Valls» dissi per tutta risposta.

Fermín sbarrò gli occhi.

«Daniel, questa sua ossessione sta cominciando a sfuggire a ogni controllo. Mannaggia a me quando le ho raccontato... Sta bene? Mi faccia vedere quella mano...»

Gli mostrai il pugno.

«Madonna santa.»

«Come faceva a sapere...?»

«Perché la conosco come fossi suo padre, anche se ci sono giorni in cui quasi me ne pento» disse, collerico.

«Non so cosa mi ha preso...»

«Io sì che lo so. E non mi piace. Non mi piace per niente. Questo non è il Daniel che conosco. E nemmeno il Daniel di cui voglio essere amico.»

Mi faceva male la mano, ma mi fece ancora più male capire che l'avevo deluso.

«Fermín, non si arrabbi con me.»

«No, il bambino vorrà anche che gli dia una medaglia…»

Restammo per un po' in silenzio, ognuno guardando la strada dal suo lato.

«Meno male che è venuto» dissi alla fine.

«Cosa credeva, che l'avrei lasciato solo?»

«Non dirà nulla a Bea, vero?»

«Se vuole, scrivo una lettera al direttore a *La Vanguardia* per raccontare la sua impresa.»

«Non so cosa mi è successo, non lo so…»

Mi guardò con severità, ma alla fine il suo atteggiamento si fece meno duro e mi batté sulla mano. Inghiottii il dolore.

«Non ci pensiamo più. Immagino che io avrei fatto la stessa cosa.»

Guardai Barcellona sfilare dietro i finestrini.

«Di chi era il tesserino?»

«Come dice?»

«Il tesserino da poliziotto che ha mostrato… Cos'era?»

«L'abbonamento del Barça del parroco.»

«Aveva ragione, Fermín. Sono stato un imbecille a sospettare di Bea.»

«Io ho sempre ragione. È di nascita.»

Mi arresi all'evidenza e tacqui, perché per quel giorno avevo già detto abbastanza sciocchezze. Fermín era molto silenzioso e sembrava meditabondo. Mi fece male pensare che il mio comportamento gli aveva provocato una delusione così grande che non sapeva più cosa dirmi.

«Fermín, a cosa pensa?»

Si voltò e mi guardò preoccupato.

«Pensavo a quell'uomo.»

«Cascos?»

«No. Valls. A quello che ha detto prima quell'idiota. A quello che significa.»

«A cosa si riferisce?»

Fermín mi fissò accigliato.

«Al fatto che finora quello che mi preoccupava era che lei voleva trovare Valls.»

«E ora no?»

«C'è qualcosa che mi preoccupa ancora di più, Daniel.»

«Cosa?»

«Che ora è lui che la sta cercando.»

Ci guardammo in silenzio.

«Riesce a immaginare il perché?» chiesi.

Fermín, che aveva sempre risposte per tutto, scosse lentamente la testa e distolse lo sguardo.

Facemmo il resto del tragitto in silenzio. Quando arrivai, salii direttamente a casa, feci una doccia e presi quattro aspirine. Poi abbassai le persiane e, abbracciando il cuscino che profumava di Bea, mi addormentai come l'idiota che ero, chiedendomi dove fosse quella donna per la quale non mi importava di essere diventato l'uomo più ridicolo del secolo.

13

«Sembro un porcospino» sentenziò Bernarda osservando la sua immagine moltiplicata per cento nella sala degli specchi di Modas Santa Eulalia.

Due sarte inginocchiate ai suoi piedi continuavano ad appuntare decine di spilli sul vestito da sposa sotto lo sguardo attento di Bea, che camminava in cerchio attorno a Bernarda e ispezionava ogni piega e ogni cucitura come se fosse in gioco la sua stessa vita. Bernarda, con le braccia allargate a formare una croce, quasi non osava respirare, ma i suoi occhi, alla ricerca di indizi di rigonfiamento del ventre, erano catturati dalla varietà di prospettive che la stanza esagonale rivestita di specchi le restituiva della sua figura.

«Sicuro che non si nota niente, signora Bea?»

«Niente. Piatto come un asse da stiro. Dove deve esserlo, è chiaro.»

«Ah, non so, non so...»

Il martirio di Bernarda e l'impegno delle sarte a sistemare e a adattare si prolungarono ancora per una mezz'ora. Quando sembrava che non restassero più spilli al mondo con cui infilzare la povera Bernarda, il caposarto della casa, nonché autore del capolavoro, fece atto di presenza facendo scorrere la tenda. Dopo una sommaria analisi e un paio di correzioni al *fourreau* della gonna, diede la sua approvazione e schioccò le dita per ordinare alle sue assistenti di andarsene alla chetichella.

«Nemmeno il grande Pertegaz l'avrebbe fatta così bella» dichiarò compiaciuto.

Bea sorrise e annuì.

Lo stilista, un signore slanciato, dai modi ricercati ma dagli atteggiamenti opposti, che rispondeva semplicemente al nome di Evaristo, baciò Bernarda sulla guancia.

«Lei è la migliore modella del mondo. La più paziente e la più disponibile. È stata dura, ma ne è valsa la pena.»

«E il signorino crede che qui dentro riuscirò a respirare?»

«Amore mio, lei sposa, attraverso la Santa Madre Chiesa, un *macho* iberico. La respirazione è finita, glielo dico io. Pensi che un vestito da sposa è come uno scafandro da sommozzatore: non è il luogo migliore per respirare, il divertimento inizia quando glielo tolgono.»

Bernarda si fece il segno della croce per le insinuazioni dello stilista.

«Adesso le chiedo di togliersi il vestito con moltissima attenzione, perché le cuciture sono ancora imbastite, e con tutti quegli spilli non la voglio vedere salire all'altare che sembra un colino» disse Evaristo.

«L'aiuto io» si offrì Bea.

Evaristo le rivolse un'occhiata insinuante che la radiografò dalla testa ai piedi.

«E lei, tesoro, quando potrò svestirla e vestirla io?» indagò, ritirandosi dietro la tenda con un'uscita teatrale.

«Bella radiografia le ha fatto il mascalzone» disse Bernarda. «Eppure dicono che sia dell'altra sponda.»

«Mi sa che Evaristo cammini lungo tutte le sponde.»

«Ma è possibile?» domandò Bernarda.

«Dài, vediamo se riusciamo a tirarti fuori senza far cadere nemmeno uno spillo.»

Mentre Bea liberava a poco a poco Bernarda dalla sua prigionia, la ragazza borbottava tra sé.

Da quando aveva saputo il prezzo di quel vestito, che il suo datore di lavoro, don Gustavo, si era impegnato a pagare di tasca propria, Bernarda era in agitazione.

«Don Gustavo non avrebbe dovuto spendere questa fortuna. Ha insistito perché lo prendessi qui, che dev'essere il posto più caro di tutta Barcellona, e perché fosse questo Evaristo a farlo, che è lontano parente suo o non so cosa: è uno che dice che, se i tessuti non sono di Casa Gratacós, gli fanno venire l'allergia. E non è ancora niente.»

«A caval donato... E poi, a don Gustavo fa piacere vederti sposata in pompa magna. È fatto così.»

«Io, con il vestito di mia madre e un paio di aggiusti, mi sposavo lo stesso e a Fermín non importava, perché ogni volta che gli faccio vedere un vestito nuovo l'unica cosa che vuol fare è togliermelo... E così stiamo a meraviglia, che Dio mi perdoni» disse Bernarda battendosi la mano sul ventre.

«Bernarda, anch'io mi sono sposata che ero incinta e sono sicura che Dio abbia cose molto più urgenti di cui occuparsi.»

«Così dice anche Fermín, ma non so...»

«Tu dà retta a Fermín e non preoccuparti di niente.»

Bernarda, in sottoveste ed esausta dopo due ore in piedi sui tacchi e tenendo le braccia sollevate, si lasciò cadere su una poltrona e sospirò.

«Ah, ma se il poverino è ridotto a un fantasma, con tutti i chili che ha perso... Sono preoccupatissima per lui.»

«Vedrai che da adesso in poi si riprende. Gli uomini sono così, come i gerani. Quando sembra che ormai si debbano buttare via, si ravvivano.»

«Non so, signora Bea, io lo vedo molto depresso. Lui continua a dire che mi vuole sposare, ma a volte mi vengono certi dubbi...»

«Ma se è cotto di te...»

Bernarda si strinse nelle spalle.

«Guardi, io non sono tanto stupida come sembro. Io, l'unica cosa che ho fatto è pulire case da quando avevo tredici anni e ci sono molte cose che non capisco, però so che il mio Fermín ha visto il mondo e ha avuto i suoi problemi. Lui non mi racconta mai niente della sua vita prima di conoscermi, ma so che ha avuto altre donne e che se l'è spassata.»

«E poi, fra tutte, ha finito per scegliere te. Non ti pare?»

«Ma se le ragazze gli piacciono da impazzire... Quando andiamo a passeggio o a ballare, gli partono talmente gli occhi che un giorno rimarrà guercio.»

«Finché non gli partono le mani... Mi risulta da fonte attendibile che Fermín ti è stato sempre fedele.»

«Lo so. Ma sa cosa mi fa paura, signora Bea? Essere troppo poco per lui. Quando lo vedo guardarmi incantato e dirmi che vuole che diventiamo vecchi insieme e tutti quei salamelecchi che sa fare lui, penso sempre che un giorno si sveglierà al mattino, mi guarderà e dirà: "Ma questa stupida dove l'ho presa?".»

«Credo che ti sbagli, Bernarda. Fermín non lo penserà mai. Ti tiene su un piedistallo.»

«Be', ma nemmeno questo va bene… Guardi, ne ho visti tanti, di uomini, che mettono la signora su un piedistallo come se fosse una madonna e poi si mettono a correre dietro alla prima furbona che passa come se fossero cani in calore. Lei non s'immagina quante volte l'ho visto con questi stessi occhi che Dio mi ha dato.»

«Ma Fermín non è così, Bernarda. Fermín appartiene alla categoria dei buoni. Dei pochi, perché gli uomini sono come le castagne che ti vendono per strada: quando le compri, sono tutte calde e profumate, ma quando le togli dal cartoccio si raffreddano subito e ti rendi conto che la maggior parte è marcia.»

«Non lo dirà per il signor Daniel, vero?»

Bea tardò un secondo a rispondere.

«No, certo che no.»

Bernarda la guardò di sottecchi.

«Tutto bene a casa, signora Bea?»

Bea si mise a giochicchiare con una piega della sottoveste che spuntava da una spalla di Bernarda.

«Sì, certo. Solo, credo che tutte e due siamo andate a cercarci un paio di mariti che hanno le loro cose e i loro segreti.»

Bernarda annuì.

«A volte sembrano dei bambini.»

«Uomini. Lasciali correre.»

«Ma a me piacciono» disse Bernarda. «E lo so che è peccato.»

Bea rise.

«E come ti piacciono. Come Evaristo?»

«No, mio Dio. È uno che consuma lo specchio, a furia di guardarsi. A me, un uomo che ci mette più tempo di me a vestirsi, mi dà un non so che... A me piacciono un po' selvaggi, cosa vuole che le dica? Lo so che il mio Fermín non è proprio quel che si dice bello. Ma io lo vedo bello e buono. E molto uomo. E alla fine è questo che conta, che sia buono e sincero. E che tu ti possa aggrappare a lui una notte d'inverno per farti togliere il freddo dalle ossa.»

Bea sorrideva annuendo.

«Amen. Anche se a me un uccellino ha detto che quello che ti piaceva davvero era Cary Grant.»

Bernarda si fece tutta rossa.

«E a lei no? Non per sposarlo, eh?, perché mi sa che quello si è innamorato la prima volta che si è visto allo specchio, però, tra me e lei, e che Dio mi perdoni, non è che mi farebbe schifo una bottarella...»

«Cosa direbbe Fermín se ti sentisse, Bernarda?»

«Quello che dice sempre: "Tanto, alla fine, ci mangeranno i vermi...".»

Quinta parte

IL NOME DELL'EROE

1

Barcellona, 1958

Molti anni dopo, i ventitré invitati riuniti per l'occasione avrebbero ancora rivolto lo sguardo al passato e ricordato quella storica vigilia del giorno in cui Fermín Romero de Torres aveva dato l'addio al celibato.

«È la fine di un'epoca» proclamò il professor Alburquerque sollevando per un brindisi il suo calice di spumante e sintetizzando meglio di chiunque altro ciò che tutti noi provavamo.

La festa di addio al celibato di Fermín, un evento i cui effetti sulla popolazione femminile dell'orbe don Gustavo Barceló paragonò a quelli della morte di Rodolfo Valentino, ebbe luogo una sera chiara di febbraio del 1958 nella grande sala da ballo de La Paloma, scenario in cui lo sposo era stato protagonista di tanghi da infarto e di momenti che da lì in avanti sarebbero entrati a far parte dell'archivio segreto di una lunga carriera al servizio dell'eterno femminino.

Mio padre, che per una volta nella vita eravamo riusciti a stanare da casa, aveva ingaggiato l'orchestra da ballo semiprofessionale *La Habana del Baix Llobregat*, che aveva accettato di suonare a un prezzo d'occasione e che ci dilettò con una selezione di mambi, *guarachas* e *sones montunos* che riportarono lo sposo ai suoi lontani giorni nel mondo degli intrighi e del *glamour* internazionale nei grandi casinò della Cuba dimenticata. Chi più, chi meno, tutti abbandonarono il pudore e si lanciarono in pista a sbatacchiare le ossa a maggior gloria di Fermín.

Barceló aveva convinto mio padre che i bicchieri di vodka che gli somministrava erano acqua minerale con un paio di gocce di liquore alle erbe di Montserrat, così dopo un po' potemmo tutti assistere all'inedito spettacolo di mio padre che ballava avvinghiato a una delle ragazze che la Rociíto, vera anima della festa, aveva portato per rendere piacevole l'evento.

«Santo Dio» mormorai vedendo mio padre dimenare i fianchi e sincronizzare al ritmo della musica scontri di sedere con quella veterana della notte.

Barceló circolava tra gli invitati distribuendo sigari e immaginette commemorative che aveva fatto stampare in una tipografia specializzata in ricordi di comunioni, battesimi e funerali. Su una carta di lussuosa grammatura, si poteva vedere una caricatura di Fermín vestito da angioletto con le mani giunte in preghiera e la scritta:

Fermín Romero de Torres

19??-1958

Il Gran Seduttore va in pensione

1958-19??

Il Pater Familias prende servizio

Fermín, per la prima volta da molto tempo, era contento e sereno. Mezz'ora prima che iniziasse la festa, l'avevo accompagnato da Can Lluís, dove il professor Alburquerque ci certificò che quella mattina si era recato all'ufficio di stato civile con tutto il dossier di carte e documenti confezionati con mano maestra da Oswaldo Darío de Mortenssen e dal suo assistente Luisito.

«Amico Fermín» proclamò il professore. «Le do il benvenuto ufficiale nel mondo dei vivi e le consegno, con don Daniel Sempere e gli amici di Can Lluís come testimoni, la sua nuova e legittima carta d'identità.»

Fermín, emozionato, esaminò i suoi nuovi documenti.

«Come siete riusciti a fare questo miracolo?»

«La parte tecnica, è meglio che gliela risparmiamo. Ciò che conta è che quasi tutto è possibile quando si ha un vero amico, pronto a mettersi in gioco e a smuovere cielo e terra per farla sposare in piena regola e farle iniziare a mettere al mondo figli con cui continuare la dinastia Romero de Torres» disse il professore.

Fermín mi guardò con le lacrime agli occhi e mi abbracciò così forte che credetti che mi avrebbe asfissiato. Non mi vergogno ad ammettere che quello fu uno dei momenti più felici della mia vita.

2

Era passata un'ora e mezzo di musica, spumante e ballon-
zolamenti procaci quando mi presi un attimo di respiro e
andai al banco in cerca di qualcosa da bere che non conte-
nesse alcol, perché non credevo di poter ingerire nemmeno
un'altra goccia di rum con limone, bevanda ufficiale della serata. Il cameriere mi versò un bicchiere di acqua fredda e mi appoggiai di spalle al bancone a guardare la baldoria. Non mi ero accorto del fatto che, all'altra estremità,
c'era la Rociíto. Aveva in mano un calice di spumante e osservava con aria malinconica la festa che aveva organizzato. Da quanto mi aveva raccontato Fermín, calcolai che la
Rociíto doveva essere sul punto di compiere trentacinque
anni, ma i quasi venti di mestiere avevano lasciato molte
tracce e, perfino in quella penombra colorata, la regina di
calle Escudellers sembrava più anziana.

Mi avvicinai a lei e le sorrisi.

«Rociíto, è più bella che mai» mentii.

Si era messa il suo vestito più elegante e si notava il lavoro del miglior parrucchiere di calle Conde del Asalto, ma a
me sembrò che quella sera fosse soltanto più triste che mai.

«Sta bene, Rociíto?»

«Lo guardi, poverino, è ridotto pelle e ossa, eppure ha ancora voglia di ballare.»

I suoi occhi erano ammaliati da Fermín. Capii che avrebbe sempre visto in lui il campione che l'aveva salvata da un magnaccia da due soldi e che, probabilmente, dopo vent'anni in strada, era l'unico uomo che valesse la pena fra i tanti che aveva conosciuto.

«Don Daniel, non ho voluto dirlo a Fermín, ma domani non verrò al matrimonio.»

«Cosa dici, Rociíto? Ma se Fermín ti aveva riservato il posto d'onore…»

La Rociíto abbassò lo sguardo.

«Lo so, ma non posso venire.»

«Perché?» domandai, anche se immaginavo la risposta.

«Perché mi farebbe tristezza e io voglio che il signor Fermín sia felice con la sua signora.»

La Rociíto aveva iniziato a piangere. Non seppi che dirle, così la abbracciai.

«Io l'ho sempre amato, sa? Da quando l'ho conosciuto. Lo so che non sono la donna per lui, che lui mi vede come… Be', come la Rociíto.»

«Fermín ti vuole molto bene, questo non devi mai dimenticarlo.»

La Rociíto si scostò e si asciugò le lacrime, piena di vergogna. Mi sorrise e si strinse nelle spalle.

«Mi perdoni, sono una stupida e quando bevo due gocce non so nemmeno quello che mi dico.»

«Non preoccuparti.»

Le offrii il mio bicchiere d'acqua e lo accettò.

«Un bel giorno ti accorgi che la giovinezza se n'è andata e che il treno ormai è partito, sa?»

«Ci sono sempre altri treni. Sempre.»

La Rociíto annuì.

«Per questo non verrò al matrimonio, don Daniel. Da qualche mese ho conosciuto un signore di Reus. È un brav'uomo.
Vedovo. Un buon padre. Ha un negozio di ferraglia e ogni
volta che viene a Barcellona passa a trovarmi. Mi ha chiesto
di sposarlo. Nessuno dei due mente a se stesso, sa? Invecchiare da soli è dura, e so già che non ho più il corpo per
continuare a stare in strada. Jaumet, il signore di Reus, mi
ha chiesto di fare un viaggio con lui. I figli se ne sono già
andati di casa e lui ha lavorato tutta la vita. Dice che, prima di andarsene, vuole vedere il mondo e mi ha chiesto di
fargli compagnia. Come sua moglie, non come una qualunque tizia usa e getta. La nave parte domani mattina molto presto. Jaumet dice che un capitano di nave ha l'autorità per celebrare matrimoni in mezzo al mare, e altrimenti
cerchiamo un prete in un porto qualunque.»

«Fermín lo sa?»

Come se ci avesse sentito da lontano, Fermín si fermò sulla pista di ballo e ci guardò. Allungò le braccia verso la Rociíto e fece quella faccia da scansafatiche bisognoso di coc-
cole che tanti risultati gli aveva procurato. La Rociíto rise,
scuotendo la testa, e prima di unirsi sulla pista all'amore
della sua vita per l'ultimo bolero, si voltò e mi disse: «Si
prenda cura di lui, Daniel. Di Fermín ce n'è uno solo».

L'orchestra si era zittita e la pista si aprì per accogliere la
Rociíto. Fermín la prese per mano. Le luci de La Paloma si
spensero pian piano e dall'oscurità spuntò il fascio di un fa-

retto che disegnò un cerchio di luce vaporosa ai piedi della coppia. Gli altri ballerini si scostarono e l'orchestra, lentamente, attaccò il bolero più triste che sia mai stato composto. Fermín cinse la vita di Rociíto. Guardandosi negli occhi, lontani dal mondo, gli amanti di quella Barcellona che non sarebbe mai più tornata ballarono avvinti per l'ultima volta. Quando la musica sfumò, Fermín la baciò sulle labbra e la Rociíto, in lacrime, gli accarezzò la guancia. Poi si allontanò piano verso l'uscita, senza salutare.

3

L'orchestra venne in soccorso con una *guaracha* e Oswaldo Darío de Mortenssen, che a furia di scrivere lettere d'amore era diventato un enciclopedista di malinconie, incoraggiò i presenti a tornare in pista e a fingere che nessuno avesse visto nulla. Fermín, un po' abbattuto, si avvicinò al bancone e si sedette su uno sgabello accanto a me.

«Sta bene, Fermín?»

Annuì debolmente.

«Credo che mi farebbe bene un po' d'aria fresca, Daniel.»

«Mi aspetti qui che vado a prendere i cappotti.»

Camminavamo per calle Tallers verso le Ramblas quando, a una cinquantina di metri davanti a noi, scorgemmo una sagoma dall'aspetto familiare che procedeva lentamente.

«Ehi, Daniel, quello non è suo padre?»

«In persona. Sbronzo come un otre.»

«L'ultima cosa che mi sarei mai aspettato di vedere» disse Fermín.

«E si figuri io.»

Accelerammo il passo fino a raggiungerlo. Quando ci vide, mio padre ci sorrise con occhi vitrei.

«Che ora è?» domandò.

«Molto tardi.»

«Mi pareva. Senta, Fermín, una festa favolosa. E che ragazze. C'erano culi che avrebbero scatenato una guerra.»

Sbarrai gli occhi. Fermín prese mio padre sottobraccio e guidò i suoi passi.

«Signor Sempere, non avrei mai immaginato di dirglielo, ma lei si trova in stato di intossicazione etilica ed è meglio che non dica nulla di cui dopo potrebbe pentirsi.»

Mio padre annuì, improvvisamente mortificato.

«È stato quel demonio di Barceló, che non so cosa mi ha dato e io non sono abituato a bere…»

«Non è niente. Ora si prende un bicarbonato e poi si fa una bella dormita. Domani tornerà fresco come una rosa e facciamo finta che non è successo niente.»

«Credo che sto per vomitare.»

Fermín e io lo reggemmo in piedi mentre il poveretto rimetteva tutto quello che aveva bevuto. Gli tenni con la mano la fronte madida di sudore, e quando fu chiaro che non gli rimaneva dentro nemmeno la prima pappina lo sistemammo un attimo sugli scalini di un portone.

«Respiri a fondo e lentamente, signor Sempere.»

Mio padre annuì con gli occhi chiusi. Fermín e io ci scambiammo un'occhiata.

«Ma lei non doveva sposarsi?»

«Domani pomeriggio.»

«Allora auguri.»

«Grazie, signor Sempere. Che ne dice, ce la fa ad andare piano piano verso casa?»

Mio padre annuì.

«Su, forza, che manca poco.»

Soffiava un vento fresco e secco che riuscì a scuotere mio padre. Quando, dieci minuti dopo, imboccammo calle Santa Ana, si era già ripreso ed era mortificato per la vergogna. Probabilmente non si era mai ubriacato in tutta la sua vita.

«Per favore, nemmeno una parola, con nessuno» ci supplicò.

Eravamo a una ventina di metri dalla libreria quando mi accorsi che c'era qualcuno seduto davanti al portone del palazzo. Il grande lampione di Casa Jorba all'angolo della Puerta del Ángel disegnava la sagoma di una ragazza giovane con una valigia sulle ginocchia. Non appena ci vide, si alzò.

«Abbiamo compagnia» mormorò Fermín.

Mio padre la vide per primo. Notai qualcosa di strano sul suo viso, una calma tesa che l'assalì come se avesse recuperato di colpo la sobrietà. Avanzò verso la ragazza, ma all'improvviso si fermò, pietrificato.

«Isabella?» lo sentii dire.

Temendo che la vodka gli obnubilasse ancora la ragione e che svenisse là, in mezzo alla strada, avanzai di qualche passo. Fu allora che la vidi.

4

Non doveva avere più di diciassette anni. Si affacciò nel chiarore del lampione appeso alla facciata del palazzo e ci sorrise timidamente, alzando la mano in un abbozzo di saluto.

«Sono Sofía» disse, un accento tenue nella voce.

Mio padre la guardava attonito, come se avesse visto un fantasma. Deglutii e sentii un brivido corrermi lungo il corpo. Quella ragazza era la copia vivente del ritratto di mia madre nell'album di foto che mio padre teneva nella sua scrivania.

«Sono Sofía» ripeté la ragazza, imbarazzata. «Sua nipote. Da Napoli...»

«Sofía» balbettò mio padre. «Ah, Sofía.»

La provvidenza volle che Fermín fosse lì per prendere in mano le redini della situazione. Dopo avermi scosso dallo spavento con una manata, spiegò alla ragazza che il signor Sempere era vagamente indisposto.

«Veniamo da un assaggio di vini e il poverino, con un bicchiere di Vichy, già si sente male. Non ci faccia caso, signorina, perché normalmente non ha quest'aria esterrefatta.»

Sotto la porta, infilato lì durante la nostra assenza, trovammo il telegramma urgente che la zia Laura, madre della ragazza, aveva spedito per annunciare il suo arrivo.

A casa, Fermín sistemò mio padre sul divano e mi ordinò di preparare un caffè ben carico. Nel frattempo, faceva conversazione con la ragazza, le chiedeva del viaggio e chiacchierava di ogni specie di banalità mentre mio padre, lentamente, tornava alla vita.

Con un accento delizioso e un'aria spumeggiante, Sofía ci raccontò che era arrivata alle dieci alla stazione Francia. Lì aveva preso un taxi fino a plaza de Cataluña. Non trovando nessuno in casa, aveva cercato rifugio in un bar lì vicino fino a quando non aveva chiuso. Allora si era seduta ad aspettare davanti al portone, confidando che, prima o poi, qualcuno sarebbe arrivato. Mio padre ricordava la lettera in cui sua madre gli annunciava che Sofía sarebbe venuta a Barcellona, ma non pensava che sarebbe accaduto così presto.

«Mi spiace molto che tu abbia dovuto aspettare per strada» disse. «Normalmente non esco mai, però stasera c'era l'addio al celibato di Fermín e…»

Sofía, affascinata dalla notizia, si alzò e piazzò un bacio augurale sulla guancia di Fermín. Lui, che malgrado si fosse già ritirato dal campo di battaglia non poté trattenersi, la invitò seduta stante al matrimonio.

Stavamo chiacchierando da mezz'ora quando Bea, che tornava dall'addio al nubilato di Bernarda, sentì delle voci mentre saliva le scale e bussò alla porta. Quando entrò in sala e vide Sofía, impallidì e mi lanciò un'occhiata.

«Questa è mia cugina Sofía, di Napoli» annunciai. «È venuta a studiare a Barcellona e vivrà qui per un po'…»

Bea cercò di dissimulare il suo allarme e la salutò con assoluta naturalezza.

«Questa è mia moglie, Beatriz.»

«Bea, ti prego. Nessuno mi chiama Beatriz.»

Il tempo e il caffè ridussero a poco a poco l'impatto dell'arrivo di Sofía e, dopo un po', Bea suggerì che la poverina doveva essere stanca morta e che la cosa migliore era farla andare a dormire, domani sarebbe stato un altro giorno, anche se era il giorno del matrimonio. Si decise che Sofía si sarebbe sistemata in quella che era stata la mia cameretta da bambino e Fermín, dopo essersi assicurato che mio padre non sarebbe di nuovo caduto in coma, spedì a letto anche lui. Bea promise a Sofía che le avrebbe prestato qualche suo vestito per la cerimonia e quando Fermín, il cui alito sapeva di spumante a due metri di distanza, stava per fare qualche commento inappropriato su somiglianze e diversità di misure e taglie, lo zittii con una gomitata.

Una foto dei miei genitori il giorno delle nozze ci osservava dalla mensola. Restammo tutti e tre seduti in sala da pranzo a guardarla, senza riuscire a smettere di meravigliarci.

«Come due gocce d'acqua» mormorò Fermín.

Bea mi guardava in tralice, cercando di decifrare i miei pensieri. Mi prese per mano e assunse un'aria scherzosa, pronta a sviare la conversazione.

«E allora, com'è andata la baldoria?» domandò.

«Decente» assicurò Fermín. «E quella di voi femmine?»

«La nostra, per niente decente.»

Fermín mi guardò serio serio.

«Glielo dicevo che, per queste cose, le donne sono molto più svergognate di noi.»

Bea sorrise enigmaticamente.

«A chi ha detto svergognate, Fermín?»

«Mi scusi per l'imperdonabile indelicatezza, donna Beatriz, ma parla per me lo spumante del Penedés che ho nelle vene e che mi fa dire sciocchezze. Dio sa che lei è un esempio di virtù ed eleganza, e il sottoscritto, piuttosto che insinuare il più remoto indizio di viziosità da parte sua, preferirebbe restare muto e passare il resto dei suoi giorni in una cella di clausura in silenziosa penitenza.»

«Non avremo questa fortuna» feci presente.

«Meglio non approfondire l'argomento» concluse Bea, guardandoci come se avessimo entrambi undici anni. «E adesso immagino che andrete a fare la tradizionale passeggiata di prima delle nozze al frangiflutti.»

Fermín e io ci guardammo.

«Forza. Andate. Meglio per voi che domani siate puntuali in chiesa...»

5

L'unico bar che trovammo aperto a quell'ora fu El Xampanyet in calle Montcada. Dovevamo fare tanta pena, perché ci lasciarono stare lì per un po' mentre pulivano, poi, alla chiusura, quando il proprietario seppe che Fermín era sul punto di diventare un uomo sposato, gli fece le condoglianze e ci regalò una bottiglia della medicina della casa.

«Coraggio e affronti il toro» gli consigliò.

Vagammo per i vicoletti del quartiere della Ribera sistemando il mondo a martellate, come facevamo sempre, finché il cielo si tinse di un porpora tenue e capimmo che era ormai ora che lo sposo e il suo padrino, cioè io, si inoltrassero sul frangiflutti per accogliere ancora una volta l'alba di fronte al più grande miraggio del mondo, quella Barcellona che si risvegliava specchiandosi nelle acque del porto.

Ci piazzammo lì, con le gambe ciondoloni dal molo, a condividere la bottiglia che ci avevano regalato da El Xampanyet. Tra un sorso e l'altro, contemplammo la città in silenzio, seguendo il volo di uno stormo di gabbiani sulla cupola della chiesa della Mercé, tracciando un arco fra le torri del palazzo delle Poste. In lontananza, in cima alla collina di Montjuic, il castello si ergeva oscuro come un uccello spettrale che scrutava la città in attesa ai suoi piedi.

La sirena di un'imbarcazione infranse il silenzio e dall'altro lato della darsena nazionale vedemmo una nave da crociera che mollava le ancore e si accingeva a partire. Si scostò dal molo e, con un colpo di eliche che lasciò una grande scia nelle acque del porto, puntò la prua verso l'imboccatura. Decine di passeggeri si erano affacciati a poppa e salutavano con la mano. Mi chiesi se tra loro ci fosse la Rociíto, accanto al suo autunnale ed elegante robivecchi di Reus. Fermín osservava pensieroso la nave.

«Crede che sarà felice, Daniel?»

«E lei, Fermín? Lei sarà felice?»

Guardammo la nave allontanarsi e le figure rimpicciolire fino a diventare invisibili.

«Fermín, c'è una cosa che mi incuriosisce. Perché non ha voluto regali di nozze da nessuno?»

«Non mi piace mettere la gente in imbarazzo. E poi, cosa ci avremmo fatto con i servizi di bicchieri e i cucchiaini con incisi gli scudi di Spagna e tutte le cose che la gente regala ai matrimoni?»

«Ma a me faceva piacere farle un regalo.»

«Lei mi ha già fatto il più grande regalo che si possa fare, Daniel.»

«Quello non conta. Sto parlando di un regalo per uso e godimento personale.»

Fermín mi guardò incuriosito.

«Non sarà una madonna di porcellana o un crocifisso? Bernarda ne ha già una tale collezione che non so nemmeno dove riusciremo a sederci.»

«Non si preoccupi. Non si tratta di un oggetto.»

«Non saranno soldi…»

«Lei sa che purtroppo non ho un centesimo. Quello con molta disponibilità è mio suocero, e lui non molla niente.»

«È che questi franchisti dell'ultim'ora sono chiusi come pigne.»

«Mio suocero è un brav'uomo, Fermín. Non se la prenda con lui.»

«Stendiamoci un velo sopra, ma non cambi argomento ora che mi ha messo la pulce nell'orecchio. Che regalo?»

«Indovini.»

«Una cassa di Sugus.»

«Freddino, freddino…»

Fermín inarcò le sopracciglia, morto di curiosità. Di colpo, gli s'illuminarono gli occhi.

«No… Era ora.»

Annuii.

«Tutto a suo tempo. Ora mi ascolti bene. Quello che vedrà oggi, non potrà raccontarlo a nessuno, Fermín. A nessuno…»

«Nemmeno a Bernarda?»

6

Il primo sole del giorno scivolava come rame liquido sui cornicioni della Rambla de Santa Mónica. Era domenica mattina e le strade erano deserte e silenziose. Imboccando l'angusto vicoletto dell'Arco del Teatro, il fascio di luce timorosa che penetrava dalle Ramblas si spense al nostro passaggio e quando arrivammo al grande portone di legno eravamo immersi in una città di ombre.

Salii qualche gradino e picchiai con il battente, sentendo l'eco perdersi piano all'interno come un'onda in uno stagno. Fermín, che aveva adottato un silenzio rispettoso e sembrava un ragazzino in procinto di compiere il suo primo rito religioso, mi guardò ansioso.

«Non sarà troppo presto per bussare?» domandò. «Se il capo si scoccia…»

«Non sono i grandi magazzini. Non ha orario» lo tranquillizzai. «E il capo si chiama Isaac. Lei non dica nulla se prima non le fa una domanda.»

Fermín annuì sollecito.

«Io non apro bocca.»

Dopo un paio di minuti, sentii la danza dell'armamentario di ingranaggi, pulegge e palanche che controllavano la serratura del portone e scesi al livello della strada. La porta si aprì di appena qualche centimetro e il volto aquilino di Isaac Monfort, il guardiano, si affacciò con il suo abituale sguardo d'acciaio. I suoi occhi si posarono prima su di me e, dopo un sommario esame, iniziarono a radiografare, catalogare e trapanare scrupolosamente Fermín.

«Questo dev'essere l'inclito Fermín Romero de Torres» mormorò.

«Per servire lei, Dio e...»

Zittii Fermín con una gomitata e sorrisi al severo guardiano.

«Buon giorno, Isaac.»

«Buono sarà il giorno in cui lei non busserà all'alba, quando sono in bagno o nelle feste comandate, Sempere» replicò Isaac. «Su, dentro.»

Il guardiano ci aprì ancora di qualche centimetro il portone e ci permise di introdurci all'interno. Quando la porta si chiuse alle nostre spalle, Isaac sollevò la lucerna da terra e Fermín poté contemplare l'arabesco meccanico di quella serratura che si ripiegava su se stessa come le viscere del più grande orologio del mondo.

«Qui un ladro se la vedrebbe brutta» azzardò.

Gli lanciai un'occhiataccia e lui fece rapidamente il gesto del silenzio.

«Ritiro o consegna?» chiese Isaac.

«In verità, era da tempo che volevo portare Fermín a conoscere di persona questo posto. Le ho già parlato molte volte di lui. È il mio miglior amico e si sposa oggi, a mezzogiorno» spiegai.

«Benedetto Dio» disse Isaac. «Poverino. Sicuro che non vuole che le offra qui asilo nuziale?»

«Fermín è di quelli che si sposano convinti, Isaac.»

Il guardiano lo scrutò dall'alto in basso. Fermín gli offrì un sorriso di scuse per l'audacia.

«Che coraggio.»

Ci guidò lungo il grande corridoio fino all'imbocco della galleria che conduceva alla sala grande. Lasciai che Fermín mi precedesse di qualche passo e che fossero i suoi occhi a scoprire quella visione impossibile da descrivere con le parole.

La sua sagoma minuta si immerse nel grande fascio di luce che calava dalla cupola di vetro sulla sommità. Il chiarore cadeva come una cascata di vapore nelle latebre del grande labirinto di corridoi, tunnel, scale, archi e volte che sembravano sorgere dal suolo come il tronco di un albero infinito, fatto di libri, che si apriva verso il cielo in una geometria impossibile. Fermín si arrestò all'ingresso di una passerella che si inoltrava a mo' di ponte nella base della struttura, contemplando a bocca aperta lo spettacolo. Mi avvicinai a lui con cautela e gli misi la mano sulla spalla.

«Fermín, benvenuto al Cimitero dei Libri Dimenticati.»

7

Nella mia esperienza personale, quando qualcuno scopriva quel luogo la sua reazione era di incanto e di meraviglia. La bellezza e il mistero riducevano il visitatore al silenzio, alla contemplazione e al sogno. Naturalmente, con Fermín doveva andare diversamente. Passò la prima mezz'ora ipnotizzato, vagando come un invasato per gli angoli segreti del grande rompicapo che componeva il labirinto. Si metteva a battere con le nocche su sordini e colonne, come se dubitasse della loro solidità. Si soffermava su angoli e prospettive, formando un cannocchiale con le mani e cercando di decifrare la logica della struttura. Perlustrava la spirale di biblioteche con il suo considerevole naso a un centimetro dall'infinità di coste allineate in percorsi senza fine, esaminando titoli e catalogando ciò che scopriva. Io lo seguivo a pochi passi, tra l'allarme e la preoccupazione.

Cominciavo a sospettare che Isaac ci avrebbe cacciato a calci, quando mi imbattei nel guardiano su uno dei ponti sospesi tra volte di libri. Con mia sorpresa, non solo non si leggeva sul suo volto alcun segno di irritazione, ma sorrideva ben disposto mentre osservava i progressi di Fermín nella sua prima esplorazione del Cimitero dei Libri Dimenticati.

«Il suo amico è un esemplare abbastanza particolare» disse.

«Non sa fino a che punto.»

«Non si preoccupi, lo lasci fare. Prima o poi scenderà dalla nube.»

«E se si perde?»

«Lo vedo sveglio. Se la caverà.»

Io non ne ero sicurissimo, ma non volli contraddire Isaac. Lo accompagnai nella stanza che faceva le veci di ufficio e accettai la tazza di caffè che mi offriva.

«Ha già spiegato le regole al suo amico?»

«Fermín e le regole sono concetti che non convivono nella stessa frase. Ma gli ho riassunto le norme di base e mi ha risposto con un convinto "Evidente, per chi mi ha preso?".»

Mentre Isaac mi riempiva di nuovo la tazza, mi sorprese a osservare una foto di sua figlia Nuria sulla scrivania.

«Tra un po' saranno due anni che se n'è andata» disse con una tristezza che tagliava l'aria.

Abbassai gli occhi, afflitto. Sarebbero potuti passare cent'anni e la morte di Nuria Monfort sarebbe rimasta nella mia memoria come la certezza che, se non mi avesse mai conosciuto, forse sarebbe stata ancora viva. Isaac accarezzava il ritratto con lo sguardo.

«Mi sto facendo vecchio, Sempere. È quasi l'ora che qualcuno prenda il mio posto.»

Stavo per protestare contro quell'insinuazione, quando Fermín entrò con l'aria affannata e ansimante come se avesse appena corso una maratona.

«Allora?» chiese Isaac. «Cosa le sembra?»

«Glorioso. Anche se ho notato che non c'è la toilette. Almeno in vista.»

«Spero che non abbia fatto pipì in qualche angolo.»

«Ho resistito in maniera sovrumana fino a qui.»

«Quella porta a sinistra. Dovrà tirare due volte la catena, perché alla prima non funziona mai.»

Mentre Fermín sbrigava le sue necessità, Isaac gli versò una tazza che lo attendeva fumante al suo ritorno.

«Ho una serie di domande che mi piacerebbe rivolgerle, don Isaac.»

«Fermín, non credo che…» intervenni.

«Chieda, chieda.»

«Il primo blocco ha a che fare con la storia di questo posto. Il secondo è di ordine tecnico e architettonico. E il terzo è fondamentalmente bibliografico…»

Isaac rise. Non l'avevo mai visto ridere in tutta la sua vita e non capii se quello era un segno del cielo o il presagio di un disastro imminente.

«Per prima cosa, dovrà scegliere il libro che vuole salvare» disse Isaac.

«Ho messo gli occhi su più di uno, ma, anche se solo per il valore sentimentale, mi sono permesso di selezionare questo.»

Tirò fuori dalla tasca un tomo rilegato in pelle rossa con il titolo in lettere dorate e un teschio inciso sulla copertina.

«Accidenti, *La città dei maledetti*, episodio 13, *Dafne e la scala impossibile*, di David Martín…» lesse Isaac.

«Un vecchio amico» spiegò Fermín.

«Non mi dica. Be', c'è stato un periodo in cui lo si vedeva spesso da queste parti.»

«Sarà stato prima della guerra» precisai.

«No, no… Un po' dopo.»

Fermín e io ci guardammo. Mi chiesi se davvero Isaac avesse ragione e se in effetti iniziava a essere un po' antiquato per quel posto.

«Non per contraddirla, capo, ma è impossibile» disse Fermín.

«Impossibile? Dovrà spiegarsi meglio…»

«David Martín fuggì all'estero prima della guerra» spiegai. «Agli inizi del 1939, verso la fine del conflitto, riattraversò i Pirenei e venne catturato pochi giorni dopo a Puigcerdá. Rimase in carcere fino al 1940 inoltrato, quando fu assassinato.»

Isaac ci guardava incredulo.

«Ci creda, capo» assicurò Fermín. «Le nostre fonti sono degne di fede.»

«Vi posso garantire che David Martín è stato seduto lì, sulla sua stessa sedia, Sempere, e abbiamo chiacchierato a lungo.»

«Ne è sicuro, Isaac?»

«Non sono mai stato più sicuro di nulla in tutta la mia vita» replicò il guardiano. «Me ne ricordo perché erano anni che non lo vedevo. Era malconcio e sembrava malato.»

«Ricorda la data in cui è venuto?»

«Perfettamente. Era l'ultima notte del 1940. La vigilia di Capodanno. È stata l'ultima volta che l'ho visto.»

Fermín e io eravamo persi nei nostri calcoli.

«Questo significa che quello che il secondino, Bebo, ha raccontato a Brians era vero. La notte in cui Valls ordinò di portarlo alla villa accanto al Parque Güell e di ammazzarlo… Bebo ha detto che poi aveva sentito i pistoleri dire che lì era successo qualcosa, che nella villa c'era qualcun altro… Qualcuno che può avere evitato che uccidessero Martín…» improvvisai.

Isaac ascoltava quelle elucubrazioni con aria costernata.

«Ma di cosa state parlando? Chi è che voleva assassinare Martín?»

«È una lunga storia» disse Fermín. «Con tonnellate di postille.»

«E allora vediamo se un giorno o l'altro me la racconterete...»

«Martín le sembrò sano di mente?» domandai.

Isaac si strinse nelle spalle.

«Con Martín, non si poteva mai sapere... Quell'uomo aveva l'animo tormentato. Mentre se ne stava andando, mi sono offerto di accompagnarlo al treno, ma mi ha detto che fuori c'era una macchina che lo attendeva.»

«Una macchina?»

«Una Mercedes-Benz, addirittura. Proprietà di qualcuno a cui si riferiva come il Principale e che, presumibilmente, lo attendeva alla porta. Però, quando uscii insieme a lui, non c'erano macchine né il Principale né niente di niente...»

«Non se la prenda a male, capo, però, essendo l'ultimo dell'anno, e nello spirito festivo dell'occasione, non potrebbe darsi che lei avesse ecceduto nell'ingestione di vini e spumanti e che, stordito dai canti natalizi e dall'alto contenuto di zuccheri del torrone di Jijona, si sia immaginato tutto?» indagò Fermín.

«Per quanto riguarda il capitolo spumanti, io bevo solo bibite gassate e la cosa più forte che ho qui è una bottiglia di acqua ossigenata» precisò Isaac, senza mostrare di essersi offeso.

«Mi scusi per i dubbi. Erano pura formalità.»

«Me ne rendo conto. Ma mi creda quando dico che, a meno che chi è venuto quella notte fosse un fantasma, e non credo

che lo fosse perché gli sanguinava un orecchio e gli tremavano le mani per la febbre, per non dire che si è spazzolato
tutte le zollette di zucchero che avevo in dispensa, Martín
era vivo come voi e me.»

«E non le ha detto cosa veniva a fare dopo tanto tempo?»
Isaac annuì.

«Ha detto che veniva a lasciarmi qualcosa e che, quando
avrebbe potuto, sarebbe tornato a prenderla. Lui o qualcuno mandato da lui…»

«Cos'è che le ha lasciato?»

«Un pacchetto avvolto in carta e spago. Non so cosa c'era
dentro.»

Deglutii.

«E ce l'ha ancora?» chiesi.

8

Il pacchetto, recuperato dal fondo di un armadio, giaceva sulla scrivania di Isaac. Quando lo sfiorai con le dita, la sottile pellicola di polvere che lo ricopriva si sollevò in una nube di particelle illuminate dalla luce della lanterna che Isaac reggeva alla mia sinistra. Alla mia destra, Fermín sguainò il suo coltellino e me lo passò. Ci guardammo.

«Sia fatta la volontà di Dio» disse Fermín.

Passai il coltello sotto lo spago che assicurava la carta da pacchi e lo tagliai. Con estrema attenzione, scartai l'involto finché il contenuto non fu in vista. Era un manoscritto. Le pagine erano sudicie, impregnate di cera e di sangue. Il frontespizio recava il titolo scritto in una calligrafia diabolica.

Il gioco dell'angelo
di David Martín

«È il libro che ha scritto durante la prigionia nella torre» mormorai. «Bebo dev'essere riuscito a salvarlo.»

«Sotto c'è qualcosa, Daniel...» disse Fermín.

L'angolo di una carta pergamenata spuntava da sotto le pagine del manoscritto. Tirai e recuperai una busta. Era chiusa da un sigillo di ceralacca scarlatta con impressa l'immagine di un angelo. Sopra, una sola parola in inchiostro rosso:

Daniel

Sentii il freddo risalirmi dalle mani. Isaac, che assisteva alla scena tra la meraviglia e lo sgomento, si ritirò con cautela verso la porta, seguito da Fermín.

«Daniel» disse Fermín dolcemente, «la lasciamo tranquillo per farle aprire la busta con calma e in intimità.»

Sentii i loro passi allontanarsi lentamente e riuscii a stento ad ascoltare l'inizio della loro conversazione.

«Senta, capo, con tutta questa emozione mi sono dimenticato di dirle che prima, entrando, non ho potuto evitare di sentire che lei diceva di avere voglia di andare in pensione e lasciare il posto.»

«È vero. Sono qui già da molti anni, Fermín. Perché?»

«Be', guardi, lo so che, come dire, ci siamo appena conosciuti, ma forse io sarei interessato...»

Le voci di Fermín e di Isaac svanirono negli echi del labirinto del Cimitero dei Libri Dimenticati. Rimasto solo, mi sedetti sulla poltrona del guardiano e staccai il sigillo di ceralacca. La busta conteneva un foglio ripiegato di colore ocra. Lo aprii e iniziai a leggere.

Barcellona, 31 dicembre 1940

Caro Daniel,

scrivo queste parole nella speranza e nella convinzione che un giorno scoprirai questo posto, il Cimitero dei Libri Dimenticati, un luogo che ha cambiato la mia vita così come sono sicuro che cambierà la tua. Questa stessa speranza mi porta a credere che magari allora, quando non sarò più qui, qualcuno ti parlerà di me e dell'amicizia che mi ha unito a tua madre. So che, se arriverai a leggere queste parole, saranno molti i dubbi e le domande che ti assilleranno. Alcune delle risposte le troverai in questo manoscritto in cui ho cercato di plasmare la mia storia così come la ricordo, sapendo che la mia lucidità ha i giorni contati e che spesso ricordo soltanto ciò che non è mai accaduto.

So anche che, quando riceverai questa lettera, il tempo avrà cominciato a cancellare le orme di ciò che è successo. So che albergherai sospetti e che, se verrai a conoscenza della verità sugli ultimi giorni di tua madre, condividerai con me l'ira e la sete di vendetta. Dicono che sia dei saggi e dei giusti perdonare, ma io so che non potrò mai farlo. La mia anima è già condannata e per lei non c'è salvezza possibile. So che dedicherò ogni goccia di fiato che mi resterà in questo mondo a cercare di vendicare la morte di Isabella. È il mio destino, ma non il tuo.

Tua madre non avrebbe voluto per te una vita come la mia, a nessun prezzo. Tua madre avrebbe voluto per te una vita piena, senza odio né rancore. Per lei ti chiedo di leggere questa storia e di distruggerla quando l'avrai terminata, di dimenticare quanto avrai potuto ascoltare su un passato che non esiste più, di ripulire il tuo cuore dall'ira e di vivere la vita che tua madre ha voluto darti, guardando sempre in avanti.

E se un giorno, inginocchiato di fronte alla sua tomba, sentirai il
fuoco della rabbia che tenta di impadronirsi di te, ricorda che nella
mia storia, così come nella tua, c'è stato un angelo che possiede
tutte le risposte.

Il tuo amico

David Martín

Rilessi diverse volte le parole che David Martín mi inviava attraverso il tempo, parole che mi parvero impregnate di pentimento e di follia, parole che non riuscii a comprendere del tutto. Tenni in mano la lettera per qualche istante, poi l'avvicinai alla fiamma della lucerna e la guardai bruciare.

Trovai Isaac e Fermín alla base del labirinto, intenti a chiacchierare come vecchi amici. Quando mi videro, le loro voci tacquero e mi guardarono, in attesa.

«Ciò che quella lettera diceva riguarda solo lei, Daniel. Non deve raccontarci nulla.»

Annuii. L'eco di una campana si insinuò attraverso i muri. Isaac ci guardò e consultò l'orologio.

«Ehi, oggi non dovevate andare a un matrimonio?»

9

La sposa vestiva di bianco. Sebbene il suo abbigliamento fosse modesto e non sfoggiasse ornamenti o gioielli, non c'è mai stata agli occhi del fidanzato una donna più bella della Bernarda in quel giorno di febbraio splendente di sole nella piazza della chiesa di Santa Ana. Don Gustavo Barceló, che aveva praticamente comprato tutti i fiori di Barcellona per inondare l'ingresso del tempio, pianse come una Maddalena e il prete amico dello sposo ci sorprese tutti con un lucido sermone che strappò le lacrime perfino a Bea, che non era una preda facile.

Io fui sul punto di far cadere le fedi, ma tutto venne dimenticato quando il sacerdote, esauriti i prolegomeni, invitò Fermín a baciare la sposa. Fu allora che mi voltai e mi sembrò di scorgere una sagoma nell'ultima fila della chiesa, uno sconosciuto che mi guardava sorridendo. Non saprei dire il perché, ma per un attimo ebbi la certezza che quell'uomo fosse il Prigioniero del Cielo. Quando guardai di nuovo, però, non c'era già più. Accanto a me, Fermín abbracciò con forza Bernarda e, senza troppi scrupoli, gli piazzò un bacio sulle labbra che strappò un'ovazione capitanata dal prete.

Vedendo il mio amico baciare la donna che amava, mi venne fatto di pensare che quel momento, quell'istante rubato al tempo e a Dio, valesse tutti i giorni di miseria che ci avevano condotto fin là e tutti quelli che sicuramente ci aspettavano una volta tornati alla vita, e che tutto quanto era onesto e limpido e puro in questo mondo, e che tutto ciò per cui valeva la pena continuare a respirare era in quelle labbra, in quelle mani e nello sguardo di quei due fortunati che, capii, sarebbero rimasti insieme fino alla fine delle loro vite.

Epilogo

1960

Un uomo giovane, con qualche capello bianco e un'ombra nello sguardo, cammina al sole di mezzogiorno fra le lapidi del cimitero sotto un cielo che affonda nell'azzurro del mare.

Porta in braccio un bambino che a stento capisce le sue parole, ma che sorride incontrando i suoi occhi. Insieme si avvicinano a una modesta tomba quasi isolata su una balaustra sospesa sul Mediterraneo. L'uomo si inginocchia davanti alla tomba e, reggendo il figlio, gli fa accarezzare le lettere incise sulla pietra.

ISABELLA SEMPERE
1917-1939

L'uomo resta per un po' in silenzio, le palpebre serrate per trattenere il pianto.

La voce del figlio lo restituisce al presente. Quando apre gli occhi, vede che il bambino sta indicando una piccola figura che spunta tra i petali dei fiori secchi all'ombra di un vaso di vetro ai piedi della lapide. Ha la certezza che non ci fosse l'ultima volta che aveva visitato la tomba. La sua mano fruga tra i fiori e prende una statuetta di gesso così piccola da entrare in un pugno. Un angelo. Le parole che credeva dimenticate si aprono nella sua memoria come una vecchia ferita.

E se un giorno, inginocchiato di fronte alla sua tomba, sentirai il fuoco della rabbia che tenta di impadronirsi di te, ricorda che nella mia storia, così come nella tua, c'è stato un angelo che possiede tutte le risposte...

Il bambino cerca di afferrare la statuetta dalla mano del padre e, sfiorandola, la spinge senza volere. L'angelo cade sul marmo e si rompe. È allora che lo vede. Un minuscolo plico nascosto all'interno del gesso. La carta è sottile, quasi trasparente. Lo apre con le dita e riconosce all'istante la calligrafia:

Mauricio Valls
El Pinar
Calle de Manuel Arnús
Barcellona

La brezza marina si alza tra le lapidi e il fiato di una maledizione gli accarezza il volto. Mette il foglio in tasca. Poi lascia una rosa bianca sulla lapide e, con il bambino in braccio, torna verso il viale di cipressi dove lo attende la madre di suo figlio. I tre si fondono in un abbraccio, e quando lei lo guarda negli occhi vi scopre qualcosa che non c'era pochi istanti prima. Qualcosa di torbido e di oscuro che le fa paura.

«Stai bene, Daniel?»

Lui la guarda a lungo e sorride.

«Ti amo» dice, e la bacia, sapendo che la storia, la sua storia, non è finita.

È appena iniziata.

Illustrazione ispirata a un'immagine
dell'interno della Sagrada Familia,
fotografata da Francesc Català-Roca.

Su *L'ombra del vento* e *Il gioco dell'angelo*

"*L'ombra del vento* annuncia un fenomeno della letteratura popolare spagnola."

La Vanguardia

"Uno di quei rari romanzi che combinano una trama brillante con una scrittura sublime."

Sunday Times

"Un capolavoro popolare, un classico contemporaneo."

Daily Telegraph

"Il miglior libro dell'anno. Irresistibile. È erudito e accessibile a tutti, si inscrive nella grande tradizione dei romanzi di formazione in cui segreti e malefici si succedono come nelle matriosche russe."

Le Figaro

"García Márquez, Umberto Eco e Jorge Luis Borges si fondono in un magico e straripante spettacolo, di inquietante perspicacia e, in definitiva, meraviglioso."

The New York Times

"L'ombra del vento è meraviglioso. Una costruzione della trama magistrale e meticolosa, con uno straordinario dominio del linguaggio… Una lettera d'amore alla letteratura, rivolta a lettori appassionati alla narrativa quanto il suo giovane protagonista."

Entertainment Weekly

"Se qualcuno pensava che l'autentico romanzo gotico fosse morto nel XIX secolo, questo libro gli farà cambiare idea. Un romanzo pieno di splendore e di trappole segrete in cui perfino le trame secondarie hanno altre sottotrame. Nella mani di Zafón, ogni scena sembra provenire da uno dei primi film di Orson Welles. Bisogna essere davvero un romantico per apprezzarne tutto il valore, ma, se lo si è, allora è una lettura strabiliante."

Stephen King

"Le pagine di Ruiz Zafón fanno immergere in se stessi per due giorni tutti coloro che decidono di leggerle. Il talento narrativo di quest'uomo è devastante."

El Mundo

"Ancora una volta ho trovato un libro che dimostra quanto sia meraviglioso immergersi in un romanzo ricco e lungo… Questo romanzo ha tutto: seduzione, rischio, vendetta e un mistero che l'autore intesse in maniera magistrale. Zafón supera perfino lo straordinario Charles Dickens."

The Philadelphia Enquirer

"Pura magia, non c'è altro modo di descrivere questo romanzo. Storia e scrittura, trama e carattere, personaggi e profili, tutto è come dev'essere. Non si riescono ad abbandonare le sue cinquecento pagine accattivanti, piene di suspense. La sua scrittura è particolare come l'aroma di un profumo che si spande, seducente e sensuale. E quest'aroma dura a lungo."

Hamburger Abendblatt

"Tremendamente bello... La sua storia è rifinita in maniera impressionante. Ironia, terrore, politica e amore vi compaiono nelle dosi giuste... e l'effetto d'insieme è del tutto soddisfacente. Zafón, ex sceneggiatore, è particolarmente bravo nel contrasto e nel ritmo: le quattrocento pagine del libro si leggono con incredibile velocità."

Sunday Telegraph

"Tutto, in *L'ombra del vento*, è straordinariamente sofisticato. Lo stile abbaglia, mentre la trama s'intreccia e si scioglie con una grazia sottile... Il romanzo di Zafón è pieno di atmosfera, seducente, e se ne raccomanda la lettura."

The Observer

"Tutti coloro che amano i romanzi di terrore, erotici, commoventi, tragici e di suspense, dovrebbero affrettarsi ad andare nella libreria più vicina e a impossessarsi di una copia di *L'ombra del vento*. Davvero, dovrebbero farlo."

The Washington Post

"Un'opera ambiziosa, capace di coniugare i più diversi stili (dalla commedia regionalistica allo schizzo storico, passando per lo stesso mistero centrale) senza perdere per questo una virgola del suo potere di fascinazione."

Qué Leer

"Coinvolgente, immaginifico e solidamente costruito. Il piacere di recuperare con la lettura l'eterno adolescente che tutti noi ci portiamo dentro."

El Periódico

"*L'ombra del vento* ha tutto ciò di cui ha bisogno una grande storia: amore, tradimento, morte, odio e amicizia. Non è strano che sia diventato il libro dell'anno."

Berlin Literature Critique

"Carlos Ruiz Zafón è un grande narratore di storie."

Margaret Atwood

"*Il gioco dell'angelo* è un bellissimo romanzo, addirittura più bello, avvincente e meglio scritto del precedente. [...] È più asciutto, determinato e incalzante del pur straordinario debutto narrativo dello scrittore. [...] Mi sono divertito moltissimo e sono rimasto preda di una piacevolissima inquietudine per tutto il tempo della lettura. [...] Nomino Zafón il Dickens di Barcellona, lo scrittore più potente al mondo al momento in materia di marchingegni narrativi."

Corriere della Sera

"Zafón si inscrive per proprio merito nella tradizione dei romanzieri del XIX secolo che, con Dickens come massimo rappresentante, seppero raggiungere il grande pubblico e creare allo stesso tempo opere perenni. Basandosi sul modello della letteratura gotica dell'Ottocento, *Il gioco dell'angelo*, al di là della tensione drammatica del suo racconto, costituisce un illuminante commento su tutta una tendenza letteraria."

Frankfurter Allgemeine Sonntagzeitung

"Carlos Ruiz Zafón ha reinventato ciò che significa essere un grande scrittore. La sua abilità visionaria nel narrare storie è già un genere a sé."

USA Today

"Così come il creatore di Don Chisciotte concentrò la sua attenzione sui romanzi di cavalleria, Ruiz Zafón gioca con i generi popolari del presente. Il risultato è un testo che cattura il lettore, giacché l'enigma di una pagina è risolto nella successiva (che a sua volta propone un nuovo enigma, e via di questo passo)."

Deutschlandradio Kultur

"La sua iniziativa è audace, seria e d'effetto; la sua padronanza della tormentata storia spagnola del XX secolo, notevole quanto la sua abilità letteraria. Niente di tutto questo è patrimonio esclusivo di una città, bensì del mondo intero."

The Times

"E di nuovo il suo linguaggio è tanto ricco quanto bello, così che è molto difficile sottrarsi alla sua magia."

Die Welt

"Zafón riprende alcuni dei suoi prediletti paesaggi urbani della vecchia Barcellona. Questo romanzo, tuttavia, complemento e perfino antagonista del precedente, si mette in luce per i propri meriti. Se il precedente celebrava l'estasi della lettura, questo esplora le agonie dello scrittore."

The Independent

"Zafón ci alletta come nessun altro con il ritmo implacabile della sua narrativa, zeppa di distrazioni magiche e fantastiche."

The Guardian

"La passione dell'autore per Dickens, manifesta in tutta la sua opera, cattura chiunque creda nel potere di trasformazione dei libri. *Il gioco dell'angelo* si abbevera alle convenzioni di Wilkie Collins, di Dickens e dei loro coetanei per intessere qualcosa di interamente originale e portentosamente commovente che soddisfa fino alla fine le aspettative del lettore."

The Observer

"Zafón è un maestro dell'evocazione. La sua fede nel potere della finzione è meravigliosa e contagiosa."

Financial Times

"Il lettore de *L'ombra del vento* s'imbatterà di nuovo nel Cimitero dei Libri Dimenticati, che ricorda Eco, dove i volumi di una labirintica biblioteca cominciano a selezionare i loro lettori. Straordinario e trepidante intrattenimento gotico."

Spectator

"Chi è stato catturato da *L'ombra del vento* non potrà resistere a *Il gioco dell'angelo*. La seconda parte della tetralogia di Zafón, ambientata anch'essa a Barcellona, sebbene stavolta negli anni Venti, ci riporta al misterioso mondo gotico del Cimitero dei Libri Dimenticati, dove David Martín, un giovane scrittore, fa un patto impossibile: in cambio della sua vita e di una considerevole fortuna, scriverà un libro che cambierà molte vite. Semplicemente ammirevole e degno di una notte insonne per terminarlo."

The Bookseller

"Questa sorta di prequel gotico de *L'ombra del vento*, oscuro labirinto che, per opera di un disegno magistrale, continua a essere appassionante e sconcertante, incanterà allo stesso modo gli ammiratori di Zafón e i suoi nuovi lettori."

Publishers Weekly

"Non tutto è come appare, nel secondo romanzo di Carlos Ruiz Zafón, e a questo il libro deve la metà del suo incanto. Anche se si presenta come prequel de *L'ombra del vento*, *Il gioco dell'angelo*, esaltazione del godimento di narrare e del piacere della letteratura, può essere letto come un'opera indipendente."

Sunday Telegraph

"Un'altra deliziosa trama di mistero sovrannaturale per l'autore de *L'ombra del vento*. La sensibilità di Ruiz Zafón ha a che fare con un miscuglio di Edgar Allan Poe e Jorge Luis Borges, con il mistero intellettuale di Pérez-Reverte e con qualcosa di Stephen King."

Kirkus Review

"Una suspense stupefacente, un'atmosfera alla Bram Stoker, un'erudizione alla Borges, un racconto zeppo di sottotrame: Ruiz Zafón eccelle in tutti i registri."

Lire

Questo volume è stato stampato
presso ELCOGRAF S.p.A.
Stabilimento - Cles (TN)

Stampato in Italia - Printed in Italy

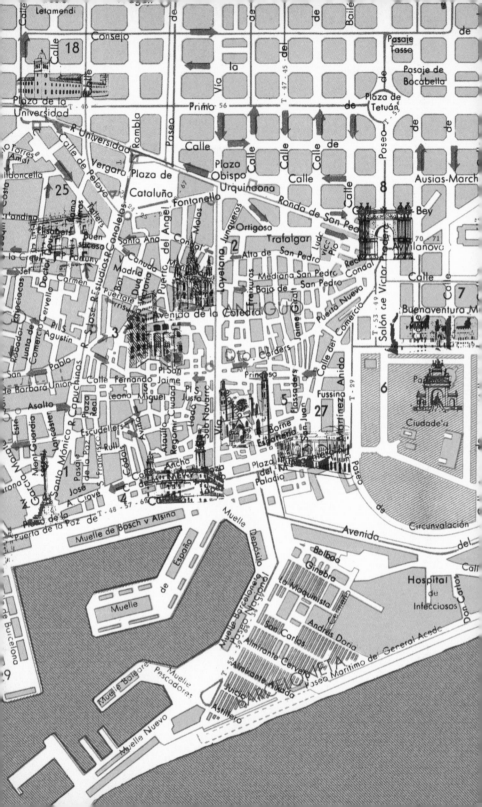

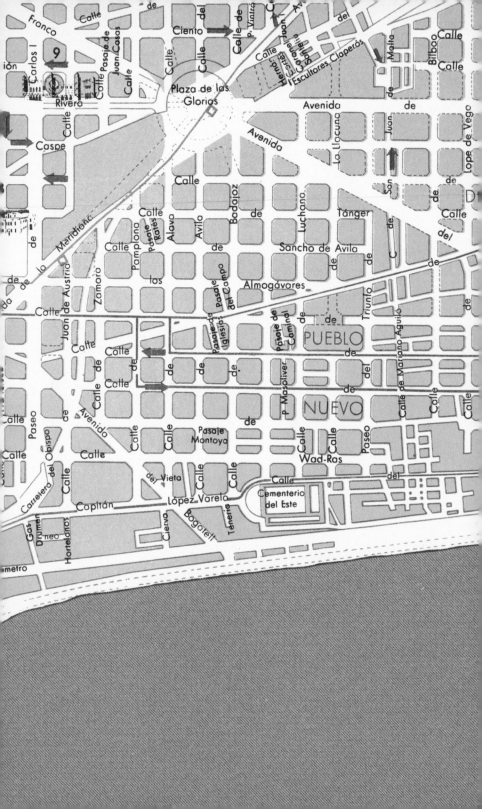